新 潮 文 庫

機 密 奪 還

上 巻

マーク・グリーニー

田 村 源 二 訳

新 潮 社 版

10691

機密奪還

上巻

主要登場人物

ドミニク・カルーソー(ドム)…〈ザ・キャンパス〉工作員
アダーラ・シャーマン…………　〃　輸送部長
ジェリー・ヘンドリー…………　〃　の長
イーサン・ロス……………………ＮＳＣ事務局次長補
イヴ・パン…………………………システムエンジニア、ロスのガールフレンド
ダレン・オルブライト…………ＦＢＩ国家保安部・管理監督特別捜査官
リゴベルト・フィン……………　〃　嘘発見器《ポリグラフ》検査官
ジアンナ・ベルトーリ…………ＩＴＰ代表
ハーラン・バンフィールド……ジャーナリスト、ＩＴＰメンバー
モハンマド・モバシェリ………イスラム革命防衛隊少佐
アリク・ヤコビ……………………元イスラエル国防軍大佐
ダヴィド……………………………イスラエル情報機関員
フィリップ・マッケル…………コンピューター・ネットワーク専門家

プロローグ

インドの海岸が月明かりのなかに浮かびあがった。それはほんとうにたいしたものではなく、船首の数百メートル先の暗闇《くらやみ》にあらわれた細長い砂の帯でしかなかったが、前甲板に立っている男にとっては四日ぶりに見る陸地であり、彼に二つの重要なことを告げた。

そのひとつは「自分の作戦の〝侵入段階〟は成功した」ということ。

そしてもうひとつは「船長の喉《のど》を掻《か》き切るときが訪れた」ということ。

前甲板の男はナイフを引き抜くと、操舵室《そうだしつ》へのぼる階段のほうへと歩きはじめた。船長部下のうちの二人が歩調を合わせてあとを追ったが、ただ見物するためだった。船長を殺すのはリーダーの役目なのだ。実のところリーダーはそれを負担とも何とも思っていなかった。いや、それどころか、今回の任務への熱い傾倒ぶりをいまいちど部下たちに見せられる機会だと、むしろそれを歓迎していた。

リーダーおよび配下の六人のチームは、オマーンのトロール漁船に乗ってアラビア海に出て、島や岩礁《がんしょう》がない安全な水域を三日間さまよった。そして昨夜、この全長八〇フィートの織物運搬船に出くわし、横を通り過ぎようとするその船に、ずたずたになったファンベルトを振って見せ、ヒンディー語で助けを求めた。だが、貨物船が寄ってきて接舷《せつげん》するや、リーダーと配下の男たちは沼クマネズミよろしく、ちょこちょこ動いて素早く織物運搬船に乗りこみ、少人数の乗組員をあっというまに制圧し、船長だけ残して他の者たちを全員惨殺《ざんさつ》してしまった。そして船長に、真東に転針してインドのマラバール海岸へ向かうよう命じた。

リーダーは怯《おび》える船長に他の船員たちと同じ運命をたどることはないと言い聞かせ、半日かけてやっと納得させた。ところが、いまその船長を殺そうとしているのだから、言うまでもなく嘘《うそ》をついたことになる。それでもリーダーは、暗い船橋《ブリッジ》への階段をのぼっていくあいだも、約束をたがえることに罪悪感をいだくことはなかった。心はすでにこの船から離れ、作戦の〝目標達成段階〟に移ってしまっていた。

リーダーは、パレスチナのイスラム原理主義組織ハマスの軍事部門イッズッディーン・アル＝カッサーム旅団に所属する〝作戦実行部隊の指揮を担当する下級将校〟だった。そして、今回与えられた任務のターゲットはたったひとりの男だったにもかかわらず、この作戦では多くの者――たとえば貨物船の船長や船員――がどうしても犠牲にならざるをえないということをリーダーは最初から知っていた。

　これまでのところリーダーは作戦を自分で完全にコントロールできていた。ところが、次の段階では、ほかの者がつけた段取りにしたがって行動しなければならず、その点がとても不安だった。これからはすべてが地元の協力者《コンタクト》の能力で決まることになるのだ。しかもその協力者は女で、彼女ひとりでターゲットがいまいることを確認し、地元警察の配置を調べ、さらに、もし神が望みたもうなら《イン・シャー・アッラー》、こちらの上陸地点に車を一台とどけ、もし神が望みたもうなら《イン・シャー・アッラー》、忘れずに運転席の下にキーを置く、ということになっていた。リーダーは作戦内容の説明・伝達のさいにそう言われたのである。

　階段のいちばん上に達してブリッジの外のデッキに足をのせた瞬間、リーダーはバランスを失い、手を伸ばして体を支えた。背後の部下たちはまだ階段をのぼっている最中で、指揮官がよろけるのを見ていなかった。リーダーは胸をなでおろした。見られていたら、あんがい度胸がなくて神経過敏になっていると思われたかもしれない。そう思われては絶対にいけないのだ。実際には、船が右へほんのすこし揺れてバランスを崩しただけなのであり、船上歩行能力に欠けている自分がよろけるのは当たり前のことなのである。パレスチナのガザ地区で生まれたリーダーは、海が見える地で育ちはしたものの、今週になるまで船外機付きの一人乗りの釣りボートよりも大きな船に乗ったことなど一度もなかったのだ。

彼がこの作戦の指揮官に選ばれたのは、知力、冷酷非情さ、不屈の意志の持ち主であるからであり、船の揺れに耐える能力が高いためではもちろんない。

ブリッジの外のデッキでリーダーは足をとめ、まわりの夜のなかをぐるりと見まわした。わずか四五キロ南に大沿海都市コチがあり、広大な街が放散する電光がそこに霞《かすみ》のようにぼんやりとかかっているのが見える。だが、すぐ前方の陸地に見える文明のしるしというと、いくつかの木造の掘っ立て小屋くらいのものだ。

近くの海上に船はなく、たとえ悲鳴があがってもだれにも聞かれる心配はないと安《あん》堵《ど》し、リーダーはドアのラッチに手を伸ばした。

リーダーがブリッジのなかに入っても、中年のインド人船長は振り向きもしなかった。舵輪を両手でにぎったまま、前をまっすぐ見つめている。だが、恐怖で胸が大きくうねっていた。

知っているのだ。

リーダーはナイフを腿《もも》のうしろに隠して前進しつづけた。実は、こうやって近づくさいに、船長を安心させるためにどうでもいいようなことを訊《き》いて気をそらすつもりだったのだが、結局、黙ったまま接近し、右手のナイフを振り上げた。

リーダーはあと三歩というところで船長の背中に突進すると、手を前に回してナイフの刃を首に突き刺し、剝《む》き出しの喉を掻き切った。そしてナイフを引き抜きざま、一歩だけさがった。その瞬間、インド人は体を回転させ、噴き出した鮮血がブリッジ中に飛び散った。リーダーは血を避けようと狭いブリッジの端まで跳びのいたが、ズボンとスニーカーに血がかかってしまった。

二人の部下はドアのそばの船窓の向こうからのぞき見ていたので、噴出した動脈血を浴びずにすんだ。

船長はがくんと膝《ひざ》を落とした。ぱっくりひらいた血だらけの傷口から空気がヒュー、ゴボゴボという音を立てて洩《も》れだした。が、それは一瞬のことで、たちまち船長は絶命した。ありがたい、だれにとっても、とリーダーは思った。

「神は偉大なり《アッラーフ・アクバル》」と、神を称《たた》える言葉を口にしてから、船長をまたいで、もはや避けようのない血だまりのなかを突き進み、舵輪をにぎった。

だが、それもほんの短いあいだだけだった——彼には操船技術などまったくないのだ。いや、それどころか、船上にはもはや、この貨物船を安全に港へ入れることができる者はひとりもいなかった。しかも、殺された船長は、これから向かうところに港などひとつもない、とさえ言っていた。だからリーダーはただエンジンをアイドリング状態にしただけだった。そして部下たちに、すでに装備を積みこんだ連絡艇《テンダー》のところへ行き、それを左舷の真っ黒な海面に下ろせ、と命じた。

二〇分後、七人の男たちは上陸用の小さなボートから降りて、海岸に打ち寄せる穏やかな波のなかに入った。そしてボートを砂浜の波がかからないところまで引き上げた。

ボートをそのまま隠しもせずに放置しても、まったく問題なかった。もうそれを必要とすることはないのだ。リーダーの頭のなかにある脱出ルートは、陸路東へ向かってマドゥライに入り、そこから偽造パスポートを利用して飛行機を乗り継いで出国する、というものだった。それに、ボートは目立たないので、任務遂行を危うくするということもない。なにしろ、この砂州《さす》には無人の小舟がほかにも数隻《せき》置き去りにされているのである。網漁にいそしむ漁民たちが夜のあいだ自分たちの舟をそこに置いておくのだ。もちろん、船外機は取り去って、泥棒に盗《と》られないように、草葺《くさぶ》き屋根の自宅に持ち帰る。

男たちはボートから黒いキャンヴァスのバッグを引っぱり上げ、装具を身につけた。三人はゆったりした黒いウインドブレーカーの下に重いヴェストをストラップでしっかりと固定し、残りの四人はとても小さいサブマシンガンを負い紐《スリング》で首から下げ、予備弾薬が入ったポーチを身につけた。そのサブマシンガンは、マシンピストルに分類されることもある超小型の9ミリ口径マイクロUzi《ウージー》だった。たしかにイスラエル製の火器を選んだというのは皮肉なことではあったが、Uzi《ウージー》には否定しようのない高い信頼性があるのだから、いたしかたないことであった。

三分後には彼らは砂浜を離れ、ココヤシなどのヤシ類に縁どられた浜沿いの暗い道を走っていた。

地元の協力者《コンタクト》が用意した車は、道からすこしはずれた細い溝《どぶ》のそばにとめられていた。そこはまさに彼女がとめるように指示されていた場所だった。そしてその車は、リーダーが部下たちに説明していたとおり、近くの農場からコチの住民に牛乳をとどけるブラウンの大型パネルトラック。後部に取り付けられていた冷蔵庫が取り外されて、数人がかろうじて乗りこめる空間が確保されていた。五人の男がサイドドアからその空間へと入りこんだ。

キーも指示どおりの場所、運転席のシートの下にあった。リーダーは協力者である女の能力の高さを知って喜ぶと同時に驚いた。彼はするりと助手席に身をすべりこませ、副指揮官の男が運転席に座ってハンドルをにぎった。ほかの者たちはひとこともしゃべらずに口をつぐんだまま、後部の荷室の床に座りこんだ。

彼らは東へトラックを走らせ、浜辺から遠ざかり、細い舗装道路に入って、汽水の自然湖、人造湖、運河がやたらにある地域を通り抜けはじめた。そこはペリヤー川とアラビア海が出会うところで、道路は両側ともココヤシに縁どられ、立ちこめる濃霧でヘッドライトがかすんでしまっていた。

リーダーは腕時計に目をやり、次いで携帯型GPS装置をチェックした。そこには地元協力者がくれたいくつかの位置情報——緯度・経度——が入力されている。最初の立ち寄り場所はパラヴア＝ブーサクラム道路《ロード》にある携帯電話の中継塔だった。目的地には地上通信線などないので、その中継塔の機能を停止させてしまいさえすれば、ターゲットが地元警察に連絡できる手立てはまったくなくなる。

リーダーは運転席の部下と段取りを協議したあと、首をうしろへまわして後部の荷室にいる男たちを見やった。見えたのは黒いシルエットだけだった。

荷室の五人のうちの二人は何年も前から知っている仲間だった。その二人は、リーダー、運転席の者と同様、パレスチナの〝解放戦士《フェダイーン》〟なのだ。リーダーは顔を見ることができなくても姿勢から二人のフェダイーンを見分けることができた。ほかの三人は、この航海にでる直前にイエメンの訓練キャンプで会ったばかりの男たちだった。

リーダーはその三人の外国人をもっぱら見つめた。慈愛に満ちた辛抱強い伯父のように彼らに微笑《ほほえ》みかけさえした。

だが、その微笑みは策略だった。彼は三人を間抜けとしか思っていなかった。有能な兵士だとはとても思えず、信頼できなかったので、銃器を持たせないようにした。こいつら自身が武器なのだから、武器を持たせることも使わせることもない、とリーダーは判断したのだ。

リーダーの微笑みがさらに広がった。彼は間抜けどもにアラビア語で言った。「決行のときが近づいた、勇敢な兄弟たちよ。殉教の覚悟を決めよ」

1

ドミニク・カルーソーはまだ三二歳で、どう見ても壮健だったが、それでも数歩先を走る五〇歳の男に遅れずについていくのは大変だった。この一時間に二人は、五マイルのランニングをこなし、そのあいだに半マイルの水泳も挟みこんだ。しかも、この気候風土というものがなかなか厄介なものなのだ。ドム（ドミニク）は、走りつづけ泳ぎつづけるために、強烈な臭《にお》いがついた空気をできるだけ多く吸いこんで肺にとりこまなければならなかった。真夜中だというのにまだ暑く、ジャングルの小道はほぼ真っ暗で、明かりといったら、ヤシの葉の隙間《すきま》から差しこんでくる濃霧にかすむかすかな月光だけだった。

ドムのランニング・パートナーは暗闇《くらやみ》でも難なく道を見つけられるようだったが、ドムはジャカランダの露出した根っこに靴の親指のあたりを引っかけてしまい、前方に転んで両手をつき、四《よ》つん這《ば》いになってしまった。

「あっ、畜生！」息を切らせながらも思わず声が洩《も》れた。

コーチは振り向いて〝生徒〟を見やりはしたが、そのまま走りつづけた。ドムは一八歳も年上の男の顔に笑みが浮かぶのを見たような気がした。コーチは訛《なま》りのきつい低い声で言った。「救急車、呼んでほしいか?」

「いや、自分はただ――」

「だったら早く立て」年嵩《としかさ》の男は笑いを洩らした。「さあ、D、踏ん張れ」言うなり顔を前にもどし、走るスピードを上げた。

「よっしゃ」ドムは立ち上がると、短パンについた生温かい泥をぬぐい落とし、ふたたび師のあとを追いはじめた。

一カ月前、このアメリカ人は、気温華氏八五度(摂氏約三〇度)・湿度九五%という環境で一〇キロ走るなんて真似《まね》は到底できなかった。それも、一日中、格闘術の訓練を受けたあと、真夜中に走るのだ。そんなの絶対に無理だった。だが、ここインドに到着して以来、ドムは肉体的にも精神的にも自分で想像していたよりもずっと速く、めきめきと強くなっていった。むろんそれはすべて、いま四〇フィート前を走っているアリク・ヤコビという男のおかげだった。

ぬかるむジャングルの小道が終わって舗装道路に突き当たると、ヤコビは左へ曲がり、全力疾走しはじめた。ここは右へ進むべきではなかったかとドミニクは思ったが、師のあとを追った。自分はついこのあいだやって来たばかりの訪問者にすぎないのだ。このあたりの道のことは自分よりもヤコビのほうが詳しいに決まっている。

ヤコビはこの地の人間ではなかったが、ここにもう数年暮らしていて、強靭《きょうじん》きわまりない肉体を維持できているところを見ると、こうした踏みならされてできた小道や道路を何百回も走っているにちがいなかった。

ドムはアリク・ヤコビの過去についてはほとんど何も知らないと言ってよい。知っているのは、インドに移住したイスラエル人で、かつてＩＤＦ（イスラエル国防軍）の兵士だった、ということくらいだ。だが、ヤコビを精鋭部隊の兵士として頭に思い描くことは簡単にできた。なにしろ、見る者が見れば、とんでもない体力、鍛錬による凄《すさ》まじい克己心、どんな状況でも揺らがない自信、何事にも動じない冷徹な目の奥にキラッと光る決意といったものを見てとれ、この男は精鋭中の精鋭なのだということがはっきりとわかるのである。

ドムがインドまでやって来たのは、六週間にわたってこの男の訓練を受けるためだった。ヤコビはイスラエル軍のために開発された近接格闘技であるクラヴ・マガのブラック・ベルト・フォース・ディグリー（黒帯四段）だった。ヤコビとの格闘訓練だけでもずいぶんときついものなのに、そのへとへとになる〝しごき〟のあとさらに、いまやっているような夜間の身体トレーニングが加わるのである。

泳ぐ、走る、のぼる——というのが夜のトレーニングの内容で、一晩のうちにそのすべてをやることが多かった。アリク・ヤコビは、単に格闘術を教えるだけでなく、イスラエルの特殊部隊員レベルの身体と精神をもつ男をつくることを己の務めと考えているのではないか、とドムには思えるほどだった。

ただし、銃器の扱いは訓練のなかに含まれない。ここはインドであり、アリク・ヤコビはいまや永住資格をもつパラヴア住民ではあるが、警官でも兵士でもないのだ。だから、銃器を合法的に手に入れることはできない。

しかし、銃器を持たないからといって、それだけヤコビが危険ではなくなるということはまったくない、とドムは思う。

インドでのこのクラヴ・マガ習得訓練は、いまドミニク・カルーソーが四カ月かけて行っている五種トレーニング・コースの三つ目の訓練だった。ここに来る前にこなした二つ目は、三週間にわたるカナダはユーコン準州での登山訓練で、それはカナダ人ベテラン登山家による個人指導だった。そしてその前の最初の訓練は、二週間のあいだネヴァダ州リノで手品の名人からほどこされた、手先の早業など目をあざむく技法の習得。

インドでのクラヴ・マガ訓練のあとは、ペンシルヴェニア州へ飛んで、元アメリカ海兵隊スナイパーから長距離狙撃《そげき》の手ほどきを受ける予定であり、そのあとはそこから日本の札幌に直行し、剣術の達人に刀剣術を学ぶことになっていた。

そしてどの訓練でもドムは、個人指導してくれる熟達者の技能を自分のものにしようと、彼らに文字どおり何千もの質問を浴びせた。だが、指導する者のほうは、ドムにほとんど何も訊《き》かなかった。彼らはドミニク・カルーソーの本名も知らなかったし──ヤコビはドミニクをただDと呼んだ──ドムが所属する組織のことも、素性や経歴も、知らなかった。彼らが知っていたのは──知る必要があったのは──ただ、ドムがアメリカの情報機関コミュニティとつながる要人の口利《くちき》きでやって来たということだけだった。

この男はきっと、CIA（中央情報局）、DIA（国防情報局）、JSOC（統合特殊作戦コマンド）など、危険なことを商売とするヤバい〝頭字語組織〟に所属しているのだろうと、訓練をほどこす者たちは思ったにちがいなかったが、ドミニクはそれを否定するようなことをいっさい口にしなかった。といっても、彼はそういった国の諜《ちょう》報《ほう》・軍事組織の一員ではなかったし、その他の政府機関の職員でもなかった。ドミニク・カルーソーは〈ザ・キャンパス〉と呼ばれる組織──直接行動力を有する極秘民間情報組織——の工作員のひとりだった。外部の者でその存在を知るのは数人の政府高官のみで、そこの工作員たちが世界中の一対一エリート・トレーニング専門指導者たちの訓練を受けられるのは、もっぱらそうした高官たちの縁故のおかげだった。そういうわけで、ドムをはじめ〈ザ・キャンパス〉の工作員たちは、世界中の武道家、登山家、狙撃手、スキューバダイバー、エクストリームスポーツ選手、言語・文化専門家、その他、秘密作戦を成功させるのに必要となるさまざまな技術の達人たちから学ぶことができるのである。

〈ザ・キャンパス〉入りする前、ドムはＦＢＩ特別捜査官をやっていた（実はいまもその身分を保持したままだ）。だから当時、戦闘実技の訓練をそれこそうんざりするほどやらされた。だが、クアンティコにあるＦＢＩ訓練学校《トレーニング・アカデミー》では、新入りに山をのぼらせもしないし、熱帯の湿地をだれにも気づかれないように動きまわらせもしない。

ドミニクは今回の〝課外修練巡り〟のそれぞれの地でたくさんのことを学んできたが、ここインドでのアリク・ヤコビを師とする修行が、これまでのところでは最高の訓練だった。そしてそれはおもにヤコビとその家族のおかげであった。ヨガのインストラクターをしているアリク・ヤコビの妻、ハンナは、ドミニクを長いあいだ音信不通だった親戚《しんせき》のように家庭に迎え入れてくれたし、夫妻の幼い二人の息子たち――一歳のモーシェと三歳のダルー――は、ドムを人間ジャングルジムにして遊んだ。毎夜、大人たちが田舎の村にあるヤコビの農家の居間でビールを飲みながら会話を楽しみつつ夕食をとっているあいだ、幼い男の子たちはふざけてドミニクによじのぼるのである。

ドミニクはいまのところまだ結婚する気などまるでなかったが、こうして家庭生活をほんのすこし体験させてもらっただけでこんなに楽しい気分になれるとは思いもよらず、びっくりしてしまった。

今夜ドムは、ヤコビ家の人々との夕食を終えると、自室に引きあげて〝宿題〟をした――つまりクラヴ・マガの基本理念を勉強した。そして一一時になる前にうとうとしはじめて寝入ってしまったが、午前零時ちょっと過ぎにヤコビがドア口にあらわれ、「三分で水泳用カーゴ・ショーツをつけ、運動靴をはき、表に出ろ」と言った。

ヤコビが夜間作戦《ナイト・オプス》と呼ぶこうした訓練は、ほとんど寝ていないときであろうと「いまは休息のとき」とバイオリズムに告げられているときであろうと、命令を受けたら即、己の肉体を作戦遂行可能な状態にもっていけるようにすることを意図していた。

ドムの肉体はどうにかこうにかそれに順応できるまでになっていたが、アリク・ヤコビのほうはこの深夜の〝走り・泳ぎ〟を心底楽しんでいるようだった。

　ヤコビがドミニクを起こした三分後、二人は走りはじめた。彼らはヤコビの家から離れると、一本の道をたどってユダヤ人地区の農場と平屋の群れから抜け出し、ヤシの森のなかに入りこんだ。そして西へ方向を転じて海のほうへと向かい、次いで北をめざして、いちばん近い村からも遠ざかり、ジャングルの小道を進んでいった。ココヤシとバナナの木の葉がつくる林冠のせいでジャングル内は完全な暗闇となっており、小道をたどることさえほとんど不可能になってしまうこともときどきあった。

　パラヴア湖の岸に達しても、ヤコビは走りかたをほとんど変えず、そのまま勢いよく湖水のなかに駆けこみ、ゆったりと、だが力強く、両腕を左右に動かして水をかき、平泳ぎをはじめた。ドムのほうは、両腕両脚を上下にバタバタ懸命に動かしてクロールをしなければ、ついていくことはできなかった。

　ドムはこの湖が好きにはなれなかった。初めてパラヴア湖で泳いで、向こう岸に上がったとき、二五フィートしか離れていないところにコブラの巣穴があったからだ。パニックにおちいったドムを見て、ヤコビは笑い声をあげ、「地球上の危険な生物はだいたいそうだが、コブラも放っておいてほしいのであり、先に攻撃してくることはなく、こちらが何もしなければおとなしい」と言った。

今夜ドムは、水辺の葦原《あしはら》に巨大なニシキヘビが一匹いるのに気づいたが、相手にせず、知らんぷりしていた。すると、ヤコビの言ったとおり、蛇はスルスル滑るようにして去り、二人の男たちは無事に泳ぎを終えることができた。

そこから彼らは広々としたキャッサバ畑を縁どる土手を走り、辺境のジャングルのなかに入って、さらに二マイル、今夜二本目の真っ暗闇の小道を突っ走った。

そしていま、舗装道路にもどり、ノース・パラヴア村にふたたび入った。三輪タクシー《オートリクシャー》が一台、エンジン音を響かせながら二人を追い抜いていった。ほかに車はまったく通らない。オートリクシャーは二サイクル・エンジンに咳込《せきこ》むような音を吐かせて、ある家の前でとまり、路線バスの停留所へ向かうひとりの女を乗せた。彼女は未明のバスに乗ってコチ市まで働きにいくのだ。オートリクシャーが目の前でUターンしはじめると、アリク・ヤコビとドミニク・カルーソーは女と運転手に手を振った。

ヤコビはようやく走るスピードを落とし、歩きだした。そして、ほんのすこしだけ息を弾ませながら言った。「家までまだ二キロあるが、ここからは力を抜いて歩いて帰る。今夜は軽めにしておく」

ドムは息を切らしハアハアいっていたが、できるだけその音を押し殺していた。しゃべることなど到底できそうもない状態だった。それでも、あえぎながら、なんとか声を絞り出した。「ありがとう――ございます」

「きみがほんとうに感謝するのは朝になってからだ。朝になったら、〈道場《ドージョー》〉で直接打撃《フルコンタクト》訓練を開始し、さらに昼前に遠泳をやる」

ドムは歩きながら黙ってうなずいた。なおも苦しげにあえぎ、いっこうに温度が下がらない湿り気をたっぷり含んだ空気を懸命に肺に取り込もうとしていた。

数秒後、またしても車のヘッドライトが背後から近づいてきた。二人が車をよけようと路肩に出るのとほぼ同時に、牛乳配達をするブラウンの大型パネルトラックが一台、彼らを追い越して南へ向かって走っていった。

そのトラックを見てヤコビは首をかしげたが、何も言わなかった。

一分後、ドムとヤコビは暗闇に包まれたシナゴーグ（ユダヤ教会堂）の前にさしかかった。ヤコビが言った。「この裏の墓地におれの祖先も眠っている。ここがインドでいちばん古いユダヤ人コミュニティなんだ」

ドムはふたたび黙ってうなずいた。まだしゃべれないほど息を切らしている。それでも笑みを浮かべそうになり、嚙《か》み殺すのに苦労した。これでヤコビはこの一カ月に同じことを六度も口にしたことになる。ヤコビは自分のルーツをさかのぼって、このインドの西海岸にまでたどり着いたのである。彼の祖先はここから出て、イスラエルに再定住したのだ。数年前ヤコビは、ＩＤＦ（イスラエル国防軍）の休暇中に自分のルーツを探りにここを訪れ、古いシナゴーグを見学し、ノース・パラヴア村の通りを歩きまわった。そしてそうしているうちに、いつかここに帰ってきて暮らそうと決心したのである。ここに住みついて、小さなユダヤ人コミュニティを強固なものにし、祖先が何世代も前に歩きまわったこの土地で子供たちを育てよう、と思ったのだ。

ドムはそういうアリク・ヤコビが好きだった。ヤコビはこうと決めたら断固としてそれをやりとおす意志の強い男なのだ。

アリク・ヤコビの小さな農場は、シナゴーグ（ユダヤ教会堂）のあるユダヤ人地区にほど近い、テンプル通り《ロード》の長い脇道《わきみち》――袋小路――のいちばん奥にあった。その舗装された脇道の両側とも鬱蒼《うっそう》と茂るジャングルで、農場の裏側には塩分耐性品種ポッカリ米の広大な水田が広がっている。ヤコビの農場は村の他の農家とは離れて、ひとつぽつんとあり、そのためヤコビとドムは五〇ヤードも手前で、大型パネルトラックが路肩にとまっていることに気づいた。

それは一〇分前に二人を追い越していった牛乳配達のトラックだった。

ヤコビはドムの腕をつかみ、歩くスピードを落とさせた。「あれがここにとまっているなんて妙だな」

二人は心配というより好奇心に衝《つ》き動かされて真後ろから近づいていった。そして窓のなかをのぞきこんだ。空っぽだった。

ヤコビは道の奥にある自分の農場のほうを見やった。

ドムが言った。「よく見かけるトラックですけどね」

ヤコビはカーゴ・ショーツのポケットのなかの防水ケースから携帯電話をとりだしながら言った。「そうなんだが、ここでは見ない。村の北にある農場から、南のコチの住民に牛乳をとどける車なんでね。ここは毎日のルートから東へ二キロも離れている」

ヤコビが地元の個々の車の動きをそこまで正確に把握しているのを知って、ドミニクはえらく感心したが、明らかに心配しはじめている師と同じ気持ちにはまだなれなかった。

ヤコビは妻の番号をダイヤルしながら、ふたたび自宅のほうへと歩きはじめた。ドムもぴったり後ろについて歩きだした。ヤコビがすぐに目を下に向けて自分のスマートフォンの画面を見た。

「圏外」

「このへんは圏外なんですか？」ドムは訊いた。

アリク・ヤコビは声を押し殺して答えた。「ときどきそうなる。だが、おれは偶然の一致というやつを信じない。こいつはやはり変だ」

ヤコビは結論を急ぎ過ぎている、とドムは思った。だが、ヤコビはこの土地を自分よりもよく知っているし、ここに存在する危険についても知っている、ともドムは思った。だから言った。「では、行きましょう」言うなり道を歩きはじめた。

「そっちじゃない」アリク・ヤコビは返した。「ジャングルのなかを抜けて、西から農場に近づくんだ」ヤコビはクルッと体を回転させ、鬱蒼と茂る木々のなかに入っていった。ドムもあとを追った。

ジャングルのなかに入ると、外から見たときの印象とはちがい、木々がそれほど密生していないことにドムは気づいた。バナナの木も、ココヤシも、ジャカランダも、マンゴーの木も、きちんと自分の領分というものをわきまえていて、それぞれの幹のあいだには充分なスペースがあり、そこを抜けて移動するのはたやすかった。それに昼でも入りこんでくる光がほとんどないので、下生えもたいしてない。ヤコビは高光度の戦闘用タクティカル・ライトを持っていたが、それはポケットに入れたままにして、携帯画面の光を頼りに進んでいった。万が一、近くにだれかいても、気づかれないようにするためだった。その仄《ほの》かな明かりだけで、二人は素早く移動しつづけた。彼らはいまや危機感にとらわれ、急がずにはいられなかった。いったいだれが携帯を使えないようにし、道端にパネルトラックを乗り捨てたのか、それを早いところ見つけないと！

二人はジャングルの縁に達した。そこは薪小屋の裏側だった。その小屋のそばにはヤコビの農場の貝殻敷きの庭内路がある。二人は片膝《ひざ》をつき、敷地内をしっかり観察した。暗視力は高まっていたので、うまく暗がりを見通すことができた。なにしろ、この一時間半のあいだ外の暗闇のなかで訓練していたのだ。だから二人の瞳《ひとみ》は、利用できるあたりの光のほんのわずかな欠《か》けらまで洩らさず取り込める状態になっていた。

ヤコビの農場は四エーカー（約四九〇〇坪）しかない小さなもので、中央に二階建ての母屋《おもや》がある。ほかにはアリク・ヤコビがリフォームして自分の〈道場《ドージョー》〉と妻ハンナのヨガ・スタジオにした細長い平屋が一軒、それに裏の菜園のそばに大きな鶏小屋がひとつあるだけ。ヤコビ家のものである作業用トラック一台とジープ二台は、母屋の手前側の庭内路にとまったままになっている。

ドミニク・カルーソーはゆっくりと手を伸ばし、ヤコビの腕をつかんだ。イスラエル人はアメリカ人が見つめている方向へ目をやった。暗闇に目を凝らし、母屋の前の小さな池の向こう側に動くものをなんとか捉《とら》えた。人影だ。ひとつだけ。それだけは確かだったが、この暗闇ではそれ以上のことはわからない。

数秒後、二人とも、砂利の代わりに敷かれた貝殻を踏む足音に気づき、その方向へ目を向けた。並んでとまっているアリクのジープとハンナのそれとのあいだを第二の人影が移動していた。そこは二人が片膝をついているヤシ林から七五フィートもなかった。その男は池のそばのもうひとりの男のところまで歩いていった。合流した男たちはともに母屋のほうを見つめているようだった。

最初ドミニクは、ヤコビは無人のパネルトラックを見つけて過剰反応したのだと思いこんでいたのだが、いまや自分も心臓がドキドキしはじめていた。それに腰にかすかな鈍痛をおぼえる。それは危険を察知したときにかならず生じる感覚だった。いまここで、何やら恐ろしいことが起ころうとしているのだ。自分もコーチも丸腰で、しかもカーゴ・ショーツしか身につけていないことを、ドミニクはひしひしと感じていた。

アリク・ヤコビはドムをヤシ林の奥へ数フィートほど引きもどすと、なおも前方を目で探りながら、ふたたび声を押し殺して言った。「前に二人いる。おれはやつらが武器を持っているかどうか探ってみる。きみはこのまま木々のなかを抜けて、母屋の裏のようすを見てきてくれ。そして、ここにもどり、報告する。よし、行け」

「アリク、もしこれがテストかなんかだったら――」

ヤコビはドミニクのほうへ向き直った。目には不安による緊迫した表情が浮かび、顎《あご》は前に突き出され、ピクピク動いた。「これは訓練なんかじゃない、D。本物だ」

「わかりました」応《こた》えるなりドムは移動を開始した。

敷地の裏側が見られる位置まで移動するのに一分もかからなかった。最初、ドミニクが捉えた動くものといったら、鶏小屋のなかでときどきステップを踏むように脚を動かす鶏たちと、菜園のそばの木製フェンスのてっぺんをチョコチョコ動く大きなトカゲだけだった。だが、薪小屋のほうへ戻ろうとしたまさにそのとき、母屋に近い暗闇のなかで何かが動くのに気づいた。彼は数フィート右へ移動し、首をさらに伸ばして、動いたものが何なのか見極めようとした。

見えた、人影が、夜の闇のなかに。一〇〇フィートほど離れたところに人間が二人立ち、少なくともひとりは負い紐《スリング》で肩から銃器を下げている。二人とも黒っぽい服を着て、裏庭の中央に寄り添うようにして立ち、ヤコビの家のほうを向いていた。

ひとりは目出し帽をかぶっているのではないか、とドムは思った。顔が月光をまったく反射せず、暗いのっぺりとしたものにしか見えないからだ。二人がどのような民族で、何をしようとしているのか、ということもまったくわからず、銃器だとわかったものについても、その種類や型式まではわからない。ドムはヤシ林のなかへと身を引き戻すと、できるだけ音を立てないように注意しながら、イスラエル人のもとへ戻っていった。

薪小屋の裏まで戻ったドムは、危うくアリク・ヤコビのそばを通り過ぎてしまうところだった。姿が見えなかったからだ。

「どうだった？」ヤコビは真っ暗闇に近いところから姿をあらわし、報告を求めた。

「男、二人。銃器をひとつ確認。ＳＭＧ《サブマシンガン》か小さなマシンピストルのようなもの。正確な種類や型式は不明。鶏小屋の向こう側から母屋を観察している。前の男たちは？ 武装しているんですか？」

「ひとりがマイクロＵｚｉ《ウージー》を持っている。そいつは目出し帽もかぶっている。もうひとりはたぶん、拳銃《けんじゅう》を持っているのではないか。だが、そいつの手ははっきり見えない」

ドムの心臓が暴れだした。「くそっ《シット》。インドの警察である可能性は？」

ヤコビは首を振った。

「では何者？　どう思います？」

「二人一組の攻撃チーム。フェダイーンの典型的な配置」フェダイーンがイスラム戦士を意味することはドミニクも知っていた。

「ラシュカレトイバ？」ドムは訊いた。ラシュカレトイバは何年も前からインドで活動しているパキスタンを拠点とするテロ組織だ。

「かもしれない」とヤコビは答えたが、確信は持てないようだった。

「母屋を襲うつもりなんですかね？」

ヤコビが答えるよりも早く、女の叫び声が暑い夜の空気を切り裂いた。アリク・ヤコビの妻ハンナの声だと、ドムにも瞬時にわかった。それは恐怖の叫びというより立ち向かい対決するさいに発する怒鳴り声のようだったが、いつもは静寂に沈んでいる夜に響きわたった彼女の大声に、ヤコビもドムもぞっとし、骨まで凍りつくような感覚をおぼえた。

ヤコビは妻の叫び声を聞いて反射的に立ち上がり、駆けだそうとしたが、なんとか自制し、ふたたび片膝をついた。そしてドムにささやいた。「すでに襲った。外の連中はまわりの警備担当だ。なかにほかのやつらがいる。少なくとも二人。もっといるのかもしれない」

　ドムは慄然《りつぜん》としてイスラエル人を見つめた。ヤコビの声が落ち着いているのに気づき、さすがだと思った。ヤコビは緊張していたが、パニックにはまったくおちいっていない。もちろん、妻子のことをずっと考えつづけていたにちがいないが、驚くべきことに、それをなんとか脇に押しやって、目の前の問題を解決することに集中する能力がヤコビにはあった。

　外の四人がつくっている警備線を突破するにはどうすればいいか？

　ドミニク・カルーソーは訊いた。「どうしますか？」

　アリク・ヤコビは母屋から目を離さずに、早口で、だが小声でそっと、答えた。

「地元の警察を呼べても、ここに到着するまでに三〇分はかかる。それに、警察が来たら状況はかえって悪化しかねない。固定電話や銃器を持っている隣人もひとりもいない。ここは自分でなんとかしなければならない」

「ですね」

「おれとハンナは、トラブル発生時にやるべきことをひとつ決めていた。そうする時間があったら、ハンナは子供たちをおれたちの寝室のバスルームに入れたはずだ。おれがめざすのはそこだ。ここから真っすぐ進んで母屋へ向かう。庭内路のそばの勝手口からなかに入る」

「わたしは？」

「きみはここにとどまれ。裏の男たちを見張っているんだ。そして、まずいことになったら何らかの警告音で知らせる」

ドミニクは首を振った。「それはないでしょう。わたしもこれにはしっかり参加します。あなたの掩護《えんご》は家のなかでのほうがうまくやれます」

ヤコビはドムの顔を見ようと首をまわしもしなかった。相変わらず視線を前方の男たちにじっと注いだまま、ほんのすこし頷《うなず》いただけだった。「よし。いっしょに勝手口に向かおう。キッチンのなかに入ったら即、おれは包丁をつかみ、二階の家族のところまで行けるように頑張る。きみも包丁をつかみ、外の四人が入ってきたら戦えるようにしておいてくれ」

ドムには〝自殺作戦〟としか思えなかったが、ほかに選択肢などなかった。

ヤコビはゆっくりと立ち上がり、前進する準備をととのえたが、移動を開始する前にドミニクのほうへ身を寄せて言った。「おれにもしものことがあったら、きみが使ってくれ。おれのベッドの下に鍵《かぎ》のかかった箱があり、なかにタボール小銃一挺《ちょう》と弾倉《マグ》六個がある。ダイヤル錠の番号は、1《ワン》、9《ナイン》、6《シックス》、6《シックス》、4《フォー》」

ヤコビはここインドでは銃器を所有してはいけないことになっている。それはドムもわかっていたが、彼が密《ひそ》かに持っているのを知ってもたいして驚きはしなかった。

「1《ワン》、9《ナイン》、6《シックス》、6《シックス》、4《フォー》。わかった」

早口だが、なおも声をひそめてヤコビはつづけた。「ためらってる余裕などないぞ。情けは無用だ」

ドムも立ち上がった。「そちらは真っすぐ家族のところへ」

二人が薪小屋に向かって移動しはじめたとき、ふたたびハンナ・ヤコビの叫び声が蒸し暑い夜を切り裂いた。

2

アリク・ヤコビとドミニク・カルーソーは匍匐《ほふく》前進して二台の車のあいだに入り、貝殻敷きの庭内路を横切りはじめた。砕かれた貝殻の上をゆっくりと這《は》い進むのはなかなか骨の折れる作業で、二人とも両膝《ひざ》と両手に早くも擦傷《かすりきず》ができた。後ろにつくドムは、すぐ前のヤコビと、ほんの少ししか見えない敷地の裏側に目を代わる代わるやっていた。そこにいる男たちが這い進む音に気づいて調べにこないようにと祈るしかなかった。ヤコビのほうは、敷地の表側にいる男たちの様子をうかがいつづけようとしてはいたが、いまや、できるだけ早く、そして静かに母屋《おもや》まで移動することを最優先し、それに注意のほとんどを注いでいた。

二人は母屋の側面にある勝手口にたどり着き、ヤコビが上体を必要なだけほんの少し起こしてドアの取っ手に片手をかけ、それをゆっくりと回していった。母屋の二階からまたしても叫び声が飛び出した。だが今度は男の声だった。何と言ったのかはわからなかったが、ヤコビはその叫び声を自分の動く音を隠すのに利用し、暗い空っぽのキッチンにスッと入りこんだ。

ドミニクもあとにつづいて入り、ヤコビと同じようにカウンターのラックから肉切り包丁を引き抜いた。二人はひとことも発せず、ヤコビはそのまま真っ暗な廊下に入って姿を消し、二階への階段がある居間へと向かい、ドム（ドミニク）は玄関口も勝手口も見ることができるキッチンのなかの位置へと移動した。そこは玄関口から三〇フィート、勝手口から一五フィート離れたところで、正直なところ、どちらのドアからであろうと実際に武装した敵が入ってきた場合、戦うのによい位置ではまったくなかった。ともかく戦う覚悟だけはして、ヤコビがうまいこと静かに家族か小銃のところまでたどり着けるようにと祈るしかない。外の連中に気取られるような音さえ立てなければ、敵の〝援軍〟が家のなかに突入してくることはないのだ。

ドムはほかに何かできることはないかと懸命に考えたすえ、包丁ラックのところに戻って、武器をもう一本――今度はバランスのよい最高級果物ナイフ――を引き抜き、もとの位置まで帰ってきた。

それでもまだ〝自殺作戦〟に変わりなかったが、戦わずに屈する気などドミニクにはまったくなかった。

戦わなければならない敵が何人なのかさっぱりわからなかったが、アリク・ヤコビは一階にはひとりもいないという結論に達した。聞こえる敵の声は二階にいる男ひとりのものだけ。そいつが怒鳴り声をあげて妻を尋問し、妻もまったく同じように怒りをあらわにして怒鳴り返している。

階段の下でヤコビは蹴《け》るようにしてスニーカーをぬぎ捨てると、踏み板がきしまない壁際《かべぎわ》に寄り、二階へ向かって静かにのぼりはじめた。

階段のてっぺんに達し、二階の端から端まで背骨のようにつらぬく廊下に目をやる。その輪郭がどうにか見えた。右側のなかばにバスルームの開いたドアがあり、そこから月光がいくらか廊下に流れこんでいる。そのわずかな光のおかげで、奥の主寝室のドアも開いていることがわかる。月光のなかに動く影はない。ということは、バスルームは無人か、だれかいたとしても身じろぎひとつしていない、ということだ。左手にも開いたドアが二つあるが、それらの部屋のなかは漆黒の闇《やみ》に包まれている。ひとつ目はヤコビの仕事部屋であり、その向こうは子供部屋だ。

寒気が走った。が、ヤコビは包丁をいつでも使えるようにして廊下を進みはじめた。

主寝室から妻を尋問する男の声が聞こえた。英語だ。おまえの夫はどこだ、と男は訊《き》いた。どうも、その問いを繰り返しているようだ。声に苛立《いらだ》ちがあらわになっている。必死になっている感じもある。平手が頬の肉を打つピシャという音がし、妻がふたたび叫び声をあげた。それでヤコビは、侵入者はまだハンナから何も聞き出せていない、と確信した。

アリク・ヤコビはもういちどバスルームのなかの月光をチェックして人の気配を探ったが、相変わらず何の動きも捉《とら》えられなかった。そこから廊下の奥にまで進むにはまず、左側の二部屋に脅威となる者が存在しないかどうか確認しないといけない。自分の仕事部屋をのぞきこもうと身を動かした。その瞬間、ひとりの男が真っ暗な部屋のなかから廊下へ歩み出てきた。黒い目出し帽をかぶった男。ヤコビよりも数インチ背が高い。一瞬、二人の目と目が合った。ヤコビは男の手に武器があるのに気づいたが、しっかり見ている余裕などなく、すぐさま手をピストンのように勢いよく突き出し、包丁で男の腕を刺した。だが、男がよけようと体を回転させたため、ヤコビは包丁をつかんでいられなくなった。すかさず、近接格闘術クラヴ・マガの達人にして初めて可能な俊敏きわまる身のこなしで前に突進し、劣勢を挽回《ばんかい》しようとした。目出し帽の男の肩から下がるマシンピストル——マイクロUz・i《ウージー》——を押し払い、それを敵の手からもぎとって、クルッとまわし、銃口を上げて男の顔にピタッと向けた。目出し帽のテロリストは己を護《まも》ろうと両手を上げようとしたが、それよりも早くヤコビは短銃身のサブマシンガンを前に突き出し、銃身の先端に取り付けられていた消炎器《フラッシュハイダー》を男の眼窩《がんか》に勢いよく突っ込み、ふたたび敵の頭部をのけぞらせた。敵がうしろへよろけて仕事部屋のなかへ戻るや、イスラエル人は跳びかかり、片手で男の口をふさいでから敵の体を一八〇度回転させた。そして、強烈なひねりで男の首をへし折り、脊髄《せきずい》を切断した。

イスラエル人は敵の体をそっと下げて床に転がすと、素早くマイクロＵｚｉサブマシンガンを負い紐《スリング》からはずして握りしめ、部屋の奥のほうを向いて脅威となる者がほかにいないかチェックした。

いない。だが、廊下のほうへ振り返った瞬間、主寝室のドア口に人影がひとつあらわれた。月光でかろうじて捉えることができただけだったが、大人の男であることは確かで、その男の腕が前へ反射的に上がるのが見えた。

瞬時にヤコビはＵｚｉを発砲せざるをえないと判断した。そんなことをしたら敷地内の武装した敵全員にこちらの存在を知らせることになるが、選択の余地はない。ヤコビはねらいを定めて弾丸を一発発射した。ドア口の武装した侵入者は悲鳴をあげて体を回転させ、首をつかんで倒れた。

家族の救出はいまや時間との闘いであると知って、ヤコビは廊下を駆けはじめた。

硝煙の立つUzｉを前にかかげ、左手のいちばん奥の暗いドア口のほうへ体をまわし、動く者がいないかチェックした。そこは子供部屋で、だれもいないとわかってヤコビは安堵《あんど》した。そこに子供たちがいないということは、妻には息子たちを主寝室のバスルームに移動させる時間があったということになる。

いまや背後になった廊下のバスルームをしっかりチェックしておこうとヤコビが振り向きはじめたとき、男の叫び声が聞こえた。ヤコビが完全に振り向く前に、人影がひとつバスルームから飛び出し、イスラエル人の背中に激突した。ヤコビは前に突き飛ばされ、廊下の壁に叩《たた》きつけられた。

ヤコビは倒れこみ、マシンピストルが手から吹っ飛んだ。

ドミニク・カルーソーは、階上の銃声で外の男たちの何人かは家のなかに入ってくるだろうと予想したが、どちらのドアから入ってくるかはまったくわからなかった。ドミニクの視線は、勝手口のドアと廊下の先の玄関ドアとのあいだを行ったり来たりしていた。敵と戦うことになるとわかってはいるが、どう戦えばいいのかはまだよくわからない。

銃声がしたあと、静かだったのはたったの二秒だった。凄《すさ》まじい叫び声がしたかと思うと、男たちが激しくぶつかり転がる大きな音が真上の廊下から聞こえてきた。

玄関ドアが勢いよくひらいて、ひとりの男が飛びこんできたのは、ドムが居間のほうへ目をやっているときだった。ドムには、ひとつの人影というくらいのことしかわからなかった。その男が武器を持っているかどうかまで確認している時間などなかった。ここは持っていると仮定しなければならない。

右手の果物ナイフを振り上げ、男の顔をねらって、思い切り力をこめて投げた。距離が三〇フィートもあり、命中時にはかなりのパワーが失われているはずだったから。鋼鉄の刃が侵入者の胸――鎖骨のすぐ下――に突き刺さり、男はうしろによろけてドア口の向こうへ倒れこんだ。ドムは男が前庭にドサッと崩れて動かなくなるのを見とどけた。その直後、ドアがスプリングで戻って閉まった。

すると今度は、背後の勝手口のドアがギーッという音を立てた。ドムは反射的に振り向き、侵入者が武器を所持しているかチェックしようとした。確かめるまでもなかった。フルオートの発砲があったからだ。ドムはとっさに上体を床まで下げ、キッチン中央の調理台のうしろへダイヴした。そしてそのまま、ドア口の男から自分が見えないように調理台のうしろに身を隠そうとしながら床を這い進んだ。

ふたたび長いフルオートの発砲があった。それで敵がまだドア口から離れていないことがわかった。ドミニクは身を低くしたまま、調理台をぐるりとまわって、男の左側へと移動した。そしていきなり右手に肉切り包丁を持って立ち上がるや、頭からダイヴして最後の五フィートを飛び、男の脇腹《わきばら》に包丁を突き立て、刃を浮遊肋骨《ろっこつ》——胸骨につながっていない第一一肋骨と第一二肋骨——のあいだに柄までもぐりこませた。さらにそのまま体当たりして、マイクロＵｚｉ《ウージー》を持つ男をドアわきの戸のない食料庫のなかへ押し倒し、腰と腕を使って銃口を自分から遠ざけた。

男は苦痛の叫びをあげた。顔が敵のナイロンの目出し帽にくっついて、ドムは恐れと汗の臭《にお》いを嗅《か》ぎとることができた。男の服には潮の匂《にお》いが染《し》みこんでいるようにも思えた。たちまちドムは、硬く張りつめた筋骨たくましい男の肉体が軟化しはじめるのを感じた。武装した侵入者の脳がショック状態におちいり、力が抜けだしたのだ。目出し帽の武装侵入者が失血死するにはいくらか時間がかかるとドムにもわかっていたが、弱まりつつある手からＵｚｉをもぎとるのはすでに可能と思われた。ただ、サブマシンガンの負い紐《スリング》は男の首にかけられたままだ。そこでドムはスリングをはずしにかかったが、そのとき勝手口のドアがまたしてもあいた。そこは彼の背から五フィートもない。肩越しにうしろに目をやると、月光でシルエットになった男がひとりドア口に立っているのが見えた。男はＵｚｉを前に突き出してキッチンのなかに銃口を向けたが、右手数フィートしかないところにターゲットを発見し、明らかにギョッとしたようだった。男はドムの方向へサブマシンガンを振った。

ドムは突き刺した男からUziを奪いとるのをあきらめた。そんなことをしている余裕はない。彼はとっさにうしろへ手を伸ばし、投げられるものを探した。これは訓練の賜物《たまもの》だった。この一カ月、ドムはクラヴ・マガを学び、実践してきたのだ。攻撃してくる敵を無力化するために、その場で手に入る道具を何でも利用する、という戦闘術も、アリク・ヤコビから教わっていた。

クラヴ・マガは古来の優雅な武術ではなく、その長所はあくまでも効率の良さにある。

ドミニク・カルーソーは手が何らかのナイフにかかってほしいと願っていた。だが、指がつかんだのは金属製のポットの縁《へり》で、ドムはすかさずそれを振って投げつけた。ポットはUziとそれを持つ手に命中し、銃口の狙《ねら》いが乱れた。

ドムは敵に突進し、男の胴体めがけてパンチを繰り出し、さらに顔に肘《ひじ》打ちを食わせようとした。だが、拳《こぶし》も肘も男をかすめただけで、何のダメージも与えなかった。

武装侵入者は後退してサブマシンガンをふたたび振り上げようとしたが、キッチンの中央にあった調理台にはばまれて後ずさることはできなかった。

この隙《すき》にドムはもう一発パンチをはなった。これは敵を捉えたが、男は調理台の縁をまわりこんで後退し、遠ざかってしまった。

ドミニクは調理台の上の麺棒《めんぼう》をつかむや、暗闇のなかの人影めがけて振り投げた。男は勢いよく飛んできた麺棒を胸に受けて、激しいパンチを食らったかのようにうしろへ弾《はじ》かれ、向こう側の壁際にあった冷蔵庫に背中から激突した。

それでも一秒しか稼げないとわかったので、すぐさまドムはふたたび食料庫へ飛びこみ、肋骨のあいだに包丁が刺さったままの男のところへ舞い戻った。そしてＵｚｉをひっつかむと、瀕死《ひんし》の男ごと首にかかったスリングを引っぱり、サブマシンガンを回転させ、なんとか銃口を前に向けて腰のあたりまで上げた。引き金《トリガー》をしぼった。発砲炎が食料庫とキッチンに満ちた。フルオートの長い連射で、弾丸は武装侵入者がいる冷蔵庫のそばの空間に向かって凄まじい勢いで飛び出していった。排出される焼けた空薬莢《からやっきょう》が、食料庫の野菜缶にあたって跳ね返り、雨のようにドミニクに降りそそぎ、剝《む》き出しの胴を焦《こ》がしたが、彼はかまわず発砲しつづけた。この二時間、ほぼ完全な暗闇のなかで過ごしたので、短銃身から持続的に放出される発砲炎によって、目はまるで突然陽光に包まれたかのような錯覚をおぼえた。もはやターゲットもまったく見えない。だから、銃口を上げたまま、弾倉《マガジン》が空になるまでトリガーを引き、弾丸をでたらめに発射しつづけた。

銃口から飛び出した閃光《せんこう》で視覚を一時的に失った目を自由になるほうの手でこすり、激しい耳鳴りを少しでも鎮《しず》めようと頭を振ったが、耳のなかの甲高い音は一向に収まらなかった。焼けたようになった瞳《ひとみ》を通してターゲットを見られるようになるのにしばらくかかった。目出し帽の男が仰向けに床に転がっているのがやっと見えたときには安堵した。

ヤコビに加勢しに二階へ行かなければならないことはわかっていたし、そうするには装弾された銃が必要であることもわかっていたので、死んだ男からＵｚｉを奪うことにした。だが、ひざまずいてそれをつかもうとした瞬間、男がもうひとり勝手口のドアから飛びこんできた。

そいつは目出し帽をかぶっていなかった。髭《ひげ》をきれいに剃《そ》った若者で、目に狂気をあらわにし、顔に恐怖を張り付かせていた。だがその男は、キッチン・カウンターを背にしてひざまずこうとしていたドミニクのすぐそば、手を伸ばせば届くところまできていた。

ドミニクは立ち上がり、何も持っていないほうの手で男の胴体めがけてパンチをはなった。拳が驚くほど硬いものにぶつかった。上着の下に小銃の弾薬を収めたチェスト・リグを着《つ》けているのか？　弾薬を隠し持つため？

　ドムはもう一発パンチを繰り出したが、同じ失敗を繰り返しはしなかった。今度は若者の顔をねらった。拳は顎《あご》をとらえ、若者はうしろへ弾かれ、狭いキッチンの中央にある調理台に仰向けに乗っかった。

　ドムは素早くひざまずくと、マシンピストル——マイクロＵｚｉ——をすくいあげ、調理台の上に横たわる若者の額に銃弾を一発撃ちこんだ。手のなかのＵｚｉが咆哮《ほうこう》したとき、部屋がふたたび発砲炎で明るくなったが、すぐにまた暗闇と静寂がもどった。ドムは階段まで行こうと廊下に向かって走りだした。その瞬間、ハッとして足をとめ、振り向いて死んだ若者を見やった。

　いまやっと妙だと気づいた。この若者は武器を持っていなかったのに、胸に重くて硬いものを装着していたのだ。

　いったいなぜ、Ｕｚｉを持っていないのに弾倉《マガジン》でいっぱいのチェスト・リグを身に着けていたのか？

　ドムはあわてて死体に駆けもどり、チャックが首まで引き上げられているウインドブレーカーを引き裂いた。あらわれたものにギョッとして思わず身を引き、腰を背後のキッチン・カウンターに打ちつけた。

仄《ほの》かな月光を浴びて目の前に横たわる死人は、自爆ヴェストを身に着けていたのだ。厚くて細長い爆発物がいくつもグレーのキャンヴァスに縫いこまれ、弛《たる》みのある電線が全体に張りめぐらされている。

ドミニク・カルーソーは息を呑《の》み、唇のあいだから声を洩《も》らした。「アリク」

ドミニクが階下で死闘を繰り広げていたとき、アリク・ヤコビも階上の廊下でまったく同じことをしていた。うしろから体当たりしてきた男は、いまや頸椎《けいつい》、顎骨《がっこつ》、頭《ず》蓋骨《がいこつ》を粉々に砕かれて息絶えていた。ヤコビも傷を負い、唇と鼻から血を滴《したた》らせていたが、痛みも、狭い空間での激闘による疲れも払いのけ、暗闇のなかに転がるマイクロUzi《ウージー》サブマシンガンを手探りで見つけ、左手でつかみあげた。

と、そのとき、後方から妻の叫び声が聞こえた。ヘブライ語だ。「アリク！　ネシエク！」銃！

ヤコビは廊下の床にダイヴし、体を回転させて背中から落ちた。その瞬間、主寝室からフルオートの連射があり、鉛合金弾が超音速で廊下を突っ切って彼のほうへ飛んできた。弾丸はすべて上にそれた。ヤコビは仰向けになったまま、拳銃《けんじゅう》よりもほんの少ししか大きくないマシンピストル――マイクロUzi――の銃口を、剝き出しの足のあいだへ移動させて前方へ向け、発砲炎にねらいを定めた。そして、家族に当たらないように注意深く、フルオートでも撃てる銃をセミオートにし、発砲炎をしっかりねらって弾丸を一発ずつ撃ちこんだ。

次の瞬間、手のなかのＵｚｉが弾かれ、吹っ飛んだ。敵が寝室からはなった一発の弾丸が、Ｕｚｉに命中し、それを弾き飛ばしたのだ。もう使いものにならないかもしれない。だが、寝室からの発砲はやみ、ヤコビは激しい耳鳴りにもかかわらず、マイクロＵｚｉが板張りの床に落ちて弾む紛《まが》うかたない音を聞き取れたと思った。

階下から激烈な戦闘音が聞こえてきた。フルオートの長い連射音、男の悲鳴、肉体と肉体が激突する音……。だが、ヤコビの思いは寝室にしか向いていなかった。そこで見つけられるもの、それだけがいまの関心事だった。

ヤコビは跳ね起きると、家族に向かって走った。


ドミニク・カルーソーは全速力で居間に駆けこみ、階段へ向かった。あいたままの玄関ドアの前を通り過ぎるとき、外の地面に目をやった。先ほど果物ナイフを投げて倒した最初の敵を確認しておこうと思ったからだ。ところが、玄関ドアの前の地面は空っぽだった。ドミニクはクルッと体を回転させて階段に飛びこんだ。胸にナイフを突き立てられたその男が、どうか二階へ向かっていませんように、そのうえ自爆ヴェストなど着けていませんように、と祈らずにはいられなかった。

階段にはだれもいなかった。ドムは二段飛ばしで階段を駆けのぼりはじめた。そしてそうしながら叫んだ。「アリク！　自爆ヴェスト！」


ヤコビはついに主寝室に入った。部屋の中央に置かれた椅子《いす》に妻が縛りつけられていた。乱れた髪が顔にかかっている。ハンナは顔を上げ、暗闇を通して夫を見つめた。

「子供たちはリンネル戸棚に隠れてるわ。無事よ」彼女は首を動かして寝室のバスルームのほうを示す仕種《しぐさ》をした。ヤコビはその近くに立っていた。

家族が無事であることを知ってヤコビは安堵した。だが、これで終わりではない。〝訓練生〟を助けるために階下へ戻らなければならない。彼は片膝をつき、死んだ男のそばの床に落ちていたマイクロUzi《ウージー》をつかみとった。

だがそのとき、背後からもの音が聞こえてきた。ハッとして肩越しに暗い廊下を見やった。髭をきれいに剃った若者がひとり、よろめきながら近づいてくるのが見えた。バスルームから洩れてくる月光の仄かな明かりで、ヤコビは若者の胸の左上の部分にナイフが一本突き刺さっているのにも気づいた。それでも若者はなんとか懸命に足を動かし、できるだけ早く近づこうとしている。ヤコビはUz・iを上げながら素早く身をまわして若者のほうへ向こうとした。

そのとき、若者の後方の階段から、D――アメリカ人〝訓練生〟――の叫び声が聞こえてきた。「アリク！　自爆ヴェスト！」

若者の胸の中央部に照準を合わせていたアリク・ヤコビは、敵がヴェストを着用しているのを知って、戦いかたを完全に変えなければならなくなった。できるだけ速く照準を若者の頭部に合わせなおしながら、叫んだ。「ハンナ！」

階段を駆けのぼったドミニク・カルーソーがもう少しで二階に達しようとしたとき、上方から光と熱の大波が押し寄せてきて、彼はそれに完全に呑みこまれてしまった。空中に吹っ飛ばされたことを脳が感知し、ドムは一瞬、無重力状態を味わった。が、たちまち凄まじい大音響に襲いかかられた。自分がうしろ向きに落ちていくのがわかった。裸の背中が木製の階段にこすられ、両脚が高くほうり投げられ、後方宙返りをして、いちばん下まで転がり落ち、木の手すりに胸から激突し、引っくり返って一階の床にたたきつけられた。そして後頭部をチークの床板にしたたかに打ちつけた。

この衝撃で頭が朦朧《もうろう》とし、自分がいまどこにいて何が起こったのか思い出すのに数秒を要した。煙で息がつまり、熱で目がヒリヒリしたが、ドムは痛みを追いやり、戦いに戻ろうと気持ちを奮い立たせた。

どんどん厚くなってくる黒煙に目を細め、自分を引っぱり上げるようにして立ち上がり、ふたたび階段のほうへと移動したが、両脚に力が入らず、階段をのぼろうとしても転げ落ちるばかりだった。なんとか立ち上がろうと両腕で体を押し上げ、顔を上げると、二階から轟音《ごうおん》を立てながら噴き出す炎が見えた。そして炎の上には夜空があった。

爆発で階段と廊下の部分の屋根がすっかり吹き飛んでしまったかのようだった。

ドミニク・カルーソーはふたたび床まで滑り落ち、仰向けになったまま意識を失った。黒煙が手のように伸びてきて、その横たわる体を包みこんだ。

3

ドミニク・カルーソーは鋭い痛みと吐き気に襲われて目を覚まし、かなりしてから
ようやく、焼死したわけではないのだと自分に納得させることができた。
目をひらき、脚のほうへ目をやって、自分が病院のベッドに横たわっていることを
確認したのだ。アリク・ヤコビの燃え上がる家のなかで気を失ったあと、意識を取り
戻したのは、これが初めてではなく、すでにそういうことが何度もあった。毎回、頭
をもたげてまわりにチラッと目をやり、救急車や病院の廊下や病室のなかにいること
を確認し、すぐまた頭を下げると、たちまち気が遠のいていくのだった。
そんなことがいつからつづいているのか、さっぱりわからなかった。二時間前か
ら？　それとも二週間前からなのか？
今回は視覚がいつもよりも少しはっきりしてきて、ベッドサイドに医師がひとり立
っているのに気づいた。髪は白髪混じりだが顔は若々しい、肌の浅黒いインド人だっ
た。白衣ではなく手術衣を着ている。医師はドムの左手首に指をあて、腕時計に目を

やって脈をチェックしはじめた。インド人は脈をとり終わると目を上げ、ドム（ドミニク）の顔を見やった。すると、患者も自分のほうを見返していたので、びっくりしたようだった。

「あっ、こんにちは。目を覚ましておられたのでびっくりしました。鎮静剤がまだ利《き》いているはずなのですが……」

医師の陽気で快活な話しかたがドムにはまるで音楽のように聞こえたが、これは投与された薬のせいなのだろうかと彼は思った。

インド人は負傷状況を長々と説明しはじめた。「軽い脳震盪《のうしんとう》がありました。心配するほどのものではありませんが、数日は頭痛があると思われます。いや、頭痛は数週間つづくかもしれません」医師はクリップボードを見下ろした。「ほかには、ほとんどが打撲と切創。重大なものはわずかです。前腕の切創は一一針縫いました。それは爆弾の小さな破片でできたものと思われますが、傷の原因となったものは貫通して体内にとどまってはおりませんので、確実なところはわかりません。そして、右の胸筋に刺創がひとつ。金属ネジによるものです。ネジは取り除きました。深くもぐりこんではいませんでした。傷口はすべて洗浄し消毒しましたので、感染はないはずです。でも、油断は大敵、今後ご自分で傷を注意して見まもらないといけません。さらに全身に重大な打撲が——」

患者は医師の言葉をさえぎって訊《き》いた。「ヤコビたちは？」

医師はその問いに自分では答えなかった。彼はわきにのき、病室にもうひとり別の男がいることをドミニクにもわかるようにした。その男はドアのそばに置かれた安物のリクライニング・チェアに脚を組んで座っていた。黒髪をきちんとうしろへなでつけた中年の男で、たっぷりとした口髭《くちひげ》をたくわえ、ダークスーツにネクタイという服装だった。

「こんにちは、ジョン」

ドミニクは応《こた》えなかった。

「名無しさん《ジョン・ドウ》。名前がわからないのではそう呼ぶしかない」男は疲れをにじませた無表情の顔でアメリカ人をじっと見つめた。「ほかの名前で呼んでほしいというのなら、そうしますよ。いいかな？　たとえばジョン・ランボーとか？」

「あなたはだれ？」

「わたしは刑事のナイドゥ」男は立ち上がった。「いくつか質問をしに来ました」

「ヤコビたちは？」

ナイドゥは首を何度も横に振った。その仕種《しぐさ》には思いやりというものが微塵《みじん》も感じられなかった。「死んだ」

ドムは目を閉じ、首を振った。「ノー」

「イエス」インドの刑事は訂正した。「四人とも。現場ではさらに七人が死亡しました。合計ほぼ一ダースの死体。要するにですな、アメリカの若いお友だち、あなたが唯一《ゆいいつ》の生存者なのです」ナイドゥは両眉《まゆ》を上げ、前かがみになってドミニクに身を寄せた。「いやはや奇跡ですよ、でしょう？」

ドミニクは答えなかった。もうヤコビ夫妻と子供たちのことしか考えていなかった。

《ダル。モーシェ》

「近所の人たちが多大な危険をおかして、あなたを燃える家のなかから引っぱり出したのです。あなたはだれが助けてくれたのかと訊きませんでしたな。それを知りたがると、わたしは思っていたのですが」

ドミニクは虚空《こくう》を見つめたままだった。

《アリク。ハンナ》

「近所の人たちから聞いて、あなたがヤコビ家の客であったことはわれわれも知っています。あなたはあたりを行ったり来たりするのを目撃されている。でも、発見されたとき、あなたは身分証の類《たぐい》をまったく身につけていなかった。アメリカ人だと思う、と近くの者たちは言っています。たしかにアメリカ訛《なま》りですな、あなたの英語は。しかし、わかったのはそれだけ。あの家のなかに何か……パスポート、ヴィザ、アメリカの運転免許証といったものがあったとしても、火事でみんな燃えてしまいました」

ドミニクは眼前に浮かび上がってきた爆発時の映像を押し払おうと懸命になった。同時に、ズキズキしだした頭痛を必死になって無視しようとした。頭の痛みはナイドゥの口から言葉が飛び出すごとに強まっていく。鎮静剤の効果が急速に消えはじめているようだった。

「電話を一本かけないと」

「わたしのほうも、質問に答えてもらわないと、あなたにね。いったいなぜ、あなたの友人とその家族は殺害されなければならなかったのですか？　ヴィザによりますと、あなたの友人の職業は個人《パーソナル》トレーナー。そして妻はヨガのインストラクター」

ドムは答えなかった。患者衣の下の前腕に刺すような痛みが走った。

ナイドゥは語気を強めた。「われわれは小銃を見つけた。アリク・ヤコビは何者だったんですか？」

「彼はわたしの格闘技の先生だった。それだけ」

「パキスタンのテロリストどもはふつう、ここまでして格闘技のインストラクターを殺しはしない」

「パキスタン人だったのですか？」

ナイドゥは心底驚いたという顔をしてドミニクを見つめた。「ここはインドだよ。ほかにだれがこんなことをするというのかね？」

ドミニク・カルーソーは頭を枕《まくら》にもどした。これは敵意ある非友好的な尋問ということだな、それだけは確かだ、とドムは思った。そんなことに付き合うのは気が進まなかった。「わたしには何もわからない。刑事ではないので。でも、わたしがあなただったら、脇道《わきみち》の端にとまっていた牛乳配達のトラックを詳しく調べてみますけどね」

ナイドゥは返した。「もう調べた。それを運転していた女も捜索中だ。女は村を離れたが、かならず見つける」

ドミニクは病室のなかをながめまわしてから言った。「女はもうインドにはいない。確実にね」

「おや、あんたは女よりも興味深い」

ドムは目を閉じた。「では、あなたの捜査とやらはメチャクチャということになる」

ナイドゥはこの侮辱に取り合わず、涼しい顔をして自分のメモ帳に目を落とした。

「つまらんゲームをして時間を浪費するのはやめましょう。ヤコビがかつてＩＤＦ——イスラエル国防軍——兵士であったことは、われわれも知っている。もし彼がそれ以上の者であったのなら、それをちゃんと言ってもらわないとね」

「それ以上の者？」

「ユダヤのスパイだったとか？」

ドムはナイドゥを罵倒《ばとう》したい衝動に駆られたが、なんとかそれを抑えこんだ。「電話を一本かけさせてほしい。それができるまで、もう何も言わない」

ナイドゥの顎《あご》の筋肉がピクピク動いた。刑事はゆっくりと言った。「あんたは友だちを死に追いやった者がだれだか知りたくはないのか？」

ベッドに横たわる男は沈黙を守った。

「あんたはわれわれの捜査を馬鹿《ばか》にしているが、それはやめたほうがいいと思う。あんたは容疑者ではない。あんたは攻撃してきた連中と戦った。それはわれわれにもわかっている。キッチンで見つかった男たちのひとりの血が、あんたの両手にべっとりとついていた。だからといって、あんたを殺人容疑で逮捕するつもりはわたしにはない。どうです、それを知って安心したんじゃないのかね？」

ドムは目をグリッと上に向けた。自分が罪に問われるなどということは考えてもいなかった。

「わたしはただ、なぜやつらがアリク・ヤコビを殺しにきたのか、その理由を知りたいのであり、あんたに手を貸してもらえたらと思っているだけなんだ」

「そんなことできない。知らないのだから」

ナイドゥは溜息《ためいき》をついた。「パキスタンのテロリストども。核戦争の脅威。中国との新たな紛争。犯罪。腐敗。病気。わが国はね、問題ならもう充分に抱えこんでいるんだ。それなのにまた、武装したユダヤ人が海辺にやって来て、新たな敵を引き寄せる。もう勘弁してほしいんだ、わかるだろう？」

「電話一本かけさせてもらえないのなら、わたしが自由の身になったときに国際問題にするけど、それでいいんですね？」

「わたしがよしと言うまで、あんたは電話をかけられない。そして、わたしがよしと言うまで、あんたは自由の身にはなれない」

「あなたがたはいつも、自分たちの国を訪れた外国の客にそんなにステキな仕打ちをするんですか？」

ナイドゥは笑い声をあげた。「わたしは観光局の人間ではないんでね、ミスター・ジョン・ドウ。まあ、拘置所から出られたら、観光局に当たってみるんですな。象に乗れるように取り計らってくれるかもしれない。でも、わたしはあんたから情報を得るためにここに来たのです」

《拘置所だって？》これは虚仮威《こけおど》しにすぎない、とドムは思った。ドムは尋問テクニックのことならほぼ何でもよく知っている――なにしろFBIで訓練を受けたのだ。この刑事の空威張りには足りないものがあることに彼は気づいていた。たしかに、やたらに吠《ほ》えている。だが、決して嚙《か》みはしない。ドムにはそれが感じとれた。

ドミニクは薄ら笑いを浮かべた。「わかっちゃいましたよ、あなたの声の調子でね。すべて、はったり。あなたはわたしに何もできない。そんな権限はないんです」

ナイドゥはすこしへこんだように見えた。相変わらず顎を上げ、声に力をこめつづけたが、目に弱さが表れているのをドムは見逃さなかった。結局、長いにらめっこになり、ナイドゥが先に視線をそらせた。「できれば、わたしはあんたをここに留め置きたい。そのうちあんたは口をひらく。口を割らせる自信はあるんだ。だが、あんたを重要人物だと考えている者がいてね、ほんのすこし前、飛行機が一機、アメリカから到着した。空の旅に耐えられるようになり次第、あんたをその飛行機に乗せろと、わたしは上の者たちに命じられてしまった」

これを聞いてドミニクは、上掛けのシーツをサッとまくり、両脚を蹴《け》るようにしてベッドの外に出した。そして上体を起こしはじめたが、腹部をすこし曲げただけで鋭い痛みに襲われ、たじろいだ。肋骨《ろっこつ》がぜんぶ折れてしまったか、少なくとも凄《すさ》まじい打撃を受けたかのような、強烈な痛みだった。

ドムは上体を倒し、もとどおりベッドに横たわった。

刑事は若いアメリカ人の苦悶《くもん》に気づき、にんまりと笑みを浮かべた。そして立ち上がり、ドアに向かって歩きだしたが、途中で振り返った。唇はなおも笑みでゆがんでいて、それはたっぷりとした口髭でも隠しきれなかった。

インドの刑事は言った。「許してください、ジョン・ドウ。なにせこういう状況ですからね、わたしとしては、小さなことに満足を見出《みいだ》すしかないんです」

4

イーサン・ロスは月曜日には遅刻するのが常で、今日も例外ではなかった。本人は決して認めようとしなかったが、仕事場に適度に遅れて行くのはわざとだった。出勤時間厳守なんて下《した》っ端《ぱ》のすることだと彼は思いこみ、遅刻常習は自分が所属する機関の柔軟性のない規則への、実害のない間接的な抗議にすぎない、と勝手に考えていた。

ただ、今朝は少しばかり寝坊した。ジョージタウンの自宅ではなく、ベセスダのガールフレンドの家で。昨夜、ロスはイヴを誘ってバーに出かけ、そこでロサンジェルス・レイカーズのバスケットボール試合を観戦し、それが終わったのが、ここ東海岸時間の一一時過ぎで、二人はそのあともう一杯飲み、結局それが三杯になってしまった。

二人は午前一時にようやくベッドに入ったが、ロスがウォツカ・ベースのグレイハウンドを五杯飲んでも消え失《う》せなかった性欲を満足させたため、二人が眠りに落ちたのは二時だった。ロスは自宅に帰って寝るつもりでいたのに、セックスのあとはもうすっかり面倒になり、身を転がしてベッドのはしに寄り、朝まで爆睡してしまった。

午前八時一五分、うろたえて自分の名前を呼ぶけたたましい声に、イーサン・ロスはハッとして目を覚ました。

「イーサン！」イヴの声だった。

ロスの目がひらき、イヴの目覚まし時計をじっと見つめた。彼女がロスの目の前に時計を突き出していたからだ。

「落ち着け」ロスは言った。

だが、イヴは飛び起き、バスルームへ走っていった。彼女はロスとはちがって遅刻はなんとしても避けたかった。

イーサン・ロスは数分後、階下におりて、愛車の赤いメルセデスのクーペに乗りこみ、音楽の音量を上げた。そして、南へ車を走らせ、三四番通り《ストリート》の連棟式高級住宅《タウン・ハウス》にもどると、ゆっくりくつろいでシャワーを浴び、時間を必要なだけかけてスタイリング剤《モールディング・クレイ》で金髪をしっかりと整えた。それからやっとラルフローレンのスーツを着て、姿見の前に立ち、その鮫皮《さめがわ》に似た質感があるグレイのシャークスキン・スーツが体にぴったり合っているかどうか確認し、仕立ての具合や光沢までチェックした。

紫色の水玉模様のネクタイがシャークスキン・スーツに対して派手すぎないことに満

足すると、サクランボ色のローファーをはき、もういちど鏡に自分の全身を映し、たっぷり時間をかけて身なりを再チェックした。そうやってスタイルとルックスをしっかり査定してから〝合格〟と判定した。

午前九時、イーサン・ロスはなおも急がず落ち着きはらって、自宅であるタウン・ハウスの玄関前の階段をのんびりと下り、暖まったメルセデスの車内にふたたび乗りこみ、またしても音楽をかなりの音量で響かせながら、仕事場へと向かった。ウィスコンシン通り《アヴェニュー》はそれほど込んでいなかったが、ペンシルヴェニア通り《アヴェニュー》に入ると大渋滞で、ロスはこの日初めての障害にぶつかった。彼はのろのろ車を動かしながらブラウプンクト製のカーオーディオから飛び出してくる曲に合わせて歌った。それは一九七四年にリリースされたニール・ヤングの『渚にて《オン・ザ・ビーチ》』で、三二歳の男にしては風変わりな好みと言わざるをえないが、実のところロスはその曲を聴いて育ったのだ。母がよく〝革命音楽〟と呼んでいた曲である。ただ、高級車を運転して政府の仕事をしにいく途中、反体制ソングに合わせて歌うというのは、いささか矛盾した行為ではあるな、とロスにもわかっていた。

いや、いいんだ、これで、とイーサン・ロスは思い直した。彼はいまだに自分を一種の反逆者——ただし現実的な世界観をもつ次元の高い反逆者——と考えていた。

金曜日に仕事から帰ると、ロスは古いアルバムを聴きつづける。ひとりのときもイヴといっしょのときも。古い曲はイヴの好みではなかったが、彼女は文句ひとつ言わなかった。それにそもそもロスはイヴの好みなどまったく気にしない。イヴは優秀だが救いようがないほど従順な韓国系の女で、ロスにそう言われたら割れガラスの上だって歩きかねない。イーサン・ロスはときどき、仕事のことを完全に忘れて週末を過ごしたくなる。金曜の午後五時から月曜の午前九時まで、携帯もｉＰａｄもいっさいチェックせず、テレビだってまったく見ないで過ごすのである。実際にはそこまですることはあまりないが、仕事で息が詰まることもあるのだ。たとえば、出席しなければならない退屈な会合や会議が休みなくいつまでもつづき、食事をともにしたくない連中との昼食や、いっしょに旅などしたくないやつらとの旅行が連続してあると、もううんざりし、耐えられなくなってしまう。実はこの何カ月かはそんなふうだった。仕事のせいでストレスがたまり、政治を動かせるワシントンＤＣの洗練された有力者という自己像《セルフイメージ》が傷つけられてしまった。だから、子供のころにさんざん耳にした音楽を聴いて、なんとか仕事の毒を抜き、免疫力《めんえき》をもつけたのである。おかげでリフレッシュでき、月曜日にはふたたび仕事に取り組める状態になった。

イヴは不満を漏らすことなどまったくなかった。彼女はまるまる二日間ボーイフレンドを独り占めにできて、ただただ幸せなのだと、ロスは確信していた。

イーサン・ロスはルームミラーで髪をチェックしてから、ニール・ヤングの歌の音量をさらに大きくし、ときどき調子をはずしながらいっしょに歌いつづけた。いまのところこれが、権力と闘う唯一《ゆいいつ》の賢明な方法だった。

イーサン・ロスは「ホワイトハウスで働いている」と他人《ひと》に言うのが好きだった。嘘《うそ》ではなかったが、それには〝注意書き〟がひとつ付帯していた。ロスのオフィスは、ホワイトハウスのウェスト・ウィング（西棟）の隣にあるドワイト・D・アイゼンハワーEOB（エグゼクティヴ・オフィス・ビルディング＝行政府ビル）のなかにある。たしかにアイゼンハワー行政府ビルにはホワイトハウス職員のオフィスがたくさんあるのだが、そこは厳密に言うとホワイトハウスではない。

ウェスト・ウィングで仕事をする者は、自分たちを「ゲートの中《インサイド・ザ・ゲイツ》」で働く者と言い、アイゼンハワー行政府ビルで仕事をする者を「ゲートの外《アウトサイド・ザ・ゲイツ》」で働く者と言って区別している。ロスにはそういう区別をする気はいっさいない。仕事を尋ねられたら、いや、尋ねられなくても積極的に、自分はホワイトハウスのスタッフだと自己紹介する。

ロスは三年前から、国家安全保障会議（ＮＳＣ）事務局・中東・北アフリカ問題担当次長補として、ここアイゼンハワー行政府ビルで働いている。アメリカ合衆国大統領のために政策文書を作成するのが彼の仕事だ。いや、より正確に言うと、彼は政策文書の作成を調整し、まとめられた文書を国家安全保障問題担当大統領補佐官が読んで、その要約を大統領に見せるべきかどうかを判断する。そして、政策文書の原材料となるのは、アメリカの国務省や情報機関コミュニティ、および国内外のいくつものシンクタンクや学術機関から得られる情報である。

ロスの仕事は、本人の説明では、政策の遂行に役立つ入手可能な最高の情報をＰＯＴＵＳ《ポータス》（アメリカ合衆国大統領）に与えることである。

だが、自分がしているのはつまらない事務処理にすぎず、重要な決定を下すのはほかの人々、というのがロスのほんとうの気持ちだった。

ともかくイーサン・ロスは、アメリカの情報機関コミュニティと密接に連絡をとって仕事をしており、一六の情報機関の大半から担当地域に関連するデータを得ていた。ＣＩＡ（中央情報局）のみならず、ＮＲＯ（国家偵察局）、ＮＧＡ（国家地球空間情報局）、ＩＮＲ（国務省情報調査局）、さらには軍の情報諸機関からもときとして情報をもらっていた。たしかに仕事は調整でしかなく、ロスは国を動かす意思決定者ではなかったが、担当地域で起こっていることの内情を把握できる地位にはあった。

それは三〇代前半の男にとってはかなりの高位であったが、ロスにとってはまるで物足りない地位だった。二九歳でそのポストについたときは、まあまあの仕事だと思いはしたものの、あと二週間で三三回目の誕生日を迎えようとしているいま、実際に政治を動かせる高級官僚の地位になかなか近づけずにいることに不満をおぼえ、ロスは毎日なげかずにはいられなかった。

彼はもう懸命になって仕事に取り組む気になれなかった。おれは利口だから、こんな仕事、適当にこなせる、とイーサン・ロスは思っていて、しばらく前からまさにそのとおりにしていた。

近いうちに昇進して、この仕事から抜け出したかった――といっても、NSC（国家安全保障会議）内での出世を望んでいるわけではない。ここの仕事は〝仮のもの〟でしかないのだ。ロスは国際連合アメリカ合衆国政府代表部の一員になりたいのである。彼は国際機関の高位に就くために生まれてきたような男だった。父は国連職員として二五年間勤めたあと、国際学の教授となり、まず海外の複数の大学で、次いで祖国のジョージタウン大学で教鞭《きょうべん》をとった。母はカーター政権で国連アメリカ代表部次席代表を、次いでクリントン政権で駐ヨルダン大使を務め、引退後は夫と同様、教職に就いてジョージタウン大学教授となり、政治家の伝記を何冊かものしてベストセラー作家の仲間入りを果たしさえした。

イーサン・ロスは勤務日にはいつもそうするように、赤いメルセデスEクラスのクーペをアイゼンハワー行政府ビルから一ブロック離れた駐車施設にとめた。そしてまた、いつものように、アイゼンハワー行政府ビルまで歩いて、その駐車場の空いたスペースに目をやり、むかついた。付属駐車場に専用スペースを確保できるほど彼の地位は高くないのだ。その特権を有するのは二五人ほどの最高幹部だけなのである。

ロスは一七番通《ストリート》りに面する通用門のゲートを通り抜けると、上着からIDカードをとりだした。だいぶ遅い時間だったので、セキュリティ・チェックの列は短く、彼は一分もしないうちに、くすんだ灰色の警備ハウスの前を通過し、玄関前の階段をのぼってビルのなかに入った。

アイゼンハワー行政府ビルはかつて、国務省・陸軍省・海軍省合同庁舎《ステイト・ウォー・ネイヴィー・ビルディング》だったのであり、一九世紀末から二〇世紀初頭にかけて――つまりアメリカが世界のリーダーとして浮上した時代に――同国が世界に対して行使できる力の中心だった。一九世紀後半に一七年にわたって建設された、華麗な第二帝政期建築様式の建物である。永続性と品位が感じとれるように、棟飾り、欄干、コーニスとともに、精緻《せいち》なシンメトリーとなっている。この巨大な建物が隣にあるせいで、さまざまな点でホワイトハウスが見劣りする、と考える者もたくさんいる。

だがイーサン・ロスの場合、ほかの者たちのようにはこの建物に感銘を受けなかった。アイゼンハワー行政府ビルがかつてのような権力の中枢《ちゅうすう》ではなくなってしまったことを知っていたからだ。権力の館という意味では、いまや隣のペンシルヴェニア通り《アヴェニュー》一六〇〇番地――ホワイトハウス――にとうてい及ばないのである。

ロスは午前九時三九分に三階のNSC棟に達し、自分専用の小さなオフィスに入ると、コートをハンガーラックにかけた。そして眉《まゆ》をひそめた。秘書のアンジェラがいつも用意してくれるコーヒーが今朝はないのだ。彼女は毎朝かならず、出勤途中にスターバックスでモカのベンティ・サイズをひとつ買い、それをロスの机の電話のそばに置いておいてくれるのである。

アンジェラが出勤していることはわかっていた。オフィスに入ったとき、秘書用の外の小部屋の椅子《いす》の背に彼女のセーターがかかっているのが見えたからだ。それなのに、今朝はコーヒーがどこにも見あたらない。

ロスは溜息《ためいき》を洩《も》らした。《それもきみの仕事のうちじゃないか、アンジー。月曜の朝、いのいちばんにヘマかい》

だが、すぐに、オフィスの外から人が動く音が聞こえてきた。ロスは椅子に腰を下ろしながら声を張り上げた。「アンジー？」

すると五四歳の秘書がドア口に姿をあらわした。「あら、よかった。いらしたんですね」

ロスは視線と口調にほんのすこし不快感がにじむように目つきと声を巧みに調整して言った。「コーヒー、忘れたんだろう？」

「いいえ、忘れません。会議室のお席に置いてあります。みなさん、お待ちですよ」

イーサン・ロスは会議があるのを忘れていたのかと不安になり、グイと首を動かし、デスクマット上の今朝の予定表に目をやった。月曜日の朝のこんなに早い時間に予定があるというのはめったにないことだが、まれにあることはある。だがやはり、今朝の予定表の九時台には何も書かれていなかった。「一〇時半まで何もない。それにその最初の予定も外だ」

「通勤時に全員に電話で知らせた、ということでした。電話があったのではないですか？」

ロスは思い出した――そういえば、メルセデスでこちらに向かう途中、携帯電話の呼び出し音が音響システムから飛び出す歌を突き抜けて聞こえてきたっけ。だが、だれからだか確認もせずにスマートフォンを消音モードにしてしまった。なにしろニール・ヤングの歌がスピーカーからガンガン鳴り響いていたのである。電話なんてしていられない。そして『アンビュランス・ブルース』の最後のくすんだ音調がただようように消えていったときには、もうロスは車を駐車施設に入れていて、電話のことをすっかり忘れていた。

「どういうことなんだ?」

「知りません。でも、重大事にちがいありません。全員、九時三〇分に会議室に集合、ということでしたから」

ロスは腕時計に目をやった。九時四一分。

彼はふたたび溜息をつき、会議室へ向かった。

5

イーサン・ロスがひらいたままの両開きドアを抜けてＮＳＣ（国家安全保障会議）事務局の会議室のなかに入ると、満員状態の出席者全員がいっせいに彼のほうに目を向けた。Ｕ字型のテーブルは満席で、もう壁際《かべぎわ》に立つしかなかった。テーブルの椅子《いす》は一六脚とわかっていたので、立っている一〇人ほどを加えると、ぜんぶで少なくとも二五人は出席しているとロスは素早く計算した。

秘書アンジェラがスターバックスで買ってきてくれたモカのベンティは、たしかにテーブルの上にあったが、その前の椅子には南および中央アジア担当のウォルター・パクが座っていた。全員の視線を浴びながら、人をかきわけて奥まで進み、自分のコーヒーをとりにいけるほど、ロスも鉄面皮ではなかった。

彼は壁際の空いたスペースに向かいながら、出席者たちの顔をチラチラうかがい、今朝の緊急会議がひらかれた理由を見きわめようとした。

ほかの地域を担当する次長と次長補が全員顔を揃《そろ》えているのがわかった――ヨーロ

ッパ、ロシアおよびユーラシア、アジア、南アジア、中央アフリカ……西半球を担当する者たちさえいる。急浮上した問題は、何であれ、とてつもなく広範囲にわたるものなのだろう。まさか、宇宙人が地球を攻撃する準備をととのえたという情報をNASA（航空宇宙局）が得たわけではあるまい、とロスは思い、内心にやりとした。

IT部門の男女が何人か出席していることにも気づいた。これは妙だとロスは思ったが、いや、それほど妙ではないか、と思い直した。彼らは上級システム管理者たちで、これまでもアクセスやネットワークに係わる問題が生じた場合には、よく幹部会議にも出席していた。

ロスは壁際のスペースに身をおさめると、ようやく正面を向いた。それで余所者《よそもの》がひとりいることに気づいた。ダークブルーのスーツを着た三〇代後半の健康そうな男。しかも、その男が立っているのは、会議室の前部に据えられた書見台《レクターン》を前にして仲良くならんでいるマデリーン・クロスマンとヘンリー・デルヴェッキオのうしろだ。二人はいままで出席者に話をしていたにちがいない。

イーサン・ロスはダークブルーのスーツの男がだれなのか知らなかったが、クロスマンとデルヴェッキオのことは知っていた。

ヘンリー・デルヴェッキオは地域問題担当次長——つまり各地域すべてをまとめて

統轄《とうかつ》する地域問題のトップ――であり、国家安全保障問題担当大統領補佐官に直接報告する。だからNSC事務局の最高幹部のひとりということになる。

一方、マデリーン・クロスマンのほうは、ロスに言わせると〝大物〟ではない。書見台を前にして立つマディー・クロスマンを見た瞬間、〝何やら重大事が起こったのでは？〟というロスの心配は霧散してしまった。彼女は法令・規則遵守《コンプライアンス》およびセキュリティの責任者で、要するに「購入依頼書を正しく記入する」「カードキーを机に置きっぱなしにしてトイレへ行かない」といったことを職員全員に確実に守らせることを職務とする管理者にすぎないのだ。

ロスはいかにも申し訳なさそうにクロスマンとデルヴェッキオに中途半端《はんぱ》な手の振りかたをして、言った。「すみません、みなさん。車の調子が悪くて」

ヘンリー・デルヴェッキオはその言い訳をすんなり受け入れてうなずき、注意を満場の出席者のほうに戻した。「さて、まずはもう一度、急にこのような会議への参加を強いたことを詫《わ》びておきたい。ともかく、諸君に検討してもらわなければならない問題がひとつ持ち上がったのだ。昨夜インドで起こったことは、諸君もすでに聞いて知っていることと思う」

ロスは見まわして、ほかの者たちの様子をうかがった。うなずく者が何人もいた。

間違いなく〝知っている〟という仕種《しぐさ》。

ところがイーサン・ロスは、インドで何が起きたのか見当もつかなかった。突然、自分が大学の学部生に戻ってしまったような気がした。二日酔いで遅刻して教室に入っていくと、抜き打ちテストだと言われてしまい、どんなことが出題されるのかまったくわからない。そんな気分だった。

ただ、ロスにとっては朗報もないわけではない。それは担当地域ではないインドで何かが起こったということ。だから、自分にはまるで関係ないことだろう、と推測できた。

ロスは無意識のうちに首をまわし、インド問題担当次長補のジョイ・ベネットを見やった。インドは彼女の担当地域だ。ロスはシャーデンフロイデ——他人の不幸をひそかに喜ぶ気持ち——をすこし味わった。その嬉《うれ》しい気持ちを抑えこむことなどできなかった。彼はベネットをあまりよく思っていず、彼女を評価したことなど一度もなかった。

《さあて、インドでどんな騒動が持ち上がったのかは知らないが、お手並み拝見といきますか》とロスは心のなかで思った。

だがすぐに、〝変だぞ〟と思った。ジョイ・ベネットのほうも振り返って自分のほうを見ていることに気づいたからだ。

　デルヴェッキオはつづけた。「マラバール海岸に住むユダヤ人への襲撃は、二年前にパキスタンのテロリストたちがインドでやった大虐殺以来、初めての海路国境越えのテロ活動だ。そして、今回の人命損失数は、これまでの攻撃のそれよりも遥かに少ない。といっても、無差別大量殺戮を意図したのに失敗したというわけではなく、特殊部隊との関係が深い一イスラエル人を殺害することを目的とした作戦だった、という疑いがあり、その根拠がいくつか見つかっている」

驚いて息をのむ音が会議室のあちこちからあがった。

「実行犯は——これはまだ報道されてはいないのだが——パレスチナの解放戦士《フェダイーン》とイエメンの聖戦士《ジハーディスト》の混合チームで、それがまたきわめて異例のことであり、同様にきわめて厄介なことなのだ」

ロスの頭のなかで、警報ベルが鳴りだした。イスラエル、パレスチナ人、聖戦士、テロ攻撃。《ああっ、しまった!》携帯とコンピューターから離れて週末を過ごしたことが、一瞬のうちに〝利口〟から〝間抜け〟へと変化してしまった。自分を間抜けだなんて思ったことなどないのに、である。

《くそっ《ファック》!》

デルヴェッキオはロスのボスである中東・北アフリカ問題担当次長に目をやり、次長はロスのほうを見やった。

ロスは咳払《せきばら》いをし、思慮深げにゆっくりとうなずき、それからでたらめを言った。

「現在わがセクションは調査、考察中です」

「いま付け加えたいことはあるかね？」

ロスは遠くを見るような目をして、深く考えているふりをした。そして、ゆっくりと首を振った。

デルヴェッキオは助け舟を出した。「むろんCIAの報告書はまだ読んでいないよな？　三〇分ほど前にCIA本部《ラングレー》から送られてきたばかりだから」

「実は、会議があるというので、それを引き出そうとしていたところなんです」

ヘンリー・デルヴェッキオは、穴を埋めていくかのように、まだ伝えていない情報をひとつずつ話していった。「今回インド領内で死亡したのは一二人と思われる。そのうち攻撃してきた実行犯が七人。そしてその七人中の三人が自爆ヴェストを身につけていた。ただし、実際に爆発したヴェストはひとつだけ。そこまで大がかりなチームが組まれたというのは興味深いところだ。ターゲットが単なるインドに居住するイスラエル人でしかなかったとしてもね。ところが、犠牲者のなかには、アリク・ヤコビ元ＩＤＦ――イスラエル国防軍――大佐もいた」

対テロ戦略担当次長補が声をあげた。「ヘンリー、元ＩＤＦ将校なら何万といますよ。イスラエル国外にも常に数千人はいるのではないでしょうか。死人を貶《おとし》めるつもりはありませんが、その退役大佐のどこがそんなに特別なんでしょうか？」

デルヴェッキオは答えた。「ヤコビ大佐はイスラエル海軍特殊部隊の班長を務めていたこともあるんだ」地域問題担当次長は向かっている書見台の上の紙に目を落とした。「その特殊部隊の名はシャイェテット13」

対テロ戦略担当次長補はそれで合点がいったというふうにうなずいた。「なるほど」

デルヴェッキオはつづけた。「諸君はみな、四年前にガザ沖で起こったトルコの支援船団への襲撃を覚えているはずだ。そのさいトルコの貨物船ＳＳ〈アルダハン〉に乗り込んだのもシャイェテット13だった」ＳＳは、かつては汽《スティーム》・船《シップ》を意味する艦船接頭辞だったが、現在では主機関が蒸気タービンの船舶を意味する。「ＣＩＡによると、アリク・ヤコビはそのとき強行突入した乗り込み班を指揮していた。覚えている者もいると思うが、その急襲でパレスチナ人が九人殺され、そのなかにはイッズッディーン・アル＝カッサーム旅団の戦闘指揮官三人も含まれていた」デルヴェッキオは効果をねらって思わせぶりに言葉を切った。イッズッディーン・アル＝カッサーム旅団はパレスチナのイスラム原理主義組織ハマスの軍事部門なのだ。「そして、この週末にインドで起こったテロ攻撃を画策したのも、そのアル＝カッサーム旅団だと、ＣＩＡは確信している」

デルヴェッキオ地域問題担当次長は口を休めて書見台上の書類をかきまわしはじめ、その間に対テロ戦略担当次長補が訊《き》いた。「ヤコビがそのトルコの貨物船への襲撃に参加したということをＣＩＡはどうして知っているのですか？」

「ＳＳ〈アルダハン〉船上に、ＣＩＡ《ラングレー》のわれらが友人たちが金を払って取り込んだ情報提供者がひとりいたんだ。そのスパイが〈アルダハン〉のセキュリティに関するきわめて重要な情報をＣＩＡの工作管理官《ハンドラー》に伝えた。次いでＰＯＴＵＳ《ポータス》が、われわれＮＳＣと協議してから、その情報をイスラエルに提供するようＣＩＡに命じた」ＰＯＴＵＳはアメリカ合衆国大統領。「この情報のやりとりのなかで、ＣＩＡ局員とシャイエテット13コマンドーとの会合がテルアビブでおこなわれ、それにヤコビ大佐も出席した。そして、会合後、彼の名前がＣＩＡのデータベースのなかに入れられた。さらに、シャイエテット13による支援船団襲撃後、ＣＩＡは局内向けのＡＡＲを書いた」デルヴェッキオはふたたび言葉を切った。ＡＡＲはアフター・アクション・レヴュー（事後再検討）。「ヤコビ大佐の名前もこのＡＡＲに書きこまれた——」地域問題担当次長は言い添えた。「誤って」

だれかが――南および中央アジア担当のウォルター・パクではないかとロスは思った――声をあげた。「それは重大な過失だ」

「そうなんだ」デルヴェッキオは返した。「編集し、コードネーム化すべきだったのだ。うちのファイルではない。われわれはそんなヘマはしない」言ったあと、急いで付け加えた。「むろん、ヤコビ大佐とその家族にとってはそんなことどうでもいい」

コンプライアンスおよびセキュリティの責任者であるマデリーン・クロスマンが言った。「パレスチナのテロリストたちがそのCIAの報告書からミスター・ヤコビの名前を知ったのではないかと、われわれは深刻な懸念《けねん》を抱いているのです」

ベス・モリスが大きな声を出した。彼女は西半球担当の次長補だ。「すみません、ヘンリー、マデリーン。つまり、それにNSCも係わりがあるということなんですか？　よく理解できないのですが」

ヘンリー・デルヴェッキオはうなずいた。「ベス、事務局内で情報漏洩《ろうえい》があったと信じるに足る理由があるんだ」

抑えぎみの息をのむ音が部屋中からあがった。

その音がおさまると、デルヴェッキオはつづけた。「四カ月前、ここNSC事務局で、シャイエテット13強行突入班の指揮官の名前が入っている完全なＣＩＡファイルにアクセスした者がおり、それがそっくりコピーされ、サーヴァーのファイル共有セクションに移動させられた。そのあとそれがどうなったかはわからない。推測するしかない。プリントアウトされたのかもしれないし、ダウンロードされたのかもしれない」

ベス・モリスが訊いた。「アクセスしたのはだれなんですか？」

クロスマンは答えた。「それがわからないの。〈シークレット〉レベル以上の秘密文書四五通が不正に移動させられ、移動した者はそのさいに残される〝電子指紋〟を隠《いん》蔽《ぺい》する操作をした」

モリスは憤慨して声を荒らげた。「それであなたは、われわれのひとりがファイルを盗んでアル＝カッサーム旅団にわたした、と思っているわけですか？」

クロスマンは返した。「ベス、〝特異な行為〟があったことは間違いないの。現在、確実に言えることはそれだけ。不正行為はどんなものでも排除する必要がある」

モリスは出席していたＩＴ部門の職員たちを見やった。みな、だいたい固まって座っていた。「いずれにせよ、〝電子指紋〟をごまかす方法を知っている者の仕業にちがいない、ということですよね」

これにはIT部門の全員が腹を立てたが、彼らはふつう、地域問題担当の者たちよりも穏やかで寡黙《かもく》だった。

IT部門のひとりが言った。「問題のファイルはJWICS《ジェイウィックス》から抜き取られたのですか?」

JWICS(ジョイント・ワールドワイド・インテリジェンス・コミュニケーション・システム)は、おもに国防総省、国務省、国土安全保障省、司法省が極秘情報をやりとりするさいに用いる相互連絡コンピューター・ネットワークで、アメリカの情報機関コミュニティが超機密データの転送に使用する最高レベルの安全度を誇る極秘イントラネットであるIntelink-TSも、そのJWICS上で運用されている。

「そう、そのとおりです」クロスマンは認めた。「厳密に言いますと、Intelink-TS上にあったファイルがアクセスされたのです」

「そのTS――トップシークレット――ファイルにアクセスできるのは何人ですか?」

「事務局職員、IT管理者、それにTSファイルへのアクセスを許可され、かつNSCの端末をも使用できる外部の請負業者を加えると……三四人」

イーサン・ロスは会議室を見まわして人数をかぞえはじめたが、かぞえ終える前にベス・モリスがまた声をあげた。

「アクセスできた者は全員、いまここにいるのですか？」

「正確に言いますと、そのうちの三一人がいます。システム管理者《シスアド》ひとりが今日は病欠すると電話で連絡してきました。そして二人が休暇中で、そのうちのひとりは現在、海外旅行中です。言うまでもありませんが、われわれとしては、これを重大きわまりない違反行為と考えざるをえません。この情報漏洩のせいで何人もの命が失われた可能性が大なのですから、なおさらです」

出席者同士がかわす言葉で会議室がざわめいた。

アジア担当のウォルター・パク次長補が尋ねた。「ヤコビ大佐への襲撃がうちからの情報漏洩で起こったという確たる証拠があるのですか？ イスラエルから情報が洩《も》れたとか、テロリストたちがヤコビに関する情報を別の方法で得たとか、そういう可能性はないと言い切れるのですか？」

デルヴェッキオが答えた。「いや、うちから洩れた情報がインドでの死をもたらしたという確たる証拠はない。だが、なんとも嫌な感じなんだ。極秘データベースから引き出されたファイルのなかには、その支援船強行突入へのCIAの関与を追跡調査した報告書もあった。去年作成されたもので、そこにはヤコビの名前はなかったが、

『強行突入を指揮したシャイェテット13の大佐が退役してインドのパラヴアへ移住した』という記述があった」

ひとりの女性職員が信じられないとばかり首を振った。「いったいぜんたいなぜ、そんなことをファイルに書きこんだりしたのかしら？」

「どうもCIA国家秘密活動部がその退役大佐を訓練教官として雇う契約を結んだようなのだ。ヤコビ大佐は武道家でもあるそうだ。追跡調査報告書の作成にも協力してもらえるはずだ、という記述もファイルにはあるが、結局CIAは大佐に接触することはなかった」デルヴェッキオは咳払いをした。「ともかく、パレスチナ人たちが昨日《きのう》の暗殺作戦を実行するのに必要とした二つの〝パズルのピース〟……つまりターゲットの名前と現在の居住地は、両方ともNSCから漏洩したデジタルファイルのなかにあった。だが、繰り返すが、パレスチナ人が必要な情報を得たのはそのファイルからだった、という確たる証拠はない。しかし、この件はPOTUSにも報告されていて、大統領はすでに今回の情報漏洩についてイスラエルの首相に説明する決心をしておられる。だから一刻も早く真相を解明する必要があるのだ」

イーサン・ロスがついに声をあげた。「ヘンリー、わがセクションは徹底的なセキュリティ再調査を実施します。他のセクションもそれぞれ再調査を実行するはずです」

デルヴェッキオが応《こた》えるよりも早くクロスマンが言った。「それは必要ありません」
「そうする決まりです」
「たしかにそうする決まりですが、今回のようなハイレベルな秘密情報漏洩の可能性がある事案では、セキュリティ再調査は司法省がとりおこないます。セクション・レベルで処理できるような問題ではないのです、イーサン」

会議室内に動揺が広がり、またしても憤慨した声が部屋中からあがって、どよめきとなった。

IT部門のひとりの男が、時代遅れのコンピューター・システム基本設計《アーキテクチャ》と、内部からの攻撃に対する脆弱《ぜいじゃく》な防御態勢について、ぼそぼそ歯切れの悪い口調で発言した。さらに別のシステム管理者が、情報漏洩に関する技術的な問いを発した。しかしクロスマンは、捜査が現在進行中で具体的な詳細については答えられない、と突っぱねた。

しばらくすると、会議室にささやき声が満ちて、ざわざわと騒がしくなり、ヘンリー・デルヴェッキオにもマデリーン・クロスマンにも出席者たちをおとなしくさせることができなくなってしまったようだった。それまでずっと黙って二人の背後に立っていたダークブルーのスーツに身をつつむ男が、書見台まで歩み出てきた。スーパーマンの仮の姿――あの新聞記者のクラーク・ケント――みたいな髪型だな、とロスは思った。それにアマチュアのボディービルダーみたいな体格をしている。

イーサン・ロスは思わずつぶやいてしまった。「おおっ、くそっ、Gだ」Gはガヴァメント・マン、つまりFBI捜査官。

ベス・モリスがほとんど愚弄《ぐろう》するような口調で訊いた。「それで、あなたはどなた？」

「管理監督《スーパーヴァイザリー》特別捜査官のダレン・オルブライトです。FBI国家保安部防諜課《ぼうちょう》の」

「防諜課？　あら、まあ」モリスは不安げにもぐもぐ口を動かした。「わたしたち、犯罪者のように扱われるわけ？」

オルブライトは首を穏やかに振った。声はソフトだが力強い。他人に寛大ではあるけれども、かろうじてそうである、といった感じの男。「いいえ、マーム。あなたは犯罪者のように扱われるわけではありません。ほんとうです」FBI管理監督特別捜査官は出席者全員をしっかり観察した。「今回は、犯罪者を扱うときのようなことにはなりません。現在わたしはデルヴェッキオ次長とともに、嘘発見器《ポリグラフ》による検査を実施する準備を進めております。しかも、みなさんがここでやられている重要な仕事をなるたけ邪魔しないような仕方で実施するようにと、担当者たちにすでに指示しました」

モリスは鼻を鳴らした。「犯罪者のようには扱わないとおっしゃいますが、では、FBIのポリグラフ検査を強制的に受けさせるというのは、どう言えばいいのかしら？」

オルブライトは礼儀正しく答えたが、にこりともせず、この男はにこにこするタイプではないようだとロスも思った。「容疑者として扱うということです。犯罪者は手錠をかけられて刑務所へ引っ立てられる者のことを言うのです」

この説明で、出席者たちの憤激がおさまらなくなり、会議室はほとんど収拾がつかなくなってしまった。いちばんうるさく騒ぎ立てたのはベス・モリスだった。オルブライトは小声でマデリーン・クロスマンと協議した。オルブライトがあのうるさい女性はだれかとクロスマンに尋ねているのにロスは気づいた。クロスマンは嘲笑《あざわら》うような表情をちょっと浮かべながら名前を教えたが、それはロスにとっては驚きでも何でもなかった。彼女は要するに事務局の〝風紀委員〟のような存在なのだ。

オルブライトは言った。「ミセス・モリス。こんなことを言うのは失礼かと思いますが、あなたはポリグラフ検査をずいぶんとご心配のようだとお見受けしました。会議終了後、二人だけでお話しするというのはどうでしょうか？」

ベス・モリスはオルブライトとクロスマンをにらみつけた。かなりのあいだそうやって二人をにらんだあと、ようやく口をひらいた。「新たにポリグラフ検査を受けるなんて何でもありません。われわれはみな秘密情報取扱資格《セキュリティ・クリアランス》を有していて、ポリグラフ検査を受けるのも職務のうちですから。わたしがいま異議を唱えているのは、ＦＢＩの捜査官がわれわれの会議に同席しているという事実です。ＮＳＣには独自のセキュリティ規定《プロトコル》があるのです」

オルブライトは言い返さずにベス・モリスに微笑《ほほえ》みかけただけだった。それから出席者全員に向かって言った。「わたしのことは気になさらないでください。数日のあいだ、ちょいとうろつきまわることになりますが、みなさんはわたしがここにいることに気づきもしないでしょう。みなさんにはポリグラフ検査を受けていただきます。でもそれだけ。全員が仕事にもどれます」オルブライトは言い添えた。「いや、正確に言うと、全員ではありません。データを漏洩した方には、いくつか質問に答えていただかなければなりません」

そのあとすぐ会議は終わった。イーサン・ロスは自分のオフィスにもどり、興味津々《しんしん》になっている秘書の前を無言で一瞥《いちべつ》もせずに通りすぎた。ただちにコンピューターを起動して、インドでの襲撃事件に関するＣＩＡ報告書を引き出し、それを繰り返し何度も何度も読んだ。

二〇分後、ふたたび秘書室に入った。今度はドアから出ていくつもりのようだった。オーバーを着て、手から車のキーをぶら下げていた。車のある駐車場まで一〇分も歩かなければならないというのに。

秘書のアンジェラが驚いて見つめていることにロスは気づいた。まだ一〇時半でしかないのだ。昼食には早すぎる。ここワシントンでも。

「出かけてくる。一〇時半に人と会う約束がある。デュポンで領事館員とコーヒーを飲む。電話は取り次がないように」

6

ドミニク・カルーソーは救急車の後部に乗せられてコチのコーチン国際空港に到着した。真夜中のことで、自動車専用の幹線道路も一般道路も空《す》いていて、インド政府にとっても、迎えの飛行機を送りこんだ人々にとっても都合がよかった。

ドム（ドミニク）は空港までのドライヴ中、うつ伏せにされて、手首を手錠でストレッチャーのアームに固定されたままだった。この手錠という〝装身具〟はナイドゥ刑事の計らいによるものだとドムは推測していた。要するにそれは、テロ攻撃のたったひとりの目撃者を、取り調べらしきことを一切せぬまま帰らせるようにと、政府のお偉方に命じられた法執行機関・現場要員の、不快感の最後の表現、別れの意地悪なのだ。

ドムはナイドゥをたいした男ではないと判断していた。とにかくムカつくアホ野郎であることは確かで、反ユダヤ主義者であるようにもドムには思えた。だがそれでも彼は、証人を失うことでそのインドの警察官がおぼえる欲求不満はよく理解でき、その点は酌量しなければいけないと思っていた。なにしろドムはFBI特別捜査官だったのだ。いや、公式には、いまもなおその地位にある——書類上そうであるだけなのだが。だから、もし自分がナイドゥのように、極めて重大な事件を担当していて、目撃者をひとり確保していたにもかかわらず、正体不明の有力な上司から電話があり、その重要証人をただちに出国させろと言われたら、怒り心頭に発するにちがいない。そして、自分だって、つまらないちょっとした報復をする気になるはずだ、ともドミニクは思う。たぶん、ナイドゥが自分にしたようなことをやってしまうのではないか。ドムは手首を動かして手錠をすこしガチャガチャいわせたが、すぐにまた手をストレッチャーの上に落とすようにして戻した。

救急車がとまり、ドムはキャスター付きストレッチャーに乗せられたまま、照明を浴びて柔らかな輝きを発する暑い駐機場を押されていった。発電装置のブーンという音が聞こえた。よく整備されたジェットエンジンの回転音も聞き取ることができる。自分を祖国に連れ帰ってくれる航空機はやはり思ったとおりのもののようで、その機種も型式もちゃんとわかっている、とドムは思ったが、確信は持てなかった。

すぐに話し声が聞こえてきた。だが、自分がいまいる場所からはだれがしゃべっているのかわからなかったし、話の内容も捉《とら》えることができなかった。ひとりの警官が手首にはまっていた手錠をはずしてくれた。次いで、うしろから近づいてくる別の人間が視界に入った。

金髪をうしろへ引っぱってお団子《バン》にきっちりまとめた魅力的な女が、おおいかぶさるようにしてのぞきこんできた。自分が所属する極秘民間情報組織〈ザ・キャンパス〉の輸送部長であるアダーラ・シャーマンだった。彼女の顔を認めてドムは安堵《あんど》し、その瞬間、インドでの厳しい試練はこれでやっと終わったようだな、という思いが湧《わ》き起こった。

アダーラがドムに直接話しかけることはなかったが、それは驚くほどのことではなかった。ドムはもう二年以上ものあいだ、あんがい頻繁にアダーラの世話になっていて、彼女が礼儀正しくはあるが常にビジネスライクであるということを知っていた。それに、ドムをはじめ〈ザ・キャンパス〉の若い独身野郎たちは、ボスのジェリー・ヘンドリーに、アダーラには絶対に手を出すなと警告されていた。それでも、ドムと独り身の同僚たちはときどき、仲間として仲良くするくらいよかろうと、接近を試みる。だが、そうやって親しい関係を築こうとするたびに、たとえそれが面白おかしくリラックスしたアプローチであっても、こちこちに硬いプロフェッショナリズムに突っぱねられ、努力が実を結ぶことはない。

アダーラは冷たい女性ではなかった、ほんとうは……。では、温かい女性かという
と、絶対にそうではない。
アダーラ・シャーマンは目でドムを点検した。まるで間違いなく自分の荷物である
ことを確認するような目つきだな、とドムは思った。アダーラは二人の救急隊員と二
人の警官に素早くうなずき、言った。「できれば、機内に運び入れてほしいの。広げ
てベッドにしたソファーが後部にあります」
「はい、わかりました、マーム」救急隊員のひとりが応《こた》えた。
ドムは自分で上体を起こそうとしたが、アダーラが黙って片手を肩において押しも
どし、彼をもとどおりストレッチャーにしっかり横たわらせてしまった。立ち上がり、
自分で歩いて搭乗できる、とドムにはわかっていた。そりゃ痛みに襲われるだろうが、
ストレッチャーで運びこまれるよりはいい。それでもドムは、アダーラ・シャーマン
と闘ってまでそうしようという気にはなれなかった。
いまそばにいるインド人たちは、この女は豪勢な社用ジェット機の美人スチュワー
デスにすぎない、と思っているにちがいないが、それはちがうぞ、とドミニク・カル
ーソーは思った。彼らが知らないことをドミニクは知っていた。たとえば、アダーラ
のブルーのブレザーのどこを見れば、ウエストバンドのホルスターに収まる40口径S

IGザウエル拳銃《けんじゅう》がつくるかすかな膨らみに気づくことができるか、ということをドムは知っている。そして彼女が、ドアの真向かいの調理室に入ったところにあるバネ仕掛けの隠しロッカーのなかに、H《ヘッケラー》&K《コッホ》・MP7個人防衛火器《パーソナル・ディフェンス・ウェポン》（短銃身サブマシンガン）をひそませていることもドムは知っていたし、さらに、三秒以内にその武器をとりだして自機への脅威に対処できるようにする訓練を受けていることも知っていた。

アダーラ・シャーマンはたしかに客室乗務と輸送調整をこなしていたが、そんなものは職務のほんの一部であり、ドムは彼女の意思に反する行動にでるほど愚かではなかった。

アダーラが脇《わき》にのき、ドムはストレッチャーが持ち上げられるのを感じた。そしてそのままヘンドリー・アソシエイツ社機ガルフストリームG550の乗降扉を抜けて機内へ運ばれていくのがわかった。

救急隊員に持ち上げられ、ソファーの上に寝かされた。それほど優しく扱われたわけではなく、胸郭は体の揺れや捩《ね》じれをことごとく感じとって痛みを発した。両脚ともソファーの横からはみ出して、吊《つ》り下がったままだった。救急隊員たちは美しい最高級の内装や家具調度品を素早く見まわしてから機外へと出ていった。警官のひとりも機内に入ってきたことをドムは気づいていた。その男はまだ客室にとどまっていた。救急隊員たちが飛行機から降りて、客室にドムと警官の二人しかいなくなると、インド人は腰をかがめてアメリカ人におおいかぶさるようにして言った。「そのうち、何か情報をつかんだら、電話をしてほしいと、あなたに言うようにナイドゥに頼まれました」

ドムは肩をすくめた。そうするだけで、またしても傷ついた肋骨《ろっこつ》が痛んだ。「手厚いもてなし、感謝している、と彼に伝えてくれ」それだけ言って、警官が去るのを待った。

警官は救急隊員たちのあとを追うようにして飛行機から降りると、駐機場でアダーラ・シャーマンとしばらく立ち話をした。

ドミニクはゆっくり時間をかけて上体を引き起こしていき、ソファーに座る姿勢をとった。肋骨に鋭い痛みが走り、頭が鈍い痛みを発し、思わず低いうなり声をあげ、うめいたが、かまわず一気に立ち上がり、飛行機の前部にある調理室へ向かって歩きはじめた。

何か飲みものが欲しかった。

だが、客室の半ばまで進んだとき、アダーラ・シャーマンが機内に入ってきた。彼女はドムが立っているのを見るや、ソファー・ベッドを指さした。「寝ていないとだめじゃないですか」

「何か軽く一杯――」

「だめ、だめです。横になって。離陸したら、わたしがいろいろしてあげます。いまはともかく飛び立たないと」

ドムはしぶしぶソファーに戻ったが、立ち上がるよりも腰を下ろすほうが大変だということに気づいた。アダーラがすぐにそばに来て、手を貸してくれ、ドムはなんとかソファーに仰向けになれた。外に出ていた両脚もアダーラが持ち上げてソファーに載せてくれ、そこに毛布をかけてくれた。

ドミニクは長い安堵の溜息《ためいき》をついた。両脚が高くなったおかげで肋骨の痛みがかなり軽減した。

「ありがとう」

アダーラは応えもせず、ドムを固定用ベルトでソファー・ベッドにくくりつけた。そして、そそくさと前部へ移動して乗降扉を閉めると、ほんの短いあいだ機長、副操縦士と言葉をかわした。一分もしないうちにガルフストリームG550は動きはじめ、アダーラは客室に戻って、乗降扉わきの折り畳み式補助席に座ってシートベルトをしめた。

離陸時も仰向けになったままだったドミニク・カルーソーは、ふっと思い出した。そういえば前にも負傷して、この同じソファーにくくりつけられたことがあったな。それは二年前、パキスタンで撃たれたときのことで、祖国までの長いフライトは不快なものだった。今回はそのときほどの深手ではない。それはいいのだが、前回とは別の決定的なちがいもある。二年前の帰国のフライトは熱狂的な祝賀ムードだったのだ。なにしろ仲間たちといっしょに核爆発を阻止したのである。だから、自分の負傷なんて、作戦成功のために支払わなければならなかった小さな代償でしかないように思えた。

ところが今回は、大好きになってしまった人たち――ヤコビ家の四人――が焼け死んだことを知っての帰国であり、戦闘時の自分の行動と反撃のしかたを、これからもずっと長いあいだ、細かな点にいたるまであれこれ考えて苦しみつづけるのだろうという気がしていた。

ガルフストリームはインド上空で水平飛行に入り、ベンガル湾へ向かって東進しはじめた。フライト・プランによると、機はこのあとタイ、台湾上空を通過し、太平洋を飛び越えて、アメリカの西海岸に達する。そしてサンディエゴで給油したのち、残りの行程を一気に飛んで本拠地のボルティモアに着陸する。それはコチを発《た》った一六時間後のことになる。

離陸から五分たつと、アダーラがドミニクのところへ戻ってきた。ドムは相変わらず荷物になったような気分だった。そのイメージを頭から追い払おうとして、飲みものを獲得することにこだわることにした。

「アダーラ、メーカーズマークをロックでもらえるとありがたいんですけどね」

アダーラ・シャーマンはひざまずき、ドミニクをソファーに固定していたベルトをはずし、次いで彼のシャツのボタンをもはずしはじめた。「悪いけど、それはあとでね。いまあなたに必要なのは、スチュワーデスではなくて〝衛生兵〟なの。これから傷の具合をしっかりチェックします。ワシントンDCに着いたときにどういうものが必要になるか、あらかじめ知って、それを準備しておいてもらったほうがいいですから。インドの病院の検査画像や診断結果はEメールで送ってもらい、離陸時に目を通しました。骨折はなし。でも、わたしとしては、胸の打撲を自分の目で確認しておきたいの」

ドミニクは怒りを抑えこんだ。「大丈夫、シャーマン。わたしはまる一日、病院にいたんだ。傷なら、きちんと調べてもらった」

「わたしはまだ調べていないわ」

「いまわたしに必要なのは、バーボンを一杯もらってほうっておいてもらうこと、それだけ」

だが、アダーラ・シャーマンは引き下がらなかった。「そういうふうに愚かな抵抗をしようとしても、わたしはかならず必要なことをやりとげます。ただ事が長引くだけ」アダーラは言葉をいったん切り、口調をほんのすこし和らげた。「これはわたしの仕事なの、ドミニク。子供みたいに駄々をこねないで、チェックさせてくださいな」

自分はやりきれなさからアダーラに八つ当たりしているだけなのだとドムは気づいた。だから、ゆっくりと上体を起こし、彼女にシャツをぬがせてもらえるようにした。

「ごめん。この二日間、えらくきつい思いをしたんで……」

アダーラは打ち身だらけのドムの胴体を見つめた。胸郭の右側面が青黒くなっている。「ええ、そうよね。ここはどうしたの？」

「足をすべらせて階段から落ちてね。そのときに何かにぶつけたんじゃないかと思う」

アダーラは笑みをかすかに浮かべた。「なんでそんな素敵な理由を思いつけるのかしら?」

彼女はドムの胸の包帯をとり、あらわになった刺創を消毒しなおし、さらに創傷清《せい》拭《しき》——挫《ざ》滅《めつ》・壊《え》死《し》組織の除去——をして傷口をきれいにした。包帯を巻かれていた前腕の傷についても同じ処置をした。次いで胸の小さな切り傷や擦り傷にも注意を向け、それらも消毒した。

「インドの医者は信用できないというわけ?」

「信用していますよ、充分に。でもね、わたしはアフガニスタンでひとつ学んだことがあるの。それはね、傷はいくらきれいにしても、きれいにしすぎるということはない、ということ」

アダーラ・シャーマンがかつて海軍衛生兵だったことをドムも知っていた。しかも、彼女の場合、艦上でのんびりくつろいで乗組員たちに船酔《ドラマミン》いどめを渡していたわけではなく、イラクとアフガニスタンの地上に送りこまれ、負傷したアメリカ海兵隊員たちの手当てをしてきたのであり、砲火を浴びながらその職務を遂行していたこともあったのだ。ドムも〈ザ・キャンパス〉入りしてからの数年間に戦闘をたくさん目にしてきたが、この魅力的な〝客室乗務員〟は自分よりもずっと多くの戦闘を見てきたのではないか、いや、見てきたにちがいない、と思っていた。

ドムは元海軍衛生兵に尋ねた。「まだ考えてしまうわけ？　戦争のことを？」

どうせプロらしい醒《さ》めた無反応であしらわれるのだろうとドムはほぼ確信していた。ところがアダーラは手をとめ、傷の消毒をしばらくやめてしまった。綿棒が胸の傷に触れるか触れないかのところでとまっている。

アダーラはドムの目をまっすぐ見つめた。「そりゃもう毎日」

だが、その視線はすぐにスッとそれた。アダーラはプロの冷静さを失った自分を叱《しか》りつけているな、とドムは見てとった。彼女はもう何も言わずに擦り傷の消毒を再開した。

ドムはときどき痛みを感じて顔をしかめたが、それ以外は静かに身じろぎもせずソファーに座っていた。

アダーラは傷のチェック、再消毒、そして包帯の取り替えを終えると、いったん立ち去り、鎮痛剤と水が入ったペットボトルを持って戻ってきた。

「いや、大丈夫、いらない」ドムは言った。

「痛みはないの？」

「頭痛がするけど、たいしたことない」

それでもアダーラは錠剤をもういちど差し出した。

ドムは首を振った。「ちょっと考えなければならないことがあって。それを飲んだら考えられない」

「では、わたしが飲ませてあげようかしら？」

ドミニクは思わず微笑《ほほえ》んだ。心の底から楽しいという笑みではなかったが、この二四時間にこりともしなかったドムが曲がりなりにも微笑んだのである。「どうしてもというのなら、まあ、しようがないか」

一〇分後、アダーラ・シャーマンは明かりの落ちた客室をふたたび歩いてやってきて、ドミニクのそばに立った。ドムは客室後部にある革張りのアームレスト付きひとり掛けシートのひとつに身をあずけていた。シートの背はしっかり倒されている。アダーラは衛星電話の受話器が発する光だけでドムの顔をチェックしようとした。ドムはもうぐっすり眠りこんでいるのではないかとアダーラは思っていたのだが、彼の黒い目はしっかりひらいていて、眼光も鋭く、下から彼女をじっと見返した。

アダーラは受話器を差し出した。「ミスター・ヘンドリーです」

ドムは受話器を受け取り、シートのわきの時計に目をやって時間を確認した。「どうも、ジェリー」

ジェリー・ヘンドリーは〈ザ・キャンパス〉の長であると同時に、その極秘民間情報組織の〝ホワイト・サイド〟である金融取引会社ヘンドリー・アソシエイツの社長でもある。元サウスカロライナ州選出上院議員で、母音を伸ばす南部訛《なま》りがいまだに強い。「具合はどうだ、ドミニク？」

「わたしの負傷については、ミズ・シャーマンから洩《も》れのない詳しい報告をお受けになったことと思いますが」

「そのとおりだが、わたしはきみからも聞きたいのだ」

「まるでバスに轢《ひ》かれたような気分ですが、大丈夫、よくなります」ドムはちょっと間をおいてから訊《き》いた。「どういうことだったのか、何か情報ありますか？」

「いまのきみの頭のなかにはそれしかないと思ったんでね、すでに探っているが、いまのところまだ、たいしたことはわかっていない。ＣＩＡ本部《ラングレー》の友人たちと話した。で、実行したテロリストの少なくとも何人かはイッズッディーン・アル＝カッサーム旅団のメンバーだったということはわかった。やつらは五日前に漁船に乗ってイエメンからアラビア海へ出て、インドの貨物船を乗っ取り、堂々とインド領海を通り抜けた」

ドムは起こしていた頭を革張りシートのヘッドレストにもどし、目を閉じた。「アル＝カッサーム旅団？　くそハマス野郎ども《ファッキング・ハマス》」イッズッディーン・アル＝カッサーム旅団はパレスチナのイスラム原理主義組織ハマスの軍事部門なのである。

「そうだ」

「ヤコビがターゲットになった理由はわかっているのですか？」

ヘンドリーは答えた。「いや、まだだ。だが、その理由を知ろうと、いま内外の情報源に接触しようとしている。現時点でわかっていることは、ヤコビがかなり最近までシャイェテット13の指揮官だったということだけだ」

「イスラエル海軍特殊部隊員だった？　そうか、それで合点がいきます。凄《すさ》まじい訓練をたくさん受けさせられましたので」ドムはひとつ気づいたことがあった。「アル＝カッサーム旅団はハマスの軍隊です。やつらは通常の戦闘部隊と言っていい。いつから自爆ヴェストを使いはじめたのでしょうか？」

「いまも使っていない。今回のテロ作戦の出発地がイエメンという事実からすると、自爆ヴェストを装着していた者たちはアルカーイダだった可能性があると考えてもいいのではないか」

「ヤコビは家族といっしょに外国に居住していて、近くに仲間はひとりもいなかったわけですから、楽《ソフト》なターゲットだったわけですよね、いちおう。いったいなぜアル＝カッサーム旅団は自分たちの戦闘員に加えて自爆者なんかを投入したのでしょう？」

「推理ならいくらでもできる。たとえば、あんがいありうるとわたしには思えるものをひとつ紹介すると、やつらの計画は『まずヤコビを暗殺し、次いでユダヤ人コミュニティに所属する人々が集まるシナゴーグ等の施設を襲撃して人質をとる』というものだった、とか。そして、自爆ヴェスト装着のアルカーイダが〝殉教〟して、できるだけ多くのユダヤ人の命を奪い、パレスチナ人たちは逃げる」

ドムはうなずいた。「それなら暗殺作戦だと気取られない」

「そういうことだ。アリク・ヤコビとその家族も、インド西海岸のユダヤ人に対する聖戦士《ジハーディスト》のテロ攻撃に巻きこまれて死んだ、というふうに見える。最初からガザのパレスチナ人たちのターゲットになっていたようには見えない」

ドムはしばし考えこんだ。「居場所を含めたヤコビに関する情報を流したやつを護《まも》るために、無差別殺戮《さつりく》に見えるようにした？」

「その可能性はある。だが、どうかな？　わからない。憶測しすぎはやめたほうがいい」

「ですよね」ドムは腕の包帯をつついた。「もっと重要なのは、どのように、、、、、してやつらがヤコビのことを知ったか、ですね」

ジェリー・ヘンドリーは返した。「その点もいまのところ不明だ。イスラエル側に裏切り者がいるのだろうか、とも思う」

「くそっ《シット》」ドムは思わずつぶやいた。そして言った。「ですからね、ジェリー、あと二秒ほど早く動けていれば、わたしは自爆者の後頭部に銃口を向けられていたのです。あの人たちを死なせずにすんだんです」

「そんなふうに考えちゃだめだ。きみが素晴らしい仕事をしたことはわたしも知っている。インド当局の報告書にも、きみは多くの攻撃者を殺害したとある」

ドムは聴いていなかった。心はヤコビの農場に戻ってしまっていた。「アリクには幼い息子が二人いた」

「知っている。知っているとも」

「わたしがもうすこし早く二階に上がっていれば、もしかしたら――」

ヘンドリーの南部訛りが電話を通して炸裂《さくれつ》した。「もしそうしていれば、きみもほかの者たちのように粉々に吹き飛ばされていたかもしれん！　いいか、ドム、どうすればこれを乗り越えられるか、なんてことはわたしには教えられない。残念ながら、わたしにもわからない」いったん言葉を切った。「きみはこうしたことを前にもくぐり抜けたことがある」

たしかにドムはこうしたことを前にも一度くぐり抜けたことがあった。もう二年以上も前のことになるが、同様の体験をしたことがある――やはり〈ザ・キャンパス〉の工作員として活動していた双子の兄のブライアンが自分の腕のなかで死んでいくのを見まもったのだ。その兄の死で自分が変わってしまったのをドムは自覚していたし、それはよい方向への変化ではなかったのではないかと恐れてもいた。

「ブライアンのことですね？」

「そうだ。きみたち兄弟をリビアへ送りこんだのはこのわたしだ。いまも毎日それを思い出し、つらくなる」

ドムは即座にきっぱりと言い返した。そのことでジェリー・ヘンドリーを責めたことなど一度もなかったからだ。「あなたは正しい判断を下したのです。われわれがやろうとしていたことは、やらねばならないことだった。ブライアンは貧乏くじを引いただけなのです」

「それなら、アリク・ヤコビとその家族もそうだったんだ。きみにはどうすることもできなかった。だから、残りの人生をずっと、その夜のことを頭のなかで再現しながら生きるなんて、無意味だということだ」

「はい、わかりました」ドミニク・カルーソーはインドで皆殺しにされた一家のことをなんとか頭の外に出した。「今回のことが〈ザ・キャンパス〉におよぼす影響は？」

「その点はまだ何とも言えない。そもそもアル＝カッサーム旅団がどうやってヤコビのことを知ったのかわからないのでね。きみのことがどれほどやつらに知られたのか判定することは、いまのところまだできない」

ヘンドリーが何を考えているのかドムにはわかった。「ヤコビに関する情報および彼の居所がどのようにして知られたのかがわからないうちは、わたしの正体がばれたかどうかもわからない、というわけですね。ということは、わたしはとりあえず〈ザ・キャンパス〉から——仲間から——遠ざかっていなければならない」

ヘンドリーは言った。「難しいことじゃないね。なにしろ現在、工作チームの他の者たちはみな、世界中に散らばっている。わたしは全員をいまいるところから動かすつもりはない。きみがしばらく活動を停止すればいいだけの話だ。すこしのんびりしたまえ」

ドムは送話口に向かって笑いを洩らしたが、心は笑っていなかった。「わたしはこれが起こる前からすでに休職の状態にありました。で、今度は、消え失《う》せろ、というわけですか？」

「いや、そうではない。傷を癒《いや》せ、と言っているんだ。きみには回復する時間が必要だと、ミズ・シャーマンは言っている。きみが身を休めているあいだに、状況も鎮《しず》まっていくはずだ。わたしは、きみが行きたいところへどこにでも連れていくようにと、パイロットたちに指示することができる。アダーラに頼めば、ロッキー山脈のリゾート・ホテルでも、ハワイのビーチ・ハウスでも、事が収まるまでのんびり休養できる場所を見つけてくれる」

「正直なところ、ジェリー、わたしはただ家に帰りたい、ワシントンＤＣへ戻りたいのです」

「よし、いいだろう。ともかく、すこし休め。アダーラがいろいろ面倒を見てくれる」

7

　ハーラン・バンフィールドは新聞や雑誌に記事を書くことを生業《なりわい》とする男で、それをもう四〇年以上もつづけており、まさにそれらしい風采《ふうさい》をしていた。小柄で、身なりを気にせず、白髪となった髪はいつもぼさぼさ。そして、生き生きと輝く灰色の目は、厳しく糾弾する記事を書く目的でインタヴューしている政治家をじっと見据えているときでさえ、優しさと共感を相手に感じとらせることができる。

　バンフィールドの今日の仕事はメリーランド州カレッジパークではじまった。そこで催された海外特派員協会の朝の会合に出席したのだ。彼自身もかつて海外特派員をしていたことがあり、ホーチミン市、モンテビデオといった遠隔の地から署名記事を送っていた経験もある。この数年は海外に出かけることも少なくなって、ワシントンDC地域にしっかりと根を下ろしてしまったが、月にいちど現役および引退した〝世界を駆けめぐる記者〟たちと集まって朝食をともにすることをいまだに楽しみにしていた。

会合が午前一一時におひらきになると、すぐにバンフィールドは製造されて九年になるフォルクスワーゲンに乗りこみ、ゴールデン・トライアングルと呼ばれるワシントンDCのダウンタウンの中央部へ向かった。そこのK通《ストリート》りに面する高層ビルに自分のワンルーム・オフィスがあるのだ。今日はこれから《ワシントン・ポスト》の元同僚たちと昼食をとる約束があって、また出かけなければならなかったが、その前に電話を何本かかける必要があった。

バンフィールドの記者としてのキャリアは、一九七〇年代に《フィラデルフィア・インクワイアラー》の市内ニュースを担当したときにはじまった。八〇年代になるとニューヨークへ出向いてUPI通信社で働き、そのあと《ワシントン・ポスト》の海外特派員におさまった。任地はおもにヨーロッパと中東だったが、彼は優秀なジャーナリストであるうえに妻子を持たない独り身だったので、世界のあらゆる紛争地帯に送りこまれた。そして、そういう生活を二〇年つづけたのち、ワシントンDCにもどり、一五番通《ストリート》りの《ワシントン・ポスト》のオフィスで定年退職間近の期間を過ごした。

ハーラン・バンフィールドはもう六六歳だったが、まだ引退していなかった。彼はなおもこの街をうろついてフリーランスの仕事をし、おもにさまざまな電子報道機関に記事を提供している。

　さらに、そうした雇われ仕事のほかにバンフィールドは、断固たる反ロビイストの視点から、ワシントンＤＣに巣食うロビイストに関するブログを書いてもいた。そのブログに関心を示す者は環状高速《ベルトウェー》内の首都圏に少しはいたが、彼はそれに本気で打ち込んでいたわけではなかった。ブログも、散発的にやるフリーランスの仕事も、言ってしまえば隠れ蓑《みの》にすぎなかったのだ。

　実は、ハーラン・バンフィールドは一介のジャーナリストではなく、それを遥《はる》かに超えた存在だったのである。彼はＩＴＰ（インターナショナル・トランスペアレンシー・プロジェクト＝国際透明性計画）と名乗る組織のアメリカ担当連絡員でもあったのだ。ＩＴＰのウェブサイトには団体の使命が簡潔に述べられている。すなわちＩＴＰは「各国政府に透明性を保持させ説明責任を果たさせるよう努力する慈善家、ジャーナリスト、弁護士、活動家からなる世界的規模の緩やかな連合組織」と自称しているのである。そして、その使命を果たすために、内部告発者を捜し出し、励まし、資金を与え、保護する、というわけだ。

　ＩＴＰのウェブサイトのホームページには、ワシントンＤＣの上に昇る朝日の写真が表示されていて、そこに太字体で「Truth vs. Power（真実対権力）」という文字が重ねられている。ウェブサイトのホームページ上にワシントンＤＣの写真を表示するということには、それなりの意味があった。ITPという組織は――ともかく表向きは――地球上のあらゆる国の政府の不正行為をあばくことを目的としていたが、ほんとうのところは、それが悪の帝国と見なすアメリカ合衆国への攻撃にエネルギーのほぼすべてを注いでいたのである。

バンフィールド自身はアメリカを憎んではいなかったが、ITPの外国の仲間たちのなかには憎んでいる者もいるのではないかと彼は思っていた。バンフィールドの場合、ただ面白い話が好きなだけなのであり、厳重に守られている秘密をあばくこと以上にわくわくすることはなかった。ワシントンでは政府関連の高レベルの情報漏洩《ろうえい》がまかり通っていて、ハーラン・バンフィールドとしては、首都圏最大の情報漏洩をあつかう〝秘密の情報センター〟となって活躍したくてしかたなかった。

アメリカには〝奥の院〟、影の政府――裏でひそかに国を動かす真の権力者たち、すなわち有力なコネと莫大《ばくだい》な富を有する企業家たち――が存在するのだ、とバンフィールドは思っていた。そして、ITPのアメリカ担当連絡員として活動するということは、そうした政府の秘密の層を一枚いちまい剝《は》いでいくことなのだと考えていたし、そうやっていればそのうち、深いところまで調べることもできて、影の政府に関する真実を暴《あば》くことも可能になるのではないかと期待してもいた。

彼は注目を浴びるためにそんなことをしているわけではなかった――ＩＴＰのメンバーはふつう世間に身元を明かさない。そのように密《ひそ》かに活動するのは極力、政府の監視にさらされないようにするためであり、それがうまく機能していた。ほとんどの者にとってハーラン・バンフィールドは、過酷な現場から楽な窓際《まどぎわ》へと追いやられて久しい高齢の元海外特派員にすぎなかった。だが、ほんとうのところは、ワシントンＤＣに存在する〝秘密保管庫のドア〟の錠を解くのが大好きな男なのである。

バンフィールドは正午ちょっと前に自分のオフィスがあるビルの地下駐車場に車を乗りいれた。霧雨が降りだしていて、雨に濡《ぬ》れない専用駐車スペースがあってよかったと彼は思った。フォルクスワーゲンをロックしてエレベーターへ向かって歩きはじめたとき、バンフィールドは左手の暗がりを動く人影に気づいた。それは駐車場の壁にならぶ車のあいだを移動して近づいてくる。

彼は足をとめ、手のなかの鍵束《かぎたば》をにぎりしめた――まるでそうすることが強盗への適切な防御になるかのように。

人影はかなり接近したものの、光の外にとどまっていた。どうやら男のようで、バンフィールドのほうを真っすぐ向いて立っている。だが、何も言わない。

「こんにちは?」

男はやっと明かりのなかに進み出た。身をトレンチコートで包みこみ、襟を立て、かぶっているニット帽を目のすぐ上まで引き下げている。即座に知っている男だとバンフィールドは思ったが、だれであるかわかるまでに数秒かかった。

「イーサン? きみか?」

「話さなければならないことがあるんです」

「ま、まったく、もう! 肝っ玉が縮みあがったぞ」

「どこで話しましょうか?」

「なんでこんな芝居がかったことをするんだ? Eメールを送るだけですんだはずだ。上へ行こう。わたしのオフィスで話そう」

「だめです!」イーサン・ロスは前によろめくようにして身を寄せながら言った。バンフィールドはたじろぎ、反射的にちょっと身を引いた。驚いただけで、怖くなったわけではない。

「いったいぜんたい、どうしたんだ?」

「あなたのオフィスは盗聴されているかもしれないのです。あなたの電話も」

「まさか。なんでわたしが盗聴されるんだ?」

「あなたの車で行きましょう。話せる場所を知っています」

バンフィールドはロスの指示にしたがって車を運転し、二人はジョージタウンを通り抜け、フランシス・スコット・キー橋を渡ってヴァージニア州に入った。そしてそこでジョージ・ワシントン・メモリアル・パークウェイの北へ向かうレーンに入りこみ、ワシントンDC首都圏から北西へ遠ざかっていった。

「わたしはランチ・ミーティングをキャンセルしたほうがいいのかな?」バンフィールドは訊《き》いた。

ロスは答えなかった。

「途中でガソリンを入れなければならないのかな? どこまで行くつもりだ?」

「もうそんなに遠くありません」

バンフィールドは調子に乗って、ロスを会話に引きこもうと精いっぱい頑張ったが、自分よりもずっと若い国家安全保障会議(NSC)事務局職員は窓の外を見つめるばかりで、言葉を返そうとしなかった。

雨は小降りだったが、やむ気配はなく、フォルクスワーゲンの車内では、湿ったタイヤが路面をこする柔らかな音と、低速で動くワイパーの音しか聞こえなかった。

ゆるやかに曲がりくねりながら丘をのぼるジョージ・ワシントン・メモリアル・パークウェイを数分進んだだけで、ロスは次の道を右へ折れるようにとバンフィールドに指示した。六六歳の記者はすぐに、フォート・マーシー・パークに向かうのだなと気づいた。

フォート・マーシー・パークはポトマック川の岸辺にある樹木におおわれた公園で、ワシントンDC中心部の北西に位置しており、訪れる人もあまりいず、ひっそりとしている。その名にフォート（砦《とりで》）とあるように、南北戦争のときには本当に砦だった。フォート・マーシーは丘の上に造られ、当時そこからはポトマック川と広大な農地の双方が一望のもとに見わたせた。砦の防備を極めて強固なものにしていた土壁、壕《ごう》、塹壕《ざんごう》の多くは、風景のなかに散らばる不自然な起伏によって、いまもそれとわかる。

現在、その公園は自動車専用道路の休憩場所ていどのもので、建物と呼べるものも一切ないが、葉を落とした高木が占領する塹壕の上の盛り土に、南北戦争当時の大砲が二門いまも据え置かれたままになっている。

ハーラン・バンフィールドは小さな駐車場に車をとめるや、イーサン・ロスのほうに顔を向け、無言で〝それで？〟と問うた。だが、三〇歳以上も年下の男は、ドアをあけて車から降りると、何も言わずに歩きはじめ、丘をのぼって林のなかへと入っていった。バンフィールドはバックシートから雨傘を一本つかみ出し、ロスのあとを追った。

数分歩いて、やっとロスは濡れた木製のベンチに腰を下ろした。ひとつぽつんと据え置かれた大砲のそばのベンチで、そこはもう駐車場から見ることができない場所だった。バンフィールドも隣に腰を下ろした。二人はポトマック川のほうを向いて座っていたが、前方の丘の斜面は生い繁《しげ》った樹木の枝葉に厚くおおわれていて、川を見ることはできなかった。霧雨もろとも顔を打つ冷たい微風に痛みさえ感じてバンフィールドは顔をしかめた。彼はこの一五分間いちおう恭《うやうや》しく慇懃《いんぎん》な態度をとっていたが、雨と寒風にさらされたベンチに座って前方の林のなかにじっと目をやっていると、忍耐力がたちまちのうちに失《う》せていった。「イーサン、わたしはね、仙骨の滑液包炎に苦しむ高齢の都会人で、ほぼどんなものにもアレルギー症状を起こしてしまうんだ。それなのにきみはわたしを氷点に近い雨のなかに連れ出し、林のなかにまで歩かせた。いったいぜんたい、どういうことなんだ？」

ロスは雨など気にならない様子だった。ベンチから立ち上がると、大砲のそばの盛り土の上を行ったり来たりしはじめた。「くそ《ファッキン》インドのことですよ、ハーラン。そういうことです」

「インドのこと?」

「昨日《きのう》の襲撃。聞いたでしょう?」

「ああ、あれか。聞いたとも。ニュースでやっていた。だが、わからんな。なぜそれが――」

「あれはパレスチナ人による元イスラエル特殊部隊員の暗殺です」

バンフィールドは顔にぽかんとした表情を浮かべている。ロスが何を言いたいのかさっぱりわからないのだ。「わたしが見たニュースはそこまで報じていなかったな」

バンフィールドは言った。「でも……ええと……それがわたしに関係でも?」

「インドで殺された男は、トルコのガザ平和支援船団への急襲を現場で指揮して虐殺《ぎゃくさつ》を実行した例の特殊部隊将校だったんです」

バンフィールドは激しく目を瞬《しばたた》かせた。明らかにびっくりした様子。ロスは年嵩《としかさ》のジャーナリストの目をのぞきこみ、それをすでに知っていたのかどうか探ろうとした。

「ああっ、そうか」高齢の記者は思わず声を洩《も》らした。バンフィールドのショックは本物のようにロスには思えた。「なるほど、そういうことか。しかし、たとえそうであっても、まだわからないわけだろう――」

「もうわかっているんです。いいですか、今朝われわれが出勤したら、ＦＢＩが待っていて、幹部職員がみな集められたんです。支援船団のファイルが不正にダウンロードされた形跡がある、とFBIは言っています。そしてそのファイルには、インドで殺されたイスラエル人、ヤコビ大佐のことも書かれていて、さらに彼があの小さな村に住んでいるという情報もあったそうです」ロスは歩きまわるのをやめ、屈《かが》みこんで自分の顔をバンフィールドの顔に近づけた。「あのCIA文書には彼のことが実名入りで書きこまれていたのです！」

「そうだったかどうか覚えていないな。かなりのページ数だったんでね」

「わたしだって覚えていない！　だが、Gたちは間違いないとしている！」Gはガヴァメント・マン、つまりFBI捜査官。

バンフィールドも腰を上げた。そして木々のほうへと目をやった。「きみがあのファイルをわたしに渡してくれたのはいつだったっけ？　もう三カ月にはなるよな？」

「四カ月前のことです」

「で、FBIはいまになってやっと、不正なアクセスやダウンロードに気づいたことを明かした。これはどういうことなのか？」

これにはロスも声を押し殺して語気鋭く返した。「だから、殺されちゃった者がいるからです！　わたしがデータを渡したとき、あなたはこう約束しましたよね——だれかの命を危険にさらしうるような部分は編集でカットするし、この情報を得るのはメディア関係者だけだから、心配はない、と。そしてあなたはこう言った——データはITPのメンバーでもある《ガーディアン》の記者にゆだねる。その記者は『アメリカが秘密裏にイスラエルに情報を提供してあの支援船団攻撃に加担した』という事実を記事にして暴露する。そうなればホワイトハウスは困惑し、たぶんイスラエルとの極秘協力関係をやめざるをえなくなるだろう。おそらく政権内の親イスラエル強硬派は馘《くび》になる。そして今後、同様なことが起こっても、ワシントンはイスラエルの犯罪体制のためにスパイすることに以前ほど熱心ではなくなる」

ロスはびしょ濡れになりつつあるニット帽を引っぱがし、濡れてべたべたになった金髪を両手で掻《か》き上げた。「テロリストたちが四人家族を吹き飛ばして皆殺しにする、なんてことは、だれも言わなかった。まったく、なんにも」

バンフィールドはロスの真ん前に進み出て、これ以上歩きまわれないように行く手をふさいだ。そして、雨傘を高くかかげ、自分より背が高いロスもその下に入れるようにしようとした。だが、ロスは傘の下に入ろうとしなかった。バンフィールドは言った。「いいかね、よく聞いてくれ。きみから受け取ったファイルはパレスチナのだれの手にも渡っていない」

「じゃあ、どこへ行ったのですか？」

「まだわれわれの手のなかにある」

「なぜ《ガーディアン》に渡さなかったんですか？」

「きみから情報を受け取ったときに、わたしが言ったことを思い出してくれ。データが引き出された直後に、それを公表してしまったら、きみを危険にさらすことになりうる――わたしはそう言ったはずだ」バンフィールドはロスの肩をぎゅっとつかんだ。「わたしはきみがヤバいことにならないようにする。わが組織は内部告発者の身元特定を阻止する技術を磨いてきた。だからきみは安全だ」

ロスはゆっくりとベンチに腰を落とし、その背に上体をあずけた。バンフィールドの言葉を信じたかったが、信じきれなかった。

「パレスチナにはＩＴＰの協力者《コンタクト》はいないと、あなたの口から聞けたら、わたしはもっと安心できるんですが……」

「もちろんパレスチナにもＩＴＰの協力者はいる。協力者は世界中にいるんだ。だが、われわれはきみのデータをだれにも渡していない。ああいう残虐なことをする連中とはわれわれは絶対に組まないんだ。パレスチナのわれらがパートナーたちは、今回の残忍な犯罪をおかした連中とは人格がまったくちがう人々だ。どれほどちがうかと言ったら、きみやわたしが、ワシントンDC首都圏を走りまわってナイフで人を刺しては財布を奪う凶悪犯とちがうくらいちがう。パレスチナにだって腐った悪党どもはいる。そういうやつらとはわれわれは絶対に手を結ばない」

バンフィールドはロスの隣に腰を下ろした。雨粒が川のほうから吹き上がってきて顔にあたる。傘はまったく役立たなかったが、それでもバンフィールドはさしつづけていた。

「きみは間違ったことなど何もしていない、イーサン。きみは一〇〇％安全だ。インドで起こった今回のことは、きみが四カ月前にやった内部告発とはまったく関係ない。わたしはそう確信している」

「でも、FBIはそう確信していない。今週中に嘘発見器検査《ポリグラフ》を実施するそうです」

バンフィールドは驚きを少しも見せなかった。「それはまあ当然だね。いちおうそうやって探りを入れてみようと思っているだけの話さ」

「そりゃそうかもしれないけど、徹底した検査になるはずです」

「きみはこれまでポリグラフでは何の問題もなかったじゃないか」

ロスは溜息《ためいき》をつき、なんとか落ち着きをとりもどそうとした。「ええ、もちろん。わたしはね、ハーヴァードへ行っていたんですよ――電線とライトのついた箱をいじくるだけのクソ州立大卒に負けるわけがない。でも、そういう検査は年一回の秘密情報取扱資格《セキュリティ・クリアランス》更新のためのものでしかありません。相手はごまかされるかもしれないなんて思ってもいない二流の検査官なんです。そんな者たちがやるポリグラフ検査なら打ち負かせるとわかっています。だから、これまで突破できたんです。ところが今度のはそんな甘っちょろいものではない。一人ひとりを徹底的に調べるポリグラフ検査で、ＦＢＩ国家保安部防諜《ぼうちょう》課でも最も優秀な検査官が投入されるんです。彼らはどういう質問を繰り返せばいいのかわかっている。今度の検査を突破するのは容易ではありません」

　バンフィールドは若いＮＳＣ事務局職員を宥《なだ》めようとした。「ポリグラフというのは小道具にすぎない。実はでたらめな装置なんだ。それに打ち勝つ秘訣《ひけつ》は『ポリグラフなんて、犯人を脅して自白させるためのハッタリ装置にすぎない』と見抜くこと。調査にあたる者は、きみを尋問し、『おれはおまえを信じていない』と言って精神的に追いつめる代わりにポリグラフを利用して脅すんだ。ポリグラフは自白を引き出す道具にすぎんのだよ。だから、自供せず、ゆったり構えていること」バンフィールドは笑みを浮かべた。「そう信じるんだ。ほんとうのことなんだから」

　イーサン・ロスは目をぎらぎらさせてハーラン・バンフィールドをにらみつけた。

「そんなことはみんな知っています」

高齢の記者は両手を上げて見せた。「すまん。そりゃそうだよな。だが、これだけはわかってほしい——それは、インドでの襲撃はきみのせいで起こったのではない、ということだ。きみがCIAのファイルから抜き取った情報は、こうしてわれわれが話しているいまも、きみがそれをダウンロードしたときと同じくらい安全に保管されている。ITPは最適な公表タイミングとなるまでそれをこのまま保管しつづける」

ロスは遠くに目をやり、ぼそぼそ言った。「わたしはポリグラフを打ち負かせる」

自信ありげな言いかたではなかった。バンフィールドはロスの不安を感じとり、それを記憶に刻みこんだ。

「うん、きみならできる」バンフィールドはロスの肩に腕をまわした。「薬を用意しよう。役立つ薬だ」身をかがめてロスの顔をのぞきこんだ。そして、もういちど肩をつかんで引き寄せた。「いいかね、よく聞いてくれ。われわれが連携しているきみのような愛国者はたくさんいる。たぶん一カ月に一回くらいは、だれかが予期せぬポリグラフ検査を受けざるをえなくなる。だが、それでヤバいことになったことはこれまでに一度もない。ただの一度もね」

「わたしに嘘《うそ》なんてつかないで、ハーラン」

「このわたしが嘘を？　まさか！　それに、これはおべっかではなく本心から言うのだが、きみは並みの内部告発者よりも遥かに頭が切れる」バンフィールドは笑みを浮かべ、目を上へグリッと動かした——他の者たちの知的レベルの低さに呆《あき》れる仕種《しぐさ》。イーサン・ロスはうなずき、自意識過剰の気配をただよわすことさえなく同感の意を表した。これで少しばかり気分が上向き、まるでいまやっと自分のいる場所に気づいたかのように、公園をぐるりと見まわした。自分たちのほかに人影はまったくなかった。

「わかりました。今日から二日かけてポリグラフ検査のための準備をします。といっても、機械が怖いというわけではありませんけどね。ともかく、今回のセキュリティ再調査はどこまで広く深く実施されるかだれにもわからないのです。だから注意する必要があります。その気ならFBIは、アイゼンハワー行政府ビル内で働くTS——トップシークレット——取扱資格《クリアランス》保有者全員の盗聴を裁判所から許可してもらえます。ですから電話やEメールでの連絡はもうできません」

「抜き差しならない事態におちいったときは、新たに電話を買って連絡するのは構わない。コンビニで安い携帯を手に入れるだけでいい。もちろん、この手は緊急事態のときだけ。わたしもそうする」

「なるほど、オーケー。でも、わたしとしてはできれば直接会いたい」

バンフィールドはしばし考えこんだ。「きみはまだ朝のジョギングをしているのかね？」

「ええ、毎日というわけではありませんが」ロスは答えた。そして問うた。「なぜ？」

「チョークを買いたまえ」

「チョーク？」

「そう。これから数日、朝のジョギングに出かけ、ウィスコンシン通《アヴェニュー》りを走るんだ。そして、N通《ストリート》りとの交差点を東へ折れる。南東の角の道路わきに緑色の消火栓がある。わたしにここで会いたくなったら、そのてっぺんにチョークで短い線を引きたまえ。わたしは仕事場へ向かうときにそこを通る。歩きながら見えるくらいの大きさ、三インチほどの線でいい。きみがそこに線を引いたら、わたしは午前八時にここに来る」

「あなたのほうからわたしに連絡することがあった場合は？」

「同じだ。わたしが消火栓にチョークで印をつける」

ロスはゆっくりとうなずいた。「すこし古臭いやりかたですが、いいでしょう」

「昔ながらのやりかたがベストなのさ。電話は盗聴される。セキュリティ対策が充分ではないEメールは読まれてしまう。だが、この時代、チョークの線を探すやつなんてもういない」

ハーラン・バンフィールドはオフィスから数ブロック離れたトーマス・サークルのそばでフォルクスワーゲンをとめてロスを降ろすと、オフィスビルまでもどって地下駐車場に車を乗り入れた。監視されていないか、たえず注意していた。ともかく彼の知るかぎり、監視の目はなかった。監視について自分はアマチュアではあるけれど熟達してはいる、とバンフィールドは思っていて、それは駆け出しの記者のときに受けた訓練のためだった。一九七〇年代、まだ若かったハーラン・バンフィールドはロンドンで企業セキュリティ五日間コースというものを受けたことがあったのだ。それは海外を旅する幹部社員やジャーナリストのためのコースで、彼に言わせると、とっても役立つところがある一方まるで役立たない部分もある玉石混淆《こんこう》の講座だった。たとえばカリキュラム中の護身術の部分は幼稚で馬鹿《ばか》げているとしか思えなかった。バンフィールドがそのコースを受講したのは、内戦を取材しにレバノンへおもむく直前のことで、相手の親指をひねったり、股間《こかん》に手刀《しゅとう》打ちを食わせたりする護身術なんか、これから出くわすことになる検問所のシーア派民兵たちにはたいして効果がないのではないかと思わざるをえなかった。

でも、そのトレーニング・コースにはたいへん役立つ部分もあり、とりわけ尾行やその他の監視作戦を見破る基本的テクニックはそうだった。

ロンドンでの受講後、バンフィールドはこのテクニックを使う機会もなく、何十年にもわたって監視とは無縁の世界に生きてきたが、何年か前にひそかにITPのための活動をはじめると、かつて受けたトレーニングを思い出し、尾行者がいないかどうか周囲にさりげなく目をやるようになった。

一階の自分のオフィスにたどり着いたときバンフィールドは、今日も自分にとくに関心を示すような者はひとりもいなかったと確信し、部屋のなかに入ってドアに錠をかけた。そして、コートも中折れ帽《フェドーラ》もとりもせず、コンピューターの前に座りこむや、〈クリプトキャット〉と呼ばれる暗号化されたインスタント・メッセージング・アプリケーションを立ち上げ、ユーザー名および英字と数字からなる長いパスワードを打ちこんだ。それで友人リストから送信先を選べる画面があらわれたが、リストからの選択をせず、暗記していた受信者のアドレスを一字ずつ直接タイプしていった。リストに保存していないアドレスだったからである。

するとほぼ即座に、送受信者以外読めないエンド・ツー・エンドの暗号化が可能になった。だが、そのあとバンフィールドの指はしばらくキーボードの上に浮いたまま動こうとしなかった。ようやく彼はキーをたたいた。〔問題がひとつ生じた〕
三〇秒後に返信がきた。〔どんな？〕
〔イーサン・ロス〕
〔やはり〕
バンフィールドは首をかしげた。〔やはり？　やはり、とは？〕
〔わたしはインドで起こった襲撃の詳細をいま知ったばかり。われらが友に関する連絡があなたから入ると思っていた〕
〔彼はわれわれが情報を提供したと思っている〕
〔それはちがう〕
〔わたしもそう彼に言った。われわれはまだあの情報を《ガーディアン》に渡していないと、わたしは彼に言ったが、その点に間違いがないことを確認しておきたい〕
〔そのとおりで間違いない〕
〔彼はポリグラフ検査を受ける〕
〔彼のようすは？〕
〔心配している。かなり不安になっているようだ。こういうことはよくあることで大事にいたることはないから心配はいらない、などと言って宥めた。彼はそれを信じたと思う。ポリグラフに勝てるようになる薬《カクテル》を渡すつもりだ。だが、正直なところ、ほんとうに彼がポリグラフに勝てるかどうかはわからない〕

〔勝てなくてもいい〕

ハーラン・バンフィールドはよく理解できなかった。だからこう打ちこんだ。〔どういう意味？〕

返事は一分以上なかった。バンフィールドはクエスチョンマークを送りたい衝動に駆られたが、それを必死で抑えこみ、指の関節をポキポキ鳴らしながらなんとか待ちつづけた。

ようやく新たな一行がスクリーン上にあらわれた。

〔いまそちらへ向かっている〕

バンフィールドはハッとし、机に向かって座ったまま背筋をスッと伸ばした。あえぎ、胸が波打った。暗号化されたチャットの相手がいま何を考えているのか、さっぱりわからなかった。だが、ＩＴＰのトップは事の重大さに気づいていないのではないかというバンフィールドの心配は瞬時に吹き飛んだ。なぜなら、ＩＴＰ代表はいまスイスにいると彼にはわかっていたからである。

その代表が自らこちらへ乗りこんでくるというのだ。ということは明らかに彼女は、イーサン・ロスの問題がもつ重大性をしっかり理解しているということだ。

8

ドミニク・カルーソーは体をゆっくりと回転させ、用心深くそろりとベッドの外に脚を出すと、まさにこのためだけにベッドポストに巻きつけてあるベルトをつかんで体を引き上げ、立ち上がった。そしてバスルームへ向かって歩きはじめた。だいぶ長いあいだ横になったままの生活だったので、脚にうまく力が入らない。それにバスルームの電球がえらくまぶしく感じられ、頭がズキズキしだした。

自宅にもどって以来、ベッドから起き出したのはたったの数回のみ、トイレへ行くかミネラルウォーターのペットボトルや缶詰をキッチンへとりに行くかするときだけだった。アダーラ・シャーマンがここまで車で送ってくれ、そのほんの何時間かあとに電話をくれて、食料品をすこし買っていってあげましょうか、と言ってくれた。ドム（ドミニク）のコンドミニアムには新鮮な食べものなんてあるはずがないとわかっていたからだ。だがドムは、感謝の意を伝えはしたものの、実はいまお隣さんが買いものをしに行ってくれているんだ、と言って断ってしまった。

嘘《うそ》だった。別に他意はない。ただ、いまはだれかを部屋のなかに迎え入れるような気分になれないだけだ。

昨日《きのう》の午後は、もうすこし動きまわった。エレベーターで一階まで下り、建物内の小さな店まで行って、缶詰、ヨーグルト、炭酸飲料、ビールをレジ袋二つ分買って部屋にもどってきた。

買い物から帰るとドムは、ツナ缶とシロップ漬けの桃缶をつつき、ビールを一缶飲んで、ベッドにもどった。

まだ鋭い痛みも鈍痛もあったが、今日は何か生産的なことをやろうと心に決めていた。そこでシャワーの湯を出し、胸と前腕の包帯をとった。そうやって、噴き出してくる湯のそばの冷たいタイルの壁に、ヒリヒリする体を押しつけ、数分後にやっとシャワーのなかへと歩み入った。

熱い飛沫《しぶき》が傷にあたって刺すような痛みが走ったが、シャワーのおかげで人心地つくことができた。シャワーを終えると、前腕の包帯を新しいのに替え、コーヒーを飲み、居間へ行った。明るいと頭痛がひどくなるので、いまは部屋の明かりをすべて消している。薄暗がりのなかでソファーに腰を下ろし、ラップトップを起動した。そうやって午前中の前半を使って、インドで起こった襲撃についてネット上で見つけられるすべての情報に目を通した。あの事件について書かれた文章はたくさんあったが、その大部分が大げさに書きたてた扇情的な記事や、自分の主張を押しつけるだけの社説や、単なる憶測でしかなく、完全な間違いもかなりあった——ドムは現場にいて自分の目で直接見たのだからわかるのである。

一時間もするとコンピューターをシャットダウンせざるをえなくなった。事件の映像がよみがえり、さまざまな考えが浮かんできて、脳はいやおうなく、あの夜に起こったすべてのことをふたたび体験しなければならなくなってしまった。まるでヴァーチャルなAAR（アフター・アクション・レヴュー＝戦闘後再検討）をしているかのように、脳はあの戦闘を再体験した。

この〝戦闘後再検討《ホットウォッシュ》〟で、ドムは当然ながら、とことん批判的な目で自分の当夜の行動を分析した。そしていま、自分をこう責めている——おまえは最初からアリク・ヤコビといっしょに二階へ行くべきだったのだ。上から階段を護《まも》り、他の攻撃者たちを階下に釘付《くぎづ》けにしておくべきだった。ヤコビが二階を、自分が一階を受け持つというやりかたは間違いだったのだ。それに、キッチンでもたついてしまった。あんな未熟な戦闘員、もっと早く始末できたはずだ。ナイフを胸に命中させて倒したテロリストは、すぐには死なないこともありうるから、引きつづき脅威となる可能性があると、なぜ考えなかったのか?

ああすればよかった、こうもできたのではないか、ということがたくさんある。ドミニク・カルーソーはいま、ワシントンDCにあるコンドミニアムの五階の自室のソファーに座って、すべてをやりなおせたらなあ、と思わずにはいられなかった。

考えれば考えるほど、確信の度合いが高まっていく思いがひとつあった。

それは、自分はアリクとその家族を見殺しにしたのだ、という思い。

自分の双子の兄であるブライアンが数年前にリビアで死んだときも、同じような思いに襲われ、えらく苦しめられた。そして今日にいたるまで、そのときの出来事のあらゆる側面を詳細に分析し、兄の死は自分の責任であったと自らを責めつづけてきた――もっと素早く動けたはずだ。銃撃戦のことまでとやかく言わないにしても、少なくともブライアンの銃創の手当てをもっと迅速にできたはずだ。おれは兄を救えたんだ。

自分が全力を尽くしたことはドムにもわかっていた。だが、リビアでも、そしてインドでも、その全力が奏功しなかった。

午前九時をすこし過ぎたところで、ドミニクは後悔の念と苦悩をなんとか心から追い払うことに成功し、新たにコーヒーを淹《い》れて飲む余裕も生まれた。それはこの朝三杯目のコーヒーだった。ふたたびソファーに身をあずけてラップトップを膝《ひざ》の上にのせたとき、携帯電話が囀《さえず》りだした。スマートフォンの画面に目をやると、アダーラ・シャーマンからの電話だった。またこちらのようすを探ろうという魂胆にちがいない、とドムは思った。だから留守電《ヴォイスメール》になるまで放っておいた。

すると今度はドアベルが鳴った。そのチャイムでまた頭がズキズキしだした。ドムは目をグリッと上へ向けた。シャーマンにちがいない。だとしたら、彼女はとんでもない遣《や》り手ということになる。実はそれこそドムが望んでいることだった。ところが、玄関ドアをあけると、目の前のまぶしいほど明るい廊下に立っていたのは、スーツにネクタイという服装の上にトレンチコートをはおり、黒髪をきちんと分けた、いかにも健康そうな男だった。背丈はドムよりも数インチ高く、大きな肩のうえ猫背であることはコートを着ていてもわかった。

男は言った。「いやあ、ドミニク、しばらく」

ドムもこの男がだれだかわかった。数年ぶりではあったが。「オルブライト、でしたよね？」

ダレン・オルブライトはうなずいた。「そう。すごい記憶力だ。素晴らしい」

二人は握手した。

「久しぶりです」ドミニクの心臓が暴れだした。彼は思い出した。そう、ダレン・オルブライトとはクアンティコにあるＦＢＩ学校《アカデミー》でいっしょに訓練を受けたのだ。たしかダレンは警官を数年やったあとにＦＢＩに入った。おれより五、六歳は年上のはずだ。

「特別捜査官？」

「特別捜査官ではあるが、正確にはその上に管理監督《スーパーヴァイザリー》がつく、まあ、いちおうね」

ドムは感心した。きっとオルブライトはＦＢＩ《ビューロー》でも如才なく立ち回ってきたのだろう。

《それにしても、いったいぜんたい、この男は何をしに来たのだろうか？》

オルブライトは言った。「懐《なつ》かしいね」そのあと何も言わずに突っ立っているところを見ると、どうやら部屋のなかに招き入れられるのを待っているようだった。

ドミニク・カルーソーは脚をもじもじ動かした。

ＦＢＩ管理監督特別捜査官はやっと口に出した。「数分、いいかね？」

「もちろん、いいですよ」《くそっ《シット》》

二人は部屋のなかに入り、ドムはスイッチをパチンと弾《はじ》いて明かりを二つ点《つ》けた。

そして散らかり乱れた自室を見まわした。これまでこのコンドミニアムに入れたのは女性だけだった。といっても、ほとんどの場合、ただ情事を思いきり楽しむ一夜かぎりの関係のためで、そうした女をこの部屋に連れてくるのは、ワインと見事なイタリア料理でうっとりさせるためだった。むろん、そういうときはふつう、かなりの時間を費やして、いちおう部屋をきれいにしておく。

ところが、インドから帰ってからは、情事のことなど思い浮かべられるような状態ではなく、それだけ部屋の乱れ具合はひどくなっているように見えた。「すみません、散らかっていて」としかドムは言えなかった。

「まったく問題なし。わたしも去年まで独身だったんでね」

「へえ、そうなんですか」ドムは昔の訓練仲間の女性関係に興味のあるふりをした。

「それは、おめでとう」

「ありがとう。八月に子供が生まれる」

「すごい」たちまちドムの眼前に、両親とともに殺された幼いダルとモーシェの顔が浮かんだ。あわてて彼は、幼い兄弟の顔が消え去るように、別の話題へ切り換えた。

「すると、ここDCの支局勤務というわけですか？　いやあ、たいしたもんですね。わたしは、最初はアラバマの支局勤務でした」

「知っている。バーミングハムできみがやったこと――あの子供殺しを地獄に送りこんだこと——も知っている。あれは正しい仕事だった。今度きみに会ったらウイスキーを一杯おごろう、と心に誓ったくらいだ」

ドミニク・カルーソーは居間の中央に突っ立ったままだった。「いま午前九時一五分。あなたはそんなことを話しにここに来たわけではないと思いますが」

大柄の男は首を振った。「うん、まあ、そうなんだが、とりあえず、そのいい香りのコーヒーを一杯いただけないかな？」

一分後、二人の男はキッチンのテーブルについた。テーブルには一カ月分の未開封の郵便物と未読の新聞が載ったままになっていた。

二人はコーヒーを飲んだ。いや、より正確に言えば、オルブライトがコーヒーを少しずつ飲むあいだ、ドミニクはコーヒーカップに手を伸ばしもせず、平然として見えるように懸命に装《よそお》いながら、内心不安を抱いて座っていた。

オルブライトが口をひらき、話題をさきほどドミニクが言った勤務先のことにもどした。「実は、わたしの勤務先はワシントンＤＣ支局ではない。学校《アカデミー》を出たあとヒューストン勤務となった。いやあ、あそこは暑いのなんのって、それも年がら年中ね」

ドミニクは言った。「アカデミーの前は警察官をしていたんですよね？　たしか、どこかの警察のＳＷＡＴ？」ＳＷＡＴ（特殊火器戦術部隊《スペシャル・ウェポンズ・アンド・タクティクス》）は警察の特殊部隊と言ってよい。

「そう。セントルイスの」

ドムは返した。「あなたがHRTへ行かなかったとは驚きです」HRT（人質《ホスティッジ・》救出部隊《レスキュー・チーム》）はFBIご自慢の連邦法執行機関最強の戦闘部隊だ。

「行ったことは行ったんだ。だが、ついてないことに、訓練中の事故で足を痛めてしまった。いまはもう大丈夫なんだけどね、ともかくHRTにはいられなくなった。で、ヒューストン支局に三年いて、ここワシントンにもどり、本部のCDに配属された」

FBIの特別捜査官が訪ねてきたという事実だけでも心配になっていたのに、いまやその心配が倍加してしまった。CDというのは国家保安部防諜課《カウンターインテリジェンス・ディヴィジョン》なのだ。いったいぜんたい、CDに所属するG（FBI捜査官《ガヴァメント・マン》）が何をしにおれの部屋までやって来たというのだ？

悪いことに決まっている。

「CD？」ドムは訊《き》いた。「面白いですか、仕事？」

オルブライトは答えた。「まあ、楽しいときもある。たとえば、いまのように。先日インドで起こったことに関して二、三、質問があるんだが、よろしいかな？」

ドムは額をこすった。実は、いちばん心配していたのは、オルブライトは〈ザ・キャンパス〉のことを訊きに来たのではないかということだった。ＦＢＩや他の機関の幹部職員のなかには、ごく少数だが、有力なコネがあってドムが所属する極秘民間情報組織〈ザ・キャンパス〉の存在を知っている者たちもいたが、オルブライトはそのなかには含まれていないはずだった。

一方、ドミニク・カルーソーがインドで襲撃事件に巻きこまれたということなら、ＦＢＩの一般の捜査官でも簡単に知ることができる。ドミニクはちょっと安堵《あんど》したが、あの事件に関して言えることと言えないことがあったので、まだ警戒を解かなかった。

「いいですよ。どうぞ」

「脳震盪《のうしんとう》を起こしたと聞いたが」

「ただの軽いやつでして」

「気分はどうかね？」

「大丈夫、ありがとう」

ドムは神経質になっていて、オルブライトにそれを気づかれていることもわかっていた。

オルブライトは言った。「きみは向こうで元ＩＤＦのアリク・ヤコビ退役大佐からクラヴ・マガの訓練を受けていたんだよな？」ＩＤＦはイスラエル国防軍で、クラヴ・マガはイスラエルで開発された近接格闘術。

ドムは肩をすくめた。オルブライトがそうした情報をどこから入手しているのかわからなかった。「そのほかの身体トレーニングも受けましたよ。彼が元大佐ということさえ知りませんでした。奥さんにヨガもすこし教わりましたしね」

「ヨガねえ」オルブライトは両眉《まゆ》を上げた。不信の表情が顔にはっきり浮かんでいる。

「ええ」

ＦＢＩ捜査官はうなずいた。そうするあいだも視線をドミニクの顔からそらさず、メモをとりさえしない。

「なんだか不安そうだな、ドム」

「いや、ぜんぜん」

「ほんとに？」

「誤解です。わたしはただ、あなたのような人と自分の部屋のキッチンに座っていることで戸惑っているだけです」

オルブライトはまたコーヒーをひとくち飲んだ。「なるほど。では、その戸惑いを消してあげよう。こちらの手の内を見せる。今朝、ここに話を聞きにくる前、まだオフィスにいるときに、アントニー・リヴァルトから電話が入った。だれだかわかるね？」

「ええ、ＦＢＩニューヨーク支局長」

オルブライトは小首をかしげた。「それはもう何年も前の役職だ。いまはＣＤ――防諜課《ぼうちょう》課――課長補」

「では、あなたのボスのボスですね」

「うん、まあ、正確にはボスのボスだ。で、彼がわたしに直接電話をかけてきて、きみの扱いには気をつけろ、と言ったんだ。きみが自発的に協力するというのなら、話を聞けるし、質問もできるが、きみのまわりには〝力場《フォース・フィールド》〟のようなものがあって、執拗《しつよう》に調べあげることは不可能だから、その点、気をつけるように、というわけだ」

ドムは言葉を返さなかった。

「まあ、要するに、きみにはコネがあるということ」

キッチンテーブルを挟んでオルブライトの真向かいに座る黒髪の男は、何も言わず、黙ったままだった。

「言うまでもないが最初は、きみの伯父さんが大統領だから、ただそれだけのこと、と思った。それで特別待遇を受けているんだろうな、と。ところが、きみのことを詳しく調べ、やっていること、配属先など、きみに関するあらゆる情報を探ってみたんだが——」オルブライトは両手をひらいて上げて見せた。「何もない。バーミングハム支局勤務のあとのきみの経歴は空白になっている。つまり、きみはダーク・サイドに行ってしまった」

「ダーク・サイド？」

「きみはまだＦＢＩの捜査官だ。人事部に問い合わせて確認した。ただ、書類上そうであるにすぎない。実際には、きみはスパイのようなことをしている。ＣＩＡの正式な職員ではないことはわかっている——少なくとも身分を明かしてもよいような地位にはない。ほかの情報機関に引っぱられた可能性はある、とわたしは思っている。あるいは、なんらかの形で軍と提携関係にあるか？　だが、きみが軍に所属していたことは一度もない。それもわかっている。だから、極秘スパイ合同細胞《フュージョン・セル》のような下部組織で活動しているのかもしれないが、そのあたりをきみの口から説明してもらうわけには、まあ、いかないだろうな。ともかく、リヴァルト課長補が言ったことをごく簡単にまとめると——たとえきみの部屋に入ってキッチン・カウンターに戦術核兵器が載っているのに気づいたとしても、わたしにはまさになんにもできない、ということになる」

ドムは手を振って、小さなカウンターに載っている電気製品を示す仕種《しぐさ》をした。

「念のため言っておきますが、それはジューサーです。実際にジュースをつくって証明したいところですが、壊れているんです」

オルブライトはにこりともしなかった。「わたしだって心得ているさ。もう五年もここワシントンDCで働いているんでね。何をしているのかも、どういう組織に所属しているのかも、まったく言えない男たちにぶちあたったことは何度もある。そういうときは、上司たちから〝恐怖のほのめかし〟がとどくのを待つしかない。そして、それが来たら、その件はほっぽって、次の件にとりかかる」

「で、リヴァルト課長補からの電話はその〝恐怖のほのめかし〟であったと？」

「そうだ。それでも、きみとわたしは、まあ、ずっと昔からの友だちというわけなんでね、わたしは課長補にこう言った――ふらりと訪ねて、コーヒーでも飲みながらおしゃべりしてきます、でも、ちゃんと分をわきまえ、出過ぎた真似《まね》はしませんよ、とね」

ドムは言った。「それで、いまこうやってわれわれは話している」無意識のうちに腕の包帯をつまみ、もてあそんだ。おれとオルブライトが友だちだったことなど一度もない、とドムは思った。ただのクラスメイトだっただけだ。

オルブライトは訊いた。「きみがインドにいたとき、ヤコビやきみ自身が監視されているということはなかったかね？　何でもいい、何か普通じゃないことに気づかなかったか？」

ドミニクにとっては、こういうことのほうが自分のことを話すよりは楽だった。彼は答えた。「パレスチナ人たちは情報を収集するのに地元の人間を使ったんでしょうね。周囲に溶けこめる者を。やつらは牛乳配達のトラックに乗ってやって来た。わたしは向こうにいた数週間のあいだにそのトラックを何度か村で見かけました。その件は、現在、インドの捜査当局が調べています」

「きみはテロリストを三人殺したそうだね？」

ドムは返した。「ほんとうに殺《や》らなければいけなかったのは、知らぬまにわたしの横を通り抜けて二階に上がってしまった四人目の男です」

オルブライトは相変わらず何もメモしようとはしない。ドムがそれに注目したのは、ＦＢＩ特別捜査官が被疑者や参考人への事情聴取をした場合、通常、その内容をＦＤ－３０２という公式書式を使って報告しなければならず、そうするには話しながらあるていどのメモをとる必要があるからである。テーブル上にペンも紙もないことでドムはほっとしたが、まだ警戒を解く気にはなれなかった。

「ヤコビ大佐がアメリカにいる敵について何か言っていた、なんてことはなかったかね？」

これにはドミニクも驚いた。「アメリカにいる敵？　いえ、ないです」

「では、どんな敵でもいい、どこにいる敵でもいい、そういう者たちについて何か言っていなかったか？」

「いえ。ただ、彼が元ＩＤＦだったことは明らかです。世の中には、イスラエルの軍に所属していたことがある者を、ただそれだけの理由で憎悪《ぞうお》する人々がいます。パレスチナ人を筆頭にね」

「うん、まあ、そうだな。いい人だったのかね、このヤコビというイスラエル人は？」

「いい人？　いや、それどころか、彼は素晴らしい家族をもつ偉大な男でした」

ダレン・オルブライトはうなずき、指でキッチンテーブルを小刻みにたたきながら、次にどういう質問をすべきか考えた。

ドミニク・カルーソーは眉間《みけん》に皺《しわ》を寄せて尋ねた。「ひとつ、訊きたいんですけどね、なぜアメリカの防諜機関があの事件を探ったりしているんですか？　あなたがたはいったい何を捜査しているんですか？」

オルブライトはコーヒーカップをおいた。「情報漏洩《ろうえい》だ」

「情報漏洩？」

「そう。デジタル・データの違法漏洩。数カ月前、アイゼンハワー行政府ビルの端末から文書データのキャッシュが不正にダウンロードされた。そしてそれに含まれていたCIAファイルに、アリク・ヤコビの名前と居住地があった」

「どんなファイルですか？」

「ヤコビの名前があったファイルは、四年前に起こったIDFによるガザ支援船団・トルコ船籍貨物船への襲撃のAARで、極秘のTS文書だ」AARは事後再検討、TSはトップシークレット。「そこには、強行突入チームが、ヘリからファストロープで甲板に降り立ち、イッズッディーン・アル＝カッサーム旅団の複数の戦闘員を殺害したとあり、そのチームを指揮していたのはアリク・ヤコビ大佐だと明記されていた。そして、別のファイルには、『強行突入を指揮した大佐は退役して現在インドのパラヴアに住んでいる』という記述があった」

「アメリカ政府のだれかがヤコビの名前と居所をテロリストに密告した、というわけですか？」ドミニクはほとんど叫んでいた。

「まあまあ、落ち着いて。そこまではまだわからない。わかっているのは、彼の名前が記載されたファイルがあって、だれかがそれらのファイルをアイゼンハワー行政府ビル三階——国家安全保障会議事務局——の端末を使って引き出した、ということだけだ。そして、そのデータをダウンロードしただれかさんは、だれがそうしたのかわからないように、システム内で事を曖昧《あいまい》にする操作をした。そいつ——または、そいつら——がファイルの内容をだれかに伝えたかどうかも、わかっていない。ともかく、いまのところまだ。まして、パレスチナのテロリストどもに渡したかどうかなんて、まるでわかっていない」

ドミニクはもうほとんど聞いていなかった。アイゼンハワー行政府ビルは、いま自分が座っているローガン・サークルのコンドミニアムのキッチンから半マイルもないところにあるのだ。頭にカッと血がのぼり、腸《はらわた》が煮えくり返った。なにしろ、この街に住む、自国政府のだれかが、ヤコビ一家惨殺《ざんさつ》に係わった可能性があるのである。いますぐ、椅子《いす》から跳ね上がり、ドアのそばの本棚のてっぺんに置いてあるスミス&ウエッソン拳銃《けんじゅう》をひっつかみ、答えを求めてヴァーモント通り《アヴェニュー》に飛び出していきたかった。

だが、顎《あご》の筋肉をほんのすこしピクつかせただけで、激しく沸き立った感情を外にはいっさい出さなかった。「その祖国の裏切り者をどうやって見つけるんですか？」

「問題の端末を使ってそのファイルにアクセスできたのはだれなのかを調べ、すでに三〇人から四〇人に絞りこんだ。明日から一人ひとりを徹底的に調べる嘘発見器《ポリグラフ》検査を実施する。検査で怪しいということになった者には、わたしが追加の事情聴取をする」

「ほかには？」ドムはほとんど非難するような、食ってかかる口調になってしまっていたが、オルブライトは気にしなかった。

「コンピューター犯罪調査専門家を何人か投入し、データの不正引き出しに必要な技能を調べてもらい、捜査対象者の数をもうすこし減らす努力をしている」

「それだけ？」

オルブライトは椅子の背に上体をぐっとあずけ、腕を組んだ。いまや彼のほうが事情聴取を受けているという状態になってしまった。「情報漏洩事件は前にもいくつか担当したことがある。犯人を見つけても、漏洩が悪意をもって行われたわけではないことがわかるのではないかな。たとえば、あるシステム管理者が週末の予定のために早く帰りたくて〝近道〟をすることにし、正規の手順を踏まずにデータを移動させる不正操作をして、しかるのちにそれを隠す工作をした、とか。あるいは、悪意のない間抜けが間違って極秘ファイルをサーヴァーのファイル共有セクションに移動してしまうという大失敗を犯してしまい、本人が知らぬまにそのファイルが外部にまで出ていってしまった、とか」

「何が言いたいんですか？」

「わたしが言いたいのは、カルーソー、今回も『情報が漏洩したのは過失によるもので、たとえ意図的なものであったとしても、悪意あるものではなかった』という結末になるだろうとわたしは思っている、ということさ。政府内にパレスチナのテロリストどものスパイがいる可能性はほぼゼロだ」

このくらいでは、向かいに座っている、いきり立っている男を宥《なだ》めることはできないな、とオルブライトは見てとった。

「そうは言っても、わたしは今回のことを重大視している。どのような理由があったにせよ、不正アクセスがあったのであり、なぜそういうことになったのか、しっかり解明するつもりだ」

ドミニクは言った。「ひとつお願いが。できればですね、ポリグラフで何かわかったら、電話をもらえませんか」

「すまない、ドム。こいつは関係者以外極秘でやらないといけないことでね」オルブライトはキッチンテーブルの椅子から腰を浮かした。

るんです」

ドミニクも透かさず立ち上がった。オルブライトよりも速かった。「知る必要があ
「個人的恨みかね？」

ドムは首を振った。「むろんちがう。こういうことで個人的恨みを抱くようなわたしではない。ただ、同じ仕事をしている誼《よしみ》で、ちょっと教えてもらえたらなあ、と思っただけ。わたしはいまでもＦＢＩですから」

「書類上ね」

「いや、実質的に」

「うん、そうか。まあ、きみはＣＩＡ傘下《さんか》の合同細胞《フュージョン・セル》のような組織で働いているのではないかと、わたしは思っているのだが、もしそうなら組織として公式に情報を求めることもできるはずだ。そういうチャンネルはある」

ドムは首を振った。「わたしがお願いしているのです、ダレン。このわたしが個人的にあなたにお願いしているのです」

オルブライトは歩いて居間を通り抜けるあいだ、考えこんでいるようだった。玄関ドアに達したとき、クルリと振り向いた。「ようし、わかった。約束しよう。もし何かわかったら、きみに知らせる。ただし、自分で行動することは控え、捜査はわたし

が率いるチームに任せる、と誓ってくれないと困る」

「いいですよ。ありがとう」

二人は握手をした。

オルブライトは言った。「ところで、ひとつアドバイスがある。きみはしばらく無理しないで、のんびり休まないといけない。きみが数週間いなくなったって、そのダーク・サイドはなんとかやっていける。気を悪くしないでほしいんだが、きみはいま、なんともしょぼい様子をしている」

オルブライトが廊下に歩み出ると、ドムはドアを閉めた。

「だれもかれも、寄ってたかって、のんびり休め、か。ああっ、もう聞きたくない」

ドミニク・カルーソーはジェリー・ヘンドリーに電話した。そのときヘンドリーはサウスカロライナ州マートル・ビーチの海辺の別荘にいた。彼はときどき、おもにストレスのもととなるヘンドリー・アソシエイツ社、〈ザ・キャンパス〉、ワシントンDCから離れるために、その別荘に滞在する。ドミニクはヘンドリーに、ダレン・オルブライトFBI管理監督《スーパーヴァイザリー》特別捜査官が訪ねてきたことを報告し、二人でどのような話をしたのかを伝えた。ドムとヘンドリーはしばらく話し合い、それが〈ザ・キャンパス〉にとっては良いことでも悪いことでもあったと判断した。そう、情報漏洩があって、アリク・ヤコビの名前と居住地がパレスチナ人の知るところとなったことは、ドミニク・カルーソーや〈ザ・キャンパス〉とはまったく関係がないように思え、その点はたしかに良いニュースであり、ジェリー・ヘンドリーもそう判断することに賛成した。だが、その一方、FBIの大半の職員が、ドミニク・カルーソーという実際に何をやっているのか曖昧な特別捜査官がいることに気づき、ドムに関心を示していることがわかった。となると、ドミニクはいつもよりも注目されるのではないか。いや、十中八九、関心の的になる。ひとつの犯罪の目撃者であるにすぎないとしても。すでにオルブライトがふらりとやって来た。極秘文書漏洩事件の捜査が進むにつれ、もっと多くのFBIの捜査官たちが怪しみ、疑問をいだいて、ドミニク・カルーソーの日常生活にまで深く探りを入れかねない。

だからヘンドリーは、引きつづきドミニクを〈ザ・キャンパス〉のあらゆる活動から遠ざけ、工作チームの他のメンバーたちに接触させないようにする必要があると判断し、そうすることに決めた。そして、それは一時的なことにすぎないと、失望を隠せない工作員に明言した。

最後にヘンドリーは、いまはこのままゆっくり身を休めて傷を癒《いや》す、という約束をドミニクからとりつけようとした。

ドミニクは不満だったが、ここはヘンドリーの言うとおりにするしかないと思い、しぶしぶ同意した。「いまのわたしにほかにできることなんてありませんよ、ボス」

ドムは電話を切ると、テレビのリモコンに手を伸ばした。何か気を紛らわせられるような番組を見られるかもしれない。このまま何もせず、あれこれ考えつづけていたのでは、そのうち居ても立ってもいられなくなる。自分は座して何もせずにだらだら過ごせるようなタイプの人間ではない、とドミニク・カルーソーは自覚していた。

9

ブリュッセル発・ユナイテッド航空951便のボーイング777は、午後一時に、横殴りの激しい雨のなか、ワシントン・ダレス国際空港に着陸した。最初に飛行機から降りたのはファーストクラスの乗客たちで、そのなかに黒髪を短く刈った童顔の小柄な男がいた。

乗客でその男に目をとめた者がいたとしたら、その人はきっと、交換留学生――おそらくトルコかレバノンかサウジアラビアからの――と思ったことだろう。男は最新流行の洒落《しゃれ》たバックパックを背負い、デザイナーズ・ブランドのジーンズをはいていて、だれの目にもせいぜい二三歳ほどにしか見えなかった。

実際には男は三五歳で、勉学のためにアメリカにやって来たのではなかった。

男の本名はモハンマド・メフディー・モバシェリだったが、彼が入国審査のさいに提示するパスポートなどの書類にはまったく別の名前が書かれていた。それらの書類によると、彼はベイルートからブリュッセル経由でやって来たレバノンの若き外交官だった。たとえ入国審査官が、ワシントンDCのウッドリー・パーク地区にあるレバノン大使館に電話を入れて問い合わせたとしても、仕事でアメリカ入りする同国の外交官であることに間違いないという返事を受けることになっただろうが、入国審査の担当官はそんなことをする必要をまったく感じないはずだった。男の外交官用のヴィザは不審な点などまったくない正規のもののように見えたからである。

だが、男が前日に搭乗した飛行機の出発空港がベイルートのラフィク・ハリリ国際空港であったことは真実だったものの、実は、レバノンのベイルートからベルギーのブリュッセルまでの旅程は第二のものであり、その前にもうひとつ別の第一のものがあった。彼はその日の早朝に軍用輸送機でイランのテヘランからベイルートに着いたのだ。しかも、ブリュッセル行きの便が離陸する三〇分前に、なんとラフィク・ハリリ国際空港の警備兵に護《まも》られた一室でレバノンのパスポート類を受け取ったのである。

そしていま、ワシントン・ダレス国際空港の入国審査の列にならんでいる。すこし疲れをにじませてはいるが、にこやかな笑みを浮かべて、男は自分の番が来るのを待ち、難なくアメリカ入国を許された。入国審査官の前を素早く通過すると、今度は「申告するものは何もない」と告げて税関を楽々と通り抜けた。

ブリュッセルからワシントンへのフライト中、モバシェリは連れもなく、ひとりでファーストクラスのシートに身をあずけていたが、UA951（ユナイテッド航空951便）にはほかに部下たち――彼に仕える任務をおびた四人の男たち――も乗っていた。その四人もモバシェリ同様テヘランからはるばるやって来た男たちだったが、彼らはベイルートで軍用輸送機から降りると、ばらばらに別れ、それぞれ一人旅をよそおって旅客機のエコノミークラスに乗りこみ、離れたシートに座ったままワシントンへ向かった。そして、その四人もまたレバノンのパスポート類を携行していたが、それらの書類には職業は外交官ではなくビジネスマンとあった。

モハンマド・モバシェリがひとりでワシントン・ダレス国際空港のターミナルビルから出ると、到着した乗客を待つ車の列のなかに、レバノン大使館がよこした迎えのリムジンがあり、彼は手際《てぎわ》よくその場から連れ去られた。ほかの四人は窓ガラスに色の入ったシヴォレー・サバーバンに拾われた。

モバシェリは与えられた特権をみずからの努力で獲得した。彼はイランのイスラム革命防衛隊に所属する精鋭特殊部隊の将校だった。そして、だれにも気取られぬように彼といっしょにアメリカにまでやって来た四人の男たちは、海外での特殊諜報《ちょうほう》工作作戦に従事するイスラム革命防衛隊・クドス部隊の隊員たちだった。全員がイランからレバノン経由でアメリカ入りしたのは、イラン政府機関のチームだと正直に申告したのでは警戒されるおそれがある国々に人員や資材を入れる必要が生じたとき、イランの諜報組織はシーア派が力を持つレバノン政府を利用して偽装工作をしていたからである。

一時間後、五人はヴァージニア州フォールズ・チャーチの隠れ家《セーフ・ハウス》でふたたび合流した。そしてそこでさらに二人のイラン人――ワシントンDCに住んで活動する諜報機関員――と会った。二人とも、イラン大使館員という公式偽装《オフィシャル・カヴァー》で護られている諜報要員で、所属先はクドス部隊とはちがう別の諜報組織、MISIRI（情報治安省）だった。

むろん、その二人がMISIRI要員であることはアメリカの防諜機関も知っていて、FBIが自国内のイラン人スパイ全員の監視に全力を注いでいたが、二人は優秀なプロであり、敵の裏をかく術《すべ》も心得ていた。それもそのはずである。イラン最大の敵の領土内で活動すべく送りこまれるのは、同国でも最高の諜報機関員のみ、そうであることをすでに多数の敵地で証明して見せた者だけなのだから。いまこうしてワシントンDC郊外のフォールズ・チャーチにある四寝室の家にいる二人のMISIRI要員は、尾行をまく名人で、今日は数時間にもおよぶ長いSDR（サーヴェイランス・ディテクション・ラン＝尾行や監視の発見・回避のための遠回り）によって、監視の目を完全に振り切って到着することに成功していた。

モハンマド・モバシェリと四人の部下たちは椅子《いす》に座って、この二人の地元要員から状況説明《ブリーフィング》を受け、ここアメリカでの任務に不可欠な情報を得た。とはいえ、そのMISIRI要員たちは、新たにやって来た五人の男と彼らの任務については、ほとんど何も知らなかった。童顔のイスラム革命防衛隊将校について知っていることといったら、ペルシャ語圏では英語圏のジョンよりもさらにありふれたモハンマドという名だけだった。そして、その将校がこれから実行しようとする作戦についても、「彼は特殊任務をおびて〝付き人《ボディー・マン》〟のクドス部隊員四人をしたがえてアメリカ入りした」ということしか知らなかった。それでも「できるかぎりのもてなしをし、あらゆる便宜をはかり、彼が必要とするものをすべて提供せよ」と指示されていた。

すべて、イラン政府直々《テヘラン》の命令だった。

大使館員という身分をもつスパイたちは、それが極めて異例のことだとわかっていた。彼らはほかの組織に所属するこの見知らぬ男に自分たちの縄張りを荒らされるのは気に入らなかったが、そんな感情はたいして重要なことではなかった。その見知らぬ男はイラン政府の最高位にある最高指導者から認可されてここにやって来たからである。それに、自分たちが彼の任務についてほとんど何も知らされないというのも驚きであり、当惑せざるをえないことだったが、その日、彼らがいちばん妙だと思ったのは、実はそのことではなかった。

いちばん妙だったのはモハンマド自身だったのだ。

言うまでもないが、ＭＩＳＩＲＩのスパイたちはこれまでにもイスラム革命防衛隊将校との共同作戦を何度も体験していて、そうした将校たちはみな必然的に、強靱《きょうじん》にして自信に満ちた力みなぎるボス的存在《アルファ》であることを知っていた。イランの軍隊では、支配力のようなものを生まれながらに備えていて強力なリーダーシップを発揮できなければ、ほかにいかなる能力があろうと、出世の階段をのぼっていくことなど不可能なはずなのである。

だが、彼らはモハンマドに会った瞬間、こいつは典型的なイスラム革命防衛隊将校とはまるでちがう変わり種だと思った。明らかに頭が切れ、知力があり、知識も豊富そうで、健康状態も良好のようだったが、体つきは小柄で童顔のうえ、物腰も内気で内向的、病的と言ってよいほど穏やかだった。声もか細く、ＭＩＳＩＲＩ要員を前にして自分の立居振る舞いに自信が持てないようで、まるで威圧されてびびっているようにさえ見えた。

それでもモハンマドは自分の作戦に関連する質問をした。それで彼がヘマばかりするアホでないことはわかったが、経験豊富なＭＩＳＩＲＩ要員たちの目には、成人してもずっと両親と暮らす〝坊ちゃん男〟のように見えた。そういうやつが、明らかに国家にとって重要な任務をおびてアメリカに送りこまれてきたのだ。《いったいぜんたい、これはどういうことなんだ?》と二人のMISIRI要員は思っていた。

裏庭でのタバコ休憩のとき、ワシントンDCを拠点とするMISIRI要員のひとりがもうひとりに言った。「あいつは同胞であるわれわれに怯《おび》えきっているようだが、そんなやつに、本物の敵だらけのここアメリカで、いったい何ができるというんだ?」

もうひとりは当意即妙にジョークを飛ばした。「あのかわいい子羊ちゃんは解体処理されるために飛行機に乗って遠路はるばるやって来たというわけか」

だが、モハンマドとともにやって来た男たちは、その子羊とは対照的に、典型的なクドス部隊員だった。彼らはビジネスマンのような服装をしていて、この世界にうとい者たちならそれでも充分にごまかせるだろうが、MISIRI要員たちには元特殊部隊員としか見えなかった。たぶん、かつてはタカヴァルと呼ばれるイラン・イスラム共和国軍のエリート精鋭特殊部隊員だったのだろう。そして、二〇カ月におよぶ特殊訓練を受けたあと、海外特殊工作を担当するクドス部隊員となり、イラン・イスラム共和国周辺の最も危険な戦闘や作戦に投入されていたのではないか。

たとえば彼らは、イラク戦争時、国境を越えてイラクへ潜入し、物資や専門知識・技術を持ちこみ、同国のシーア派を訓練して多国籍軍と交戦させ、敵を粉砕させたかもしれない。さらに、レバノンでイスラエル軍と戦ったかもしれないし、アフガニスタンとの国境地帯でパキスタンの武装集団や反政府グループと連携する作戦に参加したかもしれない。

ともかくイランの二人のスパイは、クドス部隊についてはかなりよく知っていて、いますぐそばにいる男たちはマジでおっかない野郎たちなのだとわかっていた。

ところが、その四人の男たちのリーダーは、彼らとはまるで正反対の穏やかな物腰の男で、一八歳の誕生日からはじまったはずの兵役義務期間のあとは、おそらく銃を構えたことなど一度もないように見うけられた。

大使館員ということになっているスパイたちの推考は、すべての点で正しかった。モハンマド・モバシェリは他の四人とはちがって元コマンドーではなかった。彼は有力なコネのある政府高官の息子で、成年男子の義務として兵役に就いたとき、若きコンピューターおたく《ギーク》だった。彼も軍隊で、背筋を伸ばして立ち、行進し、武器を使用する訓練を受けたが、そのうち歩兵部隊から去り、自分がすでに持っている技能を生かせる部門――コンピューター作戦のための特別プログラム――に移った。

ＭＩＳＩＲＩ要員たちの推察どおり、モハンマドはアメリカを訪れるのは今回が初めてだったが、英語は流暢《りゅうちょう》に話せた。実をいうと、彼の父親は元ＭＩＳＩＲＩ、それも階級は将軍だったので、ワシントンＤＣを本拠とする二人のＭＩＳＩＲＩ要員も、もしこの〝坊ちゃん男〟の真の身元と親のことを知っていたら、深々とお辞儀して、へりくだった態度を示すくらいのことはしていたにちがいない。

モハンマド・モバシェリは子供のころテヘランの学校で英語を学び、そのあと情報機関員の父親が大使館の農業担当官という偽装のもとに駐在したオーストラリア、アイルランド、イギリスといった英語圏で数年暮らした。

実はモハンマドを軍のコンピューター作戦部門に移したのは父親だった。むろん、その第一の目的は息子を戦闘の危険から護るということだったが、父親がそうしたのは、モハンマドが子供のころからコンピューターに興味を示し、その方面に才能を発揮したからでもあった。さらに、モバシェリ将軍は先見の明があるスパイで、未来の諜報活動のかなりの部分にコンピューター情報システムが係わってくることを知っていて、今後イラン・イスラム共和国の国益を守るうえで重要になるその〝成長産業〟で息子を働かせたい、という思いもあった。

兵役義務期間が終わるとモハンマドは、イギリスの公立名門大学インペリアル・カレッジ・ロンドンに送りこまれ、コンピューター・サイエンスを学んだ。そして、博士号と、未来のITおよびその諜報活動への応用に関するアイディアを携えて、イランへもどり、二〇代後半にはもう、新設されたばかりのイスラム革命防衛隊・サイバー攻撃部の戦略計画立案担当主任になっていた。

つづく数年間にモハンマドは、国益を守るためのサイバー攻撃能力を強化し、マルキャズィー・デジタル・セキュリティ・チームという名の部隊を立ち上げた。そしてそれは、世界でも最も優秀なサイバー攻撃・ハッキング集団のひとつとなった。

大半のアメリカ人はまだ、イラン軍にこれほど強力なコンピューター・ハッキング能力があることを知らなかったが、モハンマド・モバシェリらをリーダーとするこのハッカー集団が、イラン・イスラム共和国にまったくの予想外と言ってもよいほどの成功をもたらしていたのも事実だった。たとえば、モバシェリ率いるハッカー・チームは、アメリカの国防ネットワークへの侵入に成功したし、アメリカの複数の携帯電話会社のコンピューター・システムにスパイウェアを植え付けることにも成功し、被害に遭った会社はそのマルウェアを完全に駆除するのに数年と数千万ドルの費用を投じなければならなかった。

イスラム革命防衛隊のなかでの彼の権力は増し、最高指導者その人もモバシェリという名の若者が指揮する作戦に特別な関心をいだき、彼がどんどん大胆な計画を実行していけるよう、いろいろと便宜を図ってやった。

というわけで、モハンマド・モバシェリはヴァージニア州フォールズ・チャーチまではるばるやって来たというわけである。そしていま、数カ月にわたる調査や下準備を終えて、最高位にある者からの強力な認可を得た極めて特殊な作戦をここアメリカで展開しようとしていた。

モハンマドは相手に警戒心を捨てさせるほど穏やかで礼儀正しく、気弱な感じさえあった。強面《こわもて》の特殊工作部隊員《タカヴァラン》たちがそばにいると、よけいそう見える。だが彼は、意気地のなさそうなようすを見せることでここまで出世したわけではない。実は、モハンマドは大きなことを考える志の高いやる気満々の男で、その気になったらすぐに暗号化された通信手段でイラン政府《テヘラン》に接触し、任務に新たな要素を付け加える許可を請うこともできると確信していた——そう、要求することまではできないものの。

イラン大使館からやって来たＭＩＳＩＲＩ要員たちは、フォールズ・チャーチの隠れ家を拠点にして活動するこのチームへの支援は、せいぜい情報、それにたぶん車、証明書類の提供くらいなものだろう、と考えていた。ところがモハンマドは、無造作に、ほとんどすまなさそうなようすをして、こう言ってのけた。まずはですね、朝一で監視チームを手配していただきたいのです。数日連続で働いてもらうことになるかもしれません。

それに彼は拳銃《けんじゅう》も求めた。まるで大学生のように見える小柄な男は、手書きの文字がならぶ一枚の紙をMISIRI要員たちに手わたしたが、そこに書かれていたのは拳銃、ショルダー・ホルスター、銃弾、減音器《サウンド・サプレッサー》のリストだった。

MISIRI要員たちは気に入らなかったが、この求めに従順に応じることにした。なんだかんだ言っても、この温厚な変わり者には最高指導者の後ろ盾があるのだ。だから、二人の情報機関員たちには、何を要求されようと、言われたとおりのことをするという選択肢しかなかった。なにしろ、目の前に立つ最高指導者その人から直接命令されているようなものなのである。

10

イーサン・ロスは午後の中頃には自分のオフィスにもどっていたが、それからはずっと、ほとんど何もできずにそわそわと時を過ごすしかなかった。自信ありげにリラックスしているように見せようと、できるかぎりの努力はした。通常、そうした演技はそれほど難しいことではない。なにしろ、それが彼の〝規定値〟――ふつうの状態――なのだから。しかし、今朝、会議室に集められて情報漏洩《ろうえい》の説明を受けてからというもの、ロスの世界は完全に調子が狂ってしまい、彼はうつろな目をして黙って座っていることくらいしかできなくなってしまった。

昼食時の食堂での職員同士の話題は、当然ながらその情報洩《も》れをめぐるものになった。イーサン・ロスはほぼずっと口をつぐんでいたが、同僚の大半は憶測を働かせ、あるＩＴおたく《ギーク》がファイルにアクセスしたあと、その痕跡《こんせき》を消す工作をしたのではないか、という考えを披露したりしていた。そして、そいつはそもそも最初に間違ってファイルにアクセスするというヘマをおかしたのではないか、いや、もしかしたら、そいつはほんとうに外国のためにスパイ行為をしていたのかもしれないぞ、などと話し合った。

この話題でのロスの発言は一回きりで、「水曜日午後にはホワイトハウスの西棟《ウエスト・ウイング》で事務方の会議があるし、木曜日午後には歯垢取《ティース・クリーニング》りに歯医者に行かないといけないんだ――嘘発見器《ポリグラフ》検査なんかで予定が狂わないといいんだけど」というものだった。なんとか言葉をむりやり吐き出したのだ。ここはみんなに調子を合わせて、今回のＦＢＩの不当な介入でこうむることになった迷惑について不平をこぼさないといけない、そうロスは思ったのである。さもないと、まさに犯人であるように見えてしまう。

昼食のあとすぐ、ロスは幹部会議に出席しなければならず、他の幹部職員たちとともにアイゼンハワー行政府ビルの北側の会議室までぶらぶら歩いていった。そのさいのおしゃべりの話題もやはり、もっぱら情報漏洩の調査のことになり、大理石敷きの華麗な廊下に職員たちの声が谺《こだま》した。今回のＦＢＩの調査は、ＮＳＣ（国家安全保障会議）事務局職員の大半が高圧的な不当介入と見なしていて、会議中もそれがおしゃべりの種になってしまったが、イーサン・ロスはほとんど何も言わなかった。彼はただ、自分が作成にたずさわった状況説明用冊子《ブリーフィング》のページを親指で繰り、不安げなようすを少しも見せないように全力を尽くした。

午後の中頃にはロスは自分のオフィスにもどって机に向かった。目の前には自分が書き上げた手紙のプリントアウトがあった。新任のアメリカ大使のヨルダン国内での評判に関する報告書を提出するよう要求する手紙だった。それを見直して手を入れたりしていれば、不安な状況をしばし忘れられるはずだった――楽な時間つぶしの仕事なのだ。

ただ、そうは思い通りにいかなかった。

オフィスの前をだれかが通り過ぎるたびに、ロスは胃がキュッと締めつけられる感覚をおぼえ、すでに紙のように乾涸《ひから》びてしまっていた両手の掌《たなごころ》が発火したかのように熱くなった。オルブライトとかいうやつのようなＧ（ＦＢＩ捜査官）が突然オフィスに突入してくる映像が目の前に浮かびさえした。そいつは凄《すさ》まじい勢いで机をぐるりとまわってそばに来たかと思うと、「立って両手をうしろへまわせ」と命令するのだ。

イーサン・ロスは自分がやってしまった違法行為が発覚するのかと思うと吐き気をもよおしたが、実は恐怖よりももっとロスを苦しめているものがあった。それは〝訳がわからない〟という感覚だった。だって、ミスはひとつも犯していないのだ。その点は確信がある。自分の違法行為はだれにもわからないはずだったのである。
《いったいぜんたい、どこで狂ってしまったのか？》

人がスパイになる四大動機があると言われている。諜報《ちょうほう》活動の世界では、その四つの頭文字をくっつけてＭＩＣＥと略称する。すなわち、money（お金《マネー》）、ideology（主義・信条《イデオロギー》）、compromise（弱みを握られる《コンプロマイズ》）、ego（自尊心《エゴ》）である。イーサン・ロスの場合、「お金」と「弱みを握られる」は関係ない。母親が金持ちで、成人した息子に財産を分け与えていたし、ロスには脅しのネタとなる暴露されては困るような秘密など何もない。

そうではなくて、ロスの場合、情報を洩らした動機は「イデオロギーが１に自尊心が４」と表現するのがいちばん当たっていると思われる。彼をよく知るごく少数の者たちにとっては、これは驚くべきことでも何でもないだろう。なぜならイーサン・ロスは、やや独断的であり、それはそのとおりなのだが、もっとずっとはっきりしていることがほかにひとつあって、それは一点の疑いもなくナルシシストだということだからである。そして、こうした性向が生まれつきのものだとしたら、彼はそれらを克服するようにはまったく育てられなかったにちがいない。

ロスの両親も、親ならみなそうなってしまうように、自分たちの子供は優秀で、ただ者ではないと思いこんでしまった。ほとんどの親はそのあと夢から覚めるのだが、彼らの場合はそのとおりだと他人にも認められ、思いこみは確信となったまま消え去りはしなかった。イーサンが四歳という幼さでスタンフォード－ビネーIQテストを受け、知能指数が非常に高いと判定されたのである。この高知能の実証によって、彼はロス家の神童となり、以後ずっとそのように扱われることになった。小学校から高校まで最高の学校に入れられ、数学と科学と語学については家庭教師の指導も受け、「あなたは将来、重要人物になるだけでなく、権力をも手に入れるのよ」と、ことあるごとに言われた。

イーサンはまるで王族の子供のように育てられ、最初は――両親が政府機関で働いていたときには――社会党政権下のヨーロッパの上流階級にかこまれて生活し、外国の学校で教育を受け、次いでアメリカで終身教授夫妻の子供として学者の世界《アカデミア》に包まれて暮らした。両親の政治信条の核となっていたのは、「世界は力によって動き、国連決議、多国間平和条約、国際法こそが確実な拠《よ》りどころである」と信じることだったので、イーサンも育つ過程で「善意ある支配階級が自分では決定を下せない人民を統治するべきだ」という強い信念を持つようになってしまった。

そしてイーサンは間違いなく〝支配階級〟入りする者として育てられた。実はフランスの副大統領やベルギーの王女たちも家族の親しい友人だったが、イーサンはそんなこと何とも思わなかった。スイスのツェルマットでスキーを楽しみ、モナコのビーチでくつろぎ、ティーンエージャー時代を過ごしたジョージタウン・ハイツの家は、上院議員、三人の大使、ピュリッツァー賞劇作家、だれもが知る全国放送テレビ局・ニュース番組アンカーの家もある袋小路にあった。

その後イーサン・ロスは、北東部名門大学《アイヴィー・リーグ》で学ぶためにジョージタウン・ハイツの家から出ていったが、その前にすでに、さまざまなパーティーに出席したさい、世界をリードする人々に〝未来の国務長官〟、いや〝未来の大統領〟だとさえ紹介され、彼自身もその〝誇大広告〟を信じて大人になってしまった。

イェール大学では〝家業〟を継ぐことを見越して外交を学んだ。つまり国際関係学を専攻した。だが、彼もまた、同年代の者たちの多くがそうであったように一〇代にコンピューターに夢中になり、鋭い知力のせいでテクノロジーへの愛がなみはずれたレベルにまで高まってしまった。そこでロスはイェール大学でコンピューター・サイエンスを副専攻科目に選ぼうとしたのだが、これには両親もひどく気落ちした。社会の向上につながるマクロな大問題ではなく、ただひたすら細かいだけのコンピューターのささいな問題なんぞに、そんなに多くの時間を割こうだなんて、平凡もいいところじゃないの、と彼らはなげいた。父親はコンピューター科学者たちを〝美化されたブルーカラー労働者〟にすぎないと言い切った。母親は息子のコンピューターへの熱中ぶりを〝一時的に熱をあげているだけ、気まぐれでしかない〟と見なした。要するに、息子はコンピューター・ゲーム『グランド・セフト・オート』で遊んでいるだけであるかのように母親は考えることにしたのだが、実際にはイーサンはＬｉｎｕｘ《リナックス》というＯＳ（オペレーティング・システム）上で動くプログラムの作成法を学び、独自のソフトウェアを開発していたのだ。

ともかく、彼は自分が選んだ専攻科目と副専攻科目の双方で優秀な成績をおさめ、次いで国政術を学ぶことに専念するためハーヴァード大学の大学院ケネディ・スクールに進学したので、両親も胸をなでおろし、その後は心配することもなくなった。

そして大学院修了後、国務省外交局に職を得て、二〇代のほとんどを領事業務をして過ごした。駆け出しの外交局職員はふつう、ジブチ、ハイチ、エルサルバドルといった低位の大使館や領事館で働かされるのに、イーサン・ロスの場合はちがった。ロス家の子息であるうえに、母《マム》と父《ダッド》の親友である複数の上院議員からの電話がものを言い、イーサンはきつい地域へ送りこまれずにすんだ。結局、彼の三つの海外赴任地は外交官が最も行きたがる三つの都市——ウィーン、アムステルダム、パリ——となった。

　イーサン・ロスは二八歳で国務省を去り、民主党政権大統領府の外交政策担当下級補佐官として働きはじめた。そしてすぐにアメリカ合衆国国際連合大使の下のポストに目をつけたが、残念ながらそのときは思いどおりに事は運ばなかった。そこでホワイトハウスから国家安全保障会議（ＮＳＣ）事務局へと、あまり代わり映えのしない異動をし、いくらか実務経験を積みながら、次に国連の高位のポストにつけるチャンスがめぐってくるのを待つことにした。

　だが、ここで彼の出世の道に減速帯《スピード・バンプ》があらわれる。軍人出身でタカ派のＮＳＣ事務局職員たちとも、共和党新政権の者たちとも、そりが合わなかったのだ。こうして自分の将来に暗雲が立ちこめはじめ、気持ちが鬱屈《うっくつ》していった。能力も才能も認められず、つまらない仕事しかやらせてもらえない、と思いこむ人がよくいるが、まさにそんな気分だった。どう見ても自分よりも能力が劣る職員たちが次々に国連のおいしいポストにありつくなか、イーサンは相変わらずアイゼンハワー行政府ビルの机に向かって、人生の貴重な時間がむだに過ぎていくのをながめているしかなかった。

　こういう成り行きもあって、三〇歳を超えるとイーサン・ロスのナルシシズムは全開し、丸見えとなってしまう。自信は自惚《うぬぼ》れに変貌《へんぼう》し、ついには同じ課の少数の者たちが〝抑えようのない傲慢《ごうまん》さ〟と呼ぶものに変わってしまった。そしてNSCに移って三年目に入ると、イーサンはアメリカの外交の世界で自分が果たしている役割があまりにも小さいことに我慢できなくなり、ふつふつ沸き上がる怒りを隠せず、さらにそこに優越感が加わって、仕事場での多くの同僚たちとの関係が一気に冷えこんでしまった。

ただ、それでも、秘密を外部に洩らした張本人はイーサン・ロスではないかと疑っている者などひとりもいなかった。だれもわずかな疑念さえ持っていなかった。

イーサン・ロスが情報漏洩という不可思議な分野に進出したとき、その最初の行為は隠し立てなどする必要のない公明なものだった。上司の中東・北アフリカ問題担当次長に指示されて、知り合いの政治情報メディア《ポリティコ》の記者にちょっとした情報をひそかに流しただけだったのだから。

政府が意図的に情報を流す、いわゆるリークは、国政術のごくふつうの手法である。政府機関当局者が陰でこっそり友好的なジャーナリストにしゃべり、それによって切望されている情報が世間に伝えられることがよくあるのだ。むろん、当局者は抜かりなく「情報源の自分が特定されないようにする」という確約をその記者からとりつける。

ロスが《ポリティコ》にリークした情報は翌日の新聞に載った。ワシントンDCの環状高速《ベルトウェー》を越えて全国に広がっていくほど一般の人々が興味を示す情報ではなかった。いやそれどころか、DCのダウンタウンあたりの会議室や国務省《フォギー・ボトム》のなかでしか話題にならないくらいの情報だった。それでもロスは、〈第四階級〉（三権に次ぐ影響力を有するジャーナリズム）の従順な一員との時宜を得たおしゃべりの効果があっというまにあらわれたことを知り、すごいと思った。

《ポリティコ》の知り合いへのこのリークが成功したため、ロスはその後も何度かNSC事務局の幹部職員に利用され、さらなるリークの実行役となった。ただ、メディアに流されたそうした興味深い情報の大半は、結局のところゴシップに毛が生えたようなものでしかなかった。

それでもイーサン・ロスは情報漏洩の味を覚えた。低リスクの影響を与えるために問題のない安全な情報をどう活用すればいいのかというコツもわかったし、自分自身の行動によって政策を前進させられることで得られる〝権力者になったような気分〟への渇望《かつぼう》もつのった。

こうしてイーサン・ロスは、「おれが情報を暴露するのに上司の許可をいちいちとる必要などない、おれは超有能な男なのだから、どんな情報を洩らせばいいのかという判断なら自分でできる」と思いこむことになるが、結局のところ、それは自惚れ《エゴ》のなせる業《わざ》だった。さらにロスはある特定の情報をメディアに流したいという欲求に駆られたが、それは信条《イデオロギー》のせいだった。新政権になってからというもの、アメリカの外交政策はあまりにも干渉的かつ威圧的になってしまった、と彼は信じていた。なにしろいまや、国家安全保障という名のもとの国際法違反がまかりとおり、とてつもない数のアメリカの兵士やスパイがあまりにも多くの外国の兵士やスパイと連携して活動しているのだ。自分が心底信じ切っている機関——国際司法裁判所、国際連合といった大きな国際機関——は、アメリカのような大国が自国に有利になるような行動をひそかにとりつづけるかぎり、決して真の力を振うことはできない、とロスは考えていた。

というわけでイーサン・ロスには、そうした帝国主義的やりすぎに対してささやかな抵抗を試みる動機も手段もあった。だが、無許可の情報漏洩に《ポリティコ》の記者を利用しつづけることはできないと彼にもわかっていた。上司からリークを指示されなくなるのは時間の問題で、そうなったあとも同じ記者に情報を流しつづけるわけにはいかないからだ。

だから自分で新たな〝中間連絡員《カットアウト》〟を見つける必要があった。

ＩＴＰ（国際透明性計画）について知ったのは、ドイツのニュース週刊誌《デア・シュピーゲル》の翻訳記事からだった。《デア・シュピーゲル》は、アメリカの軍産複合体に探りを入れて、それがディールＢＧＴディフェンス、アトラス・エレクトロニクといったドイツの会社から戦争用の武器を購入している実態をあばく一連の調査報道をしたことがあり、ロスが読んだ記事もそのうちのひとつだった。同誌は各社の部内者から極秘メモを得て、正確な予算額、武器それぞれの詳細にわたる具体的性能、納品日を暴露した。さらに《デア・シュピーゲル》は証拠として、リークされた「ドイツの軍需企業とアメリカ国防総省がやりとりしたＥメール」を公表した。

そして、記事中には、同誌に情報を提供した内部告発者を見つけて保護したのはＩＴＰであると明記されていた。ただ、ＩＴＰ側はそれを認める公式声明をいっさい発表していない。

しかもそれは、そのあと数カ月のあいだにＩＴＰの〝手柄〟とされた多くのもののうちの一つにすぎなかった。イーサン・ロスはＩＴＰをできるかぎり調べてみた。そして調べれば調べるほど、ＩＴＰの好感度は高まっていった。協力者の匿名《とくめい》性をしっかり守る組織であるという点と、彼らの仕業と見なされている素晴らしい〝手柄〟の数々にとくに魅了された。ただ、最初はロスも、「アメリカのNSA――国家安全保障局――でさえ侵入・解読できない暗号システムによって内部告発者の安全を確保している」というITPの主張を額面通りに受け取ることはできなかった。

それでも、ITPはやるべきことを成し遂げているようだと、イーサン・ロスは認めざるをえなかった。

その後ロスは、聖人ぶった『真実の行く末』というタイトルをもつ、何らかの賞をもらったドキュメンタリー映画を観《み》て、ITPについての知識を深めた。その映画は、ITPを「内部告発者、調査報道ジャーナリスト、倫理的《エシカル》ハッカー（映画ではハッキングを利用して政治的・社会的な主張や抗議をする人を意味する称賛がこもったハックティヴィストという言葉が使われていた）からなる緩やかな連合組織」と説明し、「世界市民警察グループ、腐敗した中央政府から一般市民を護《まも》る最後の砦《とりで》である理想主義者連盟」として描いていた。

ちょうどそのころ、ロスはNATO（北大西洋条約機構）の会議に出席するためベルリンに滞在していて、まさに偶然、『真実の行く末』の監督とプロデューサーが映画について話す会が近くの美術館『ベルリーニッシェ・ガレリー』で催されることを知った。イーサン・ロスは衝動的にその美術館まで歩いていき、会に参加してしまった。TS取扱資格《トップシークレットクリアランス》を有するアメリカ政府職員のこの行動は、だれかに知られたら、問題視されるところだったが、ロスはごくふつうに美術館のチケットを買って、会場のうしろの席にそっと身をすべりこませてしまった。ちょうど映画監督が自作について話しているところだった。

監督の名前はジアンナ・ベルトーリ。彼女はカリフォルニア大学バークレー校で映画作りを学んだ四五歳のスイス人で、完璧《かんぺき》な英語をしゃべった。ジアンナはITPについて詳しく語り、その高潔さだけでなく高度な技術的能力をも褒めそやした。疑い深い記者がひとりいて、外国から資金を提供されているという噂《うわさ》がありますが、その点どうなんですか、と質問した。ジアンナ・ベルトーリはその噂を即座に否定し、こう答えた。数年にわたる今回のドキュメンタリー映画の調査・撮影期間中、わたしは、ITPが金持ちの進歩主義者たち――おもに欧米のそういった人々――から資金を提供されている善意の平等主義者集団にすぎないというかすかな気配さえつかむことができませんでした。

イーサン・ロスは彼女の映画の話に感銘を受けたが、ジアンナ・ベルトーリ自身をも同じくらいすごいと思った。そしてその夕べの集いが終わったときには、ITPに接触することに決めていた。

ロスは暗号化されたインスタント・メッセージング・アプリケーション〈クリプトキャット〉を使ってITPのウェブサイト経由で接触を試みた。すると連絡があり、二週間もしないうちにロスはヴァージニア州シャンティリーの安食堂でハーラン・バンフィールドと直接会うことになった。直接会うというのはロスの提案だった。彼は情報を他国に流すつもりはまったくなかったので、ITPのウェブサイトも映画もアメリカ政府機関職員に秘密情報を中国やロシアに流させるための巧妙な偽装工作の一環であるかもしれないと、いちおう疑ってみる必要があったからだ。だが、バンフィールドと直接顔を合わせ、これまでの新聞記者としての経歴や所属先などもわかると、ロスは安心し、ITPはみずから主張しているとおりの組織――つまり、内部告発者が安全に情報をジャーナリストに伝えられる秘密の情報交換センター――だと判断した。

ハーラン・バンフィールドのほうも、イーサン・ロスと初めて会ったとき、相手と同じくらい警戒した。目の前にいる男が生まれる前から情報源を利用してきたバンフィールドは、自信に満ちた小利口なNSC（国家安全保障会議）事務局職員に情報を強引にせがんだりしないほうがいいことくらい心得ていた。だから、ロスにしゃべらせておいた——自分の信条を、そして、同意できない政策に陰で対抗したいという思いを。バンフィールドは何も言わずに注意深く耳をかたむけ、「ロスが自分の真価を認めない同僚たちに不満をいだき、自分とは世界観や国際法についての考えかたがちがう現政権に対して怒りをおぼえている」という事実に注目した。

バンフィールドはすでに何度かこういう人物を相手にしたことがあった。とりわけ内部告発者にこういうタイプが多い。まあ、貴重な情報をくれるわけだから内部告発者は好きではあったが、バンフィールドは個々の人をそれぞれ人間として敬愛することまではできなかった。ロスの場合、バンフィールドが見たところ、外交や政治に関する壮大な考えをたくさん持っていて、そのなかにはベテランのジャーナリストにも賛成できるものもあった。だが、こうやってロスの話に耳をかたむけているうちにバンフィールドは、このハンサムな若者がいつか政治家をめざして選挙に打って出ても、おれはこいつには絶対に投票しないと、ふっと思ったりした。

こいつは偉ぶっている尊大なナルシシストなんだ。

それでもハーラン・バンフィールドは、適切なことのみ言って、余計なことはいっさい口にせず、「きみと協力し合って、現政権が犯している多数の間違いのいくつかでも正すことができたらと思っている」とイーサン・ロスに言った。

今回のロスとのことでバンフィールドが負うことになるリスクはほとんどない。アメリカでは秘密データ――リークされた情報――を公開しただけでは何人《なんぴと》も訴追されない、ということは彼も知っていた。正確には、バンフィールドは秘密情報を公開するのではなく、その不正漏洩のパイプ役を務めることになるのだが、〈第四階級〉（ジャーナリズム）の立派な一員であり、それゆえに安全だと彼にもわかっていた。ロスはハメようとして会いにきたわけではない、とバンフィールドは確信していたが、「ロスは政府の回し者で、こちらがITP連絡員であることを暴《あば》くためにわざと接触してきた」という可能性はなお排除できなかった。そして、もしそうだったとしたら、もはやそれをふせぐ手立てはほとんどない。ただ、たとえそうだったとしても、アメリカ政府に活動を制限させられるだけで、逮捕されることはない。それに、そうなったら、だれかにバトンをわたし、ITPとの公式な関係を終わりにすればいい。ただそれだけのこと。

この初顔合わせで、ロスはバンフィールドに印字した紙を一枚だけビニール袋に入れたまま手わたした。それはオリジナル文書ではなく、ロスみずからタイプしたほんの一かけらの秘密情報だった。そしてビニール袋は、それを持ってくるあいだに紙に指紋がつかないようにするためのものだった。

その最初のリークはたいしたものではなかった。それは、イスラエルのある銀行の幹部二人の会話をＮＳＡが傍受して作成した極秘ＳＩＧＩＮＴ《シギント》（通信・電波諜報）情報筆記録からロスがつくったメモだった。その会話の内容は、労働党の候補者を支持したことのある顧客の会社に融資をしないということで、二人はそれについて具体的かつ詳細に話し合っていた。

ロスはこういう会話が実際に行われたことを証明する文書を提供しなかったが、バンフィールドはその情報を効果のある利用のしかたができる人物にわたすと約束した。

このリークから一カ月以上が過ぎて、ようやくイーサン・ロスはバンフィールドから安全なＥメールを一通受け取った。そしてそこには、当日付のイスラエルの中道左派日刊紙《ハアレツ》に掲載された短い記事のコピーも添付されていた。記事の内容は、問題の銀行が政治的動機に基づく融資業務を行っていることを暴露するもので、会話を盗聴された同行の幹部たちは嫌疑を否定したが、曖昧《あいまい》な受け答えに終始した。《ハアレツ》がどんな情報を入手したのか皆目見当がつかなかったからである。

バンフィールドはロスからの返信にさらに次のように書いて再返信した。

「よくやった！　動かぬ証拠はなかったが、これであの銀行は警告を受けたことになり、世界中の目が彼らを監視する！」

ハーラン・バンフィールドはそうやってロスの自尊心をくすぐった。それがおだてであることはロスにも簡単に見てとれたが、それでも若いNSC事務局職員は、自分は権力者なのだという感覚に酔うことができ、自分にも結果を出す能力があるのだと確信できた。なにしろ自分のリークによって世界が実際によくなったのである。確かに大きな変化ではなかったが、これならリスクは最小であるし、それなりの結果を得られるのだから、やってみる価値は充分にある、とロスは思った。

こうして《ハアレツ》の記事が自分の考えの正しさを実証してくれ、イーサン・ロスはITPの内部告発者となった。ロスとITPはぴったり息が合った。どちらも、名声や悪名を求めて活動しているわけではなかったし、何を秘密にして何を世界に公開するべきなのかという点についてもアメリカ政府よりも自分たちのほうがよく心得ていると思っていた。

内部告発者としてのロスの初期の成功はめざましいものだった。彼はまず、アメリカが支援するヨルダン政府をこきおろす人物の評判を落とすことを目的とする、CIAとモサド（イスラエル諜報特務庁）の共同作戦に関する情報をバンフィールドにひそかにわたした。そして、この情報が報道されて、世界中のメディアがこうした作戦を展開するアメリカとイスラエルを厳しく批判した。次いでロスは、ケイマン諸島で登記・設立されたある企業が、実はイスラエルのビジネスにとって利益となる報道をする中南米のジャーナリストたちに金を与えるためにモサドがつくったダミー会社であることを明かす情報をリークした。この暴露によって、アルゼンチンにちょっとした騒ぎが持ち上がった。ある右寄りのテレビ局が外国の宣伝係であったことがわかり、左翼政権がその局の免許を取り消してしまったのだ。

一年以上ものあいだ、イーサン・ロスはこんな調子でITPと付き合いつづけ、二カ月に一回ほどバンフィールドに直接会って話すか、〈クリプトキャット〉で何らかの情報を送った。このやりかたは双方にとって都合がよく、ロスは政府機関内で思うように昇進できずにくすぶっている状況に相変わらず不満を抱いていたものの、いまや自分はアイゼンハワー行政府ビル駐車場に専用スペースをもつ最高幹部たちよりもさらに大きな真の力を保有しているのだと、心の底から信じることができるようになった。

そして、二、三年前ロスは、ガザ支援船団に参加したトルコ船籍の蒸気タービン貨物船〈アルダハン〉へのイスラエル軍による襲撃にアメリカも係わっていたという事実を知った。それは、ある朝の会議に出席していたときのことだ。ほかに出席していたのは、それぞれ数人のホワイトハウス・スタッフ、CIA幹部、上級軍事顧問で、議題はロスがかなりよく知っていること、レバノン政府の政治的敵対勢力への資金提供だった。実はロスとしては、レバノンを拠点とするシーア派イスラム主義組織ヒズボラが支援する組織を通して、アメリカの資金を国連のパレスチナ難民教育プログラムに回してはどうか、と提案したかったのだが、彼はそういうことを強引に通せるほどの地位にはなかった。CIA幹部のひとりが、パレスチナ難民キャンプがある地域を拠点とする複数の比較的小さな勢力にCIAが直接、資金提供していることをぽろりと洩らし、それがもたらした副次的利益についても何気なくふれた。ホワイトハウス・スタッフのひとりが同感の意を表し、さらにこんな事実を明かしてしまった。

「そうそう、いわゆるガザ支援船団襲撃のときには、パレスチナ難民キャンプ内に協力者がいると、どれほど有益なことになりうるか思い知りましたね。もたらされた情報はモサドにはもちろん、われわれにも役立った」

すると、この話を最初に持ち出したCIA幹部があわてて片手を上げ、ここにいるだれもがその「暗号名《コードワード》を付されて区画化された極秘作戦」について知る許可を与えられているわけではないことを、ホワイトハウス・スタッフに思い出させた。ホワイトハウス・スタッフはきまり悪そうに詫《わ》び――こういうことはときどき起こる――この話題はこれで打ち切りになった。

　ロスはそれから会議が終わるまで、ホワイトハウス・スタッフが言ったことはいったいぜんたいどういうことだったのだろうかと、ずっと考えつづけていた。イスラエル軍による蒸気タービン貨物船〈アルダハン〉襲撃——一週間以上もトップ・ニュースの座にありつづけ、中東を戦争の瀬戸際《せとぎわ》にまで追いやった出来事——にＣＩＡが係わっていた、などという話はまったくの初耳だった。だが、その情報を絶対に見つけてやろうと思った。自分のオフィスの机にもどって調べはじめると、たったの数分で問題の襲撃にＣＩＡが係わったことに関連するデータを見つけることができた。一次資料である文書は、アメリカの情報機関コミュニティが超機密データの転送に使用する、最高レベルの安全度を誇る極秘イントラネットＩｎｔｅｌｉｎｋ－ＴＳにあるデータベースのなかに格納されていた。しかもそのデータベースは、ＴＳ《トップシークレット》ファイルへのアクセスを許可されている者ならだれでも閲覧できるというものではなく、その一部の者しか目にできない、いわゆる「コードワードを付されて区画化されたデータベース」だった。それでも、イーサン・ロスはＳＣＩ（区画化されたＴＳ情報）取扱資格を有していたので、その極秘作戦を要約する概要報告書にはアクセスできた。

　それによると、〈アルダハン〉船上にＣＩＡが取り込んだ情報提供者がひとりいて、

ＣＩＡの衛星携帯電話で情報を提供し、ＣＩＡはその男から得た〈アルダハン〉拿捕《だほ》作戦に必要な情報をすべてモサドにわたした。ＣＩＡはモサドに携帯電話番号を教えて情報源と直接接触できるようにしたわけではない。そうではなくて、ＣＩＡは情報提供者の身元をイスラエルにも秘密にした。ではどうしたかというと、軍隊経験のあるひとりのＣＩＡ局員が襲撃の当日にイスラエル海軍特殊部隊シャイェテット13のコマンドーたちに会い、トルコ船籍の貨物船に乗り込んでいる武装パレスチナ人に関する詳細な情報をすべて伝えたのである。

そして、襲撃後、イスラエル政府《テルアビブ》は、アメリカはこの作戦には係わっていなかったと、わざわざ強調した。ロスはそれを信じた。だが、〈アルダハン〉襲撃の概要報告書を読んで、彼はだまされたのだと知った。

イーサン・ロスは怒り心頭に発した。ＣＩＡがイスラエルの特殊部隊に情報を流し、そのコマンドーたちがヘリからファストロープで船に降り立ち、平和活動家たちを撃ちはじめた、と知っただけでロスは腸《はらわた》が煮えくり返った。

彼が政府機関で働くことにしたのは、母親の志を継いで世界をより良い場所にするためであり、世界中のアメリカの〝宣伝係〟が平和活動家たちを殺すのを助けることによってアメリカの覇権を強化するためではなかった。

もうあとには引けない。イーサン・ロスは突き進むことに決めた。

彼は裏付けのない限られた情報をEメールでバンフィールドに送った。そしてバンフィールドはそれをイギリスの中道左派の日刊紙《ガーディアン》にわたすと約束した。

ロスは毎朝起きるといの一番に《ガーディアン》のウェブサイトをチェックし、ガザ支援船団襲撃に関するニュースを探した。そうやって何も見つけられずに一週間が過ぎたとき、ロスはバンフィールドから送られてきた〈クリプトキャット〉のチャット・リクエストを受け取った。ロスが暗号化されたインスタント・メッセージング・アプリケーションによるチャットに応じると、初老のジャーナリストはこう説明した。このような大騒動になりうる疑惑を裏付ける証拠となるものが何ら提供されないのでは、きみの密告を採り上げるわけにはいかない、と《ガーディアン》は判断した。単なる匿名の密告だけでは記事を書けないという《ガーディアン》の判断に、ロスは怒り狂った。わざわざ教えてやったのに、なんだ、その態度は！

バンフィールドはチャットで懸命になってロスを宥《なだ》め、「貨物船〈アルダハン〉襲撃に関するきみの申し立ては、あまりにも重大なことだったので、《ガーディアン》としても証拠なしで鵜《う》呑《の》みにすることはできなかったのだ、それだけのことだよ」と言った。そして親切にもこう助言した。「きみがなんとか安全に証拠書類を手に入れられれば、こちらがまたそれを《ガーディアン》にわたし、今度こそ、そいつがものを言って記事になるはずだ」

イーサン・ロスはじっくり考え、逮捕されることなく情報をリークする方法を考え出すという難問に挑み、そうすることを楽しんだ。Ｉｎｔｅｌｉｎｋ‐ＴＳから文書をダウンロードすれば、そのさい自分の〝電子指紋〟を残してしまう、ということくらいロスも知っていた。だから、〈アルダハン〉襲撃にアメリカが関与していたことを暴露するニュースが流れるや、たちまちＣＩＡのコンピューター・セキュリティ担当官たちが〝電子指紋〟の調査を開始する。文書をダウンロードするには「Ｉｎｔｅｌｉｎｋ‐ＴＳのデータベースの一区画にあるその文書にアクセスし、それをネットワークのファイル共有セクションに移動する」という操作が必要になり、そのさいに残される〝電子指紋〟を追跡することでＣＩＡの担当官たちは不正行為を働いたユーザーを特定することができてしまうのだ。ファイルをプリントアウトするだけでも、その跡は残ってしまう。

この難問と格闘すればするほど、それだけロスは自尊心に発破をかけられ、なんとしても解決策を見つけ出さなければならない、という思いを強くした。こうして彼は、必要とする書類を得るときに残ってしまう跡を消す方法を見つけようと、一〇代のころのコンピューターへの熱愛をよみがえらせることにした。

それからというもの、夜はかならずコンピューター・サイエンスを猛勉強し、毎日仕事で使っているシステムのセキュリティについて読むことのできる資料をすべて読んでいった。仕事場でも、ログインやアクセスに関する問題や不具合をでっち上げて、IT担当の職員たちにしつこく質問し、注意して戸惑いや困惑の表情をたえず浮かべるようにしたので、返ってくる説明は結局、二度、いや三度も繰り返されることになった。

さらにロスは、アクセス・レベルの一時的引き上げが必要となるプロジェクトに自発的に参加するということもした。それによって、アイゼンハワー行政府ビル内のさまざまなネットワークを使用できるようになり、アメリカ政府機関インテリジェンス・コミュニケーション・システムJWICS経由で、CIA極秘データベース内の奥の区画にまであるていどアクセス可能となった。

だが、ロスはすぐに気づいた――とてつもなく頭がいい彼でさえ知らないことがあまりにも多すぎるということに。問題は自分の知力ではない、とロスは判断した。そうではなくて、自分のような地位にある者が、コンピューター・セキュリティ・システムの仕組みをこれ以上ほじくりつづけたら、かならずだれかが怪しみ、それをふせぐ手立ては何もない、ということが問題なのだ。

ところが、ここでイーサン・ロスは、思いがけなくもこの問題を解いてくれる鍵《かぎ》をひとつ見つけた。そしてその鍵は女で、名前はイヴ。

11

イーサン・ロスは午後六時ちょっと前に帰宅し、車を庭内路《ドライヴウェー》に入れた。凍《い》てつくような小雨が降っていたので、革のフォリオケースを頭の上にかかげて玄関ドアまで走り、キーを鍵穴《かぎあな》に差し入れた。と、ノブをまわすよりも早く、突然ドアがあいた。イヴ・パンの手が伸びてきて、ネクタイをつかみ、ロスをなかに引っぱりこんだ。イヴはいきなりロスの唇にキスをし、舌をからませた。

ロスがうしろ手にドアを閉め、イヴはネクタイを巧みに引っぱりとった。そうするあいだも彼の唇を自分の唇で捕えたまま放さない。今度はロスをドアに押しあて、オーバーコートを脱がしにかかった。

ロスは廊下のそばの壁にかかる鏡にチラッと目をやり、そこに映るイヴの全身を見た。彼女は通勤服からすでに着替えていて、ロスのピンポイント・オックスフォード・シャツ一枚という姿になっていた。その白いシャツが、パンティーと厚手のウールのソックスの色とよくマッチしていた。

イヴはロスのオーバーコートを引き剝《は》がし、そのまま床に落とそうとしたが、ロスが手をうしろにまわしてそれをキャッチし、ドアのそばの椅子《いす》においた。イヴは手を休めず、ロスのスーツの上着を脱がしにかかった。だが、ロスは抵抗し、上着を引き下ろされまいとした。

やっとイヴは唇を放した。「どうかしたの？」

「今日は仕事がきつくてね、ベイブ。話したいことがあるんだけど、いい？」

イヴは驚いた。「ええ、もちろん」

「よし」イーサン・ロスは返し、着替えに二階へ向かった。イヴはロスのオーバーコートを玄関ホールのクロゼットのなかにかけた。

イヴ・パンは韓国系アメリカ人で、アメリカ政府機関を相手にコンサルティング業務をおこなうブーズ・アレン・ハミルトン社の上級コンピューター・ネットワーク・システムエンジニアだった。イーサン・ロスがイヴ・パンに初めて会ったのは六カ月前のこと、ヴァージニア州タイソンズ・コーナーのブーズ・アレン・ハミルトン社オフィスでおこなわれた、TS取扱資格《トップシークレットクリアランス》をもつ政府機関職員向けの訓練会議《トレーニング・コンフェランス》で、彼女がプレゼンテーションをしたときのことだった。実は、ロスがその丸一日の訓練コースに申し込んだのは彼女が目当てだった。イヴ・パンがアメリカのトップクラスの秘密情報専用ネットワーク管理者のひとりであることをロスは知っていたのである。出席したNSC（国家安全保障会議）事務局職員の大半は、このなんとも退屈でつまらない訓練を早く終えてワシントンDCに戻りたくてしかたなかったが、ロスはというと、魅了されていた――第一に、侵入をはばむセキュリティ強固なネットワーク・インフラについての授業に、第二に、この訓練コースの一部を運営するオタク系の眼鏡をかけたアジア人女性に。その女性は魅力的だったが、ロスにとってはそんなことよりも重要なことがあった。それは、彼女がアメリカ情報機関コミュニティの極秘システムの基本設計《アーキテクチャ》についてとてつもない知識を間違いなくもっている、ということだった。ロスにはその知識の一部がどうしても必要だったのである。

イヴは二五歳でMIT（マサチューセッツ工科大学）の博士号を取得して以来、アメリカ政府機関インテリジェンス・コミュニケーション・システムJWICSのセキュリティ・インフラ関連の仕事をしてきた。そして現在、三二歳、ブーズ・アレン・ハミルトン社の高給システムエンジニアとしてNSA本部をおもな仕事場《フォート・ミード》としているが、アメリカ情報機関コミュニティのVPN（ヴァーチャル・プライヴェート・ネットワーク）のセキュリティ規定《プロトコル》関係の仕事ではワシントンDC全域を対象にして仕事をこなしている。ＶＰＮは、インターネット上に仮想《ヴァーチャル》通信トンネルをつくって第三者のアクセスを不能にした組織内《プライヴェート》ネットワークであり、政府機関職員も閉鎖ネットワークの外から情報機関コミュニティの最高機密データベースにログインする必要が生じた場合、この特殊なネットワークを利用する。

イーサン・ロスは初めて会ったその日にイヴ・パンをデートに誘い、彼女は目を丸くしながらも、胸を高鳴らせて誘いに応じた。イヴはロスに口説かれてびっくり仰天してしまったが――なにしろ、これまで同類のコンピューターおたく《ギーク》としかデートしたことがなく、しかもその大半が韓国人だったのだ。ロスはそういう者たちとはまったくちがって、身だしなみのいい魅力あふれるチャーミングなホワイトハウス・スタッフであり、頭がすごくよさそうだったし、とっても興味深い男のようにも見えた。

一方、ロスのほうは、自分はこの女を利用するのだとわかっていた。だが、彼はそういうことで思い悩むような男ではなかった。ロスの場合、人間関係ということに、良心というものが大きく係わってきたことは、これまでに一度だってなかったからである。

二人は付き合い初めのデートでも仕事の話をたくさんした。イヴ・パンはこれまでの人生のすべてをコンピューター・サイエンスに捧《ささ》げてきたような女性で、仕事のほかに趣味などまったくないと言ってもよい人間だったので、彼女にとってはコンピューターのネットワークやコードが最も話しやすい話題だった。それに、知識欲旺盛《おうせい》な新しいボーイフレンドにはＴＳ取扱資格《クリアランス》があるということも手伝って、イヴは警戒することもなく自由に話してしまった。たしかに、彼女の仕事には、だれとも――ボーイフレンドとさえ――話し合ってはいけないこともあった。それは自分でもわかっていたが、ときどき、ワインを一杯飲んだあとはとくに、秘密にしておかなければならないちょっとしたことが、うっかり口から洩《も》れてしまうということもあった。だが、彼女はそれも問題ないと思った。

だって、二人は味方同士なのだ。

むろんイーサン・ロスは、秘密情報をＩＴＰ（国際透明性計画）にリークしていることなど匂《にお》わせさえしなかった。それに、コンピューター・セキュリティ・インフラに関する質問をするにあたっては、「コンピューター・サイエンスには個人的に興味があるし、ＮＳＣを外部からのハッキングと内部からの不正漏洩《ろうえい》からしっかり護《まも》りたいので」という理由をでっちあげ、それを押し通した。

ロスはイヴとディナーを食べながら、あるいは彼女のコンドミニアムの暖炉の前に座って、ウォーゲームのシナリオを考えて遊びたがった。コンピューター・セキュリティ専門家たちの言うウォーゲームとは、ハッカーたちが技量を磨くために、システムやアプリケーションに侵入する側と防御する側に分かれてやる〝訓練ゲーム〟のことだ。イヴはまさに自分と同じようにロスがとっても頭がいいことを知っていたし、こちらがロスの仕事に対していだく好奇心よりもロスがこちらの仕事に対していだくそれのほうが桁違《けたちが》いに強いこともわかっていた。

話しているあいだ、ロスはイヴにどんどんワインを勧め、グラスを空けるごとに彼女の口は軽くなっていったが、不都合なことはまったくなかった。ともかく、イヴもウォーゲームごっこをするのが楽しかったし、知的意欲を掻《か》き立てられもして面白かった。イヴはロスの質問をうまくさばいた。天才的頭脳をもつボーイフレンドが自分の仕事にほんとうに知的関心をいだいてくれていることが誇らしかった。「わたしはITセキュリティのプロだけど、そのわたしよりもあなたのほうがもっとセキュリティにとり憑《つ》かれているようね」とイヴは一再ならずジョークを飛ばし、ロスを冷やかしもした。

ある夜、二人はソファーに座って、極秘情報をあつかうシステムの脆弱《ぜいじゃく》性について議論した。すでにフランス産赤ワインの瓶が二本、空になってコーヒーテーブル上に横たわり、新たに三本目の栓があけられたところだった。イヴはグラスに注がれたワインをちびちび飲みながら、こう説明した。ネットワーク・セキュリティで最も弱いところは、実はデフォルト・ドメイン・アドミニストレイター（初期設定ドメイン管理者）――DDA――のレベル。このDDAがネットワーク上に最初につくられるアカウントであり、全般にわたる完全な権限を有している。ITの専門家は、権限が限定される他のユーザー・アカウントを設定したあと、DDAを無効にしてしまうことが多いのだけど、アメリカ情報機関コミュニティが最高機密データをやりとりする極秘イントラネットＩｎｔｅｌｉｎｋ－ＴＳの場合は、DDAがなお有効で、実際にそれによってネットワークの運営がおこなわれている。ただ、そのDDAのパスワードはごく少数の高位のネットワーク管理者しか知らないし、それらの人々は全員、厳しい秘密情報取扱資格調査《セキュリティ・クリアランス》の対象となっている。

イヴはさらにこう断言した。DDAとしてログインした者はみな、事実上、神のごとくＩｎｔｅｌｉｎｋ－ＴＳのあらゆるところにアクセスできてしまう。それはまさに王国のいかなる場所にも入りこめるマスターキーを持っているようなもの。だから、DDAとしてログインできる悪意ある管理者は、システムのどんな秘密の片隅にも入りこめ、そこを探りまわることができ、データを盗み出したあと、それまでにやった処理の痕跡《こんせき》をすっかり消してしまうことさえできてしまう。

イーサン・ロスは興味を掻き立てられたが、もっと情報が必要だった。「ワオ！　そのログイン情報――パスワード――を与えられている者たちは、とっても信頼できる人々にちがいない」

イヴはにやりと笑い、すでにとろんとなりはじめている目でウインクして見せた。

「実はわたしも与えられているの」

「嘘だ、そんなの」

「ほんとう」

「で、きみはそれを使ってネットワーク内のどこにでも行け、そのことをだれにもわからないようにできる？」

「ええ、その気なら。そんな気、一度も起こしたことないけど。なんでわたしがそんなことしなくちゃいけないの？」

ロスはまだ、とても信じられない、という思いだった。「われわれがやったアクセス、操作、処理はすべて、自動的に記録され、監査証跡《オーディット・トレイル》となって残されてしまう。うちの組織の法令・規則遵守《コンプライアンス》およびセキュリティの責任者であるマデリーン・クロスマンが、そのオーディット・トレイルでわれわれをたえずチェックし、不正アクセスをしようとしている者がいないか目を光らせている」

イヴは返した。「だから、ＤＤＡとしてネットワークに入るわたしには避けられないオーディット・トレイルはないの。つまり、わたしがＤＤＡとしてログインしたら、オーディット・トレイルは作成されないわけよ」彼女はクックッと笑いを洩らした。「イーサン、わたしくらいのレベルになるとね、このわたしが監査《オーディット》なの」

「すると、きみはそのパスワードによって、だれも手を出せない絶対的存在《アンタッチャブル》となる?」

「まったくそのとおりとは言えないわね。わたしはＪＷＩＣＳ経由でＩｎｔｅｌｉｎｋ－ＴＳにアクセスすることを可能にするＶＰＮ——ヴァーチャル・プライヴェート・ネットワーク——の仕事をしていて、わたしがそのネットワークに入る場合、二要素認証が必要になるの」ＪＷＩＣＳはアメリカ政府機関インテリジェンス・コミュニケーション・システム。

イヴ・パンは自分のハンドバッグのところまで歩いていって、なかからまったく同じ小さなキーフォブを二つとりだした。それは認証機能が組みこまれたキーホルダーほどの大きさの装置で、液晶画面がついており、そのどちらの画面にも六桁の数字が浮かんでいた。そして一方のキーフォブには〈パン〉と、もう一方には〈パン－ＤＤＡ〉と書かれた赤いタグがついている。

「これを使うの。CIAのネットワークにふつうにログインする場合は、まず自分のログイン情報――パスワード――を打ちこみ、次いでこの〈パン〉のほうの画面に出ている三〇秒ごとに変わる数字を加えるわけ。でも、DDAとしてログインしたい場合は、こちらの〈パン－DDA〉を使って同じことをする。だから、この二つのキーフォブとその数字から、わたしがDDAとしてログインしたことがわかっちゃう」

イーサン・ロスの目の前で、それぞれのキーフォブの画面上に浮かんでいた六桁の数字が新しいものに変化した。

ロスはキーフォブをじっと見つめた。「でも、これまでのきみの話を聞いたかぎり、外部からログインしない者、つまりCIA本部などネットワークに直接つながっているところからログインする者は、こうしたものを必要としないということになるね」

「そのとおり。ネットワークに直接つながっている端末からだったら、必要なのはDDAのログイン情報だけ。それでログインできれば、あとはもうやりたいことを何でもやれる。だからわたしはそれについて報告書を書いたのよ。ほんとうにもう危ない脆弱性なんでね。でも、だれも取り合ってくれなかった」イヴは笑い声をあげ、キーフォブをもとどおりハンドバッグのなかに落とし入れ、ワイングラスに手を伸ばした。

「最も優秀なITの専門家たちは政府機関では働かない。だから政府機関はわれわれ民間の請負業者に多大なアクセス権を与えざるをえない。むろん、多大な意思決定権までは与えないけどね」

ロスは独りごつかのようにボソボソ言った。「すごい、信じられない。きみはほとんど触れることもできない絶対的存在だ」

イヴ・パンは手を伸ばしてロスの手をとると、それを自分がはおるボタンダウン・オックスフォード・シャツのなかへ潜りこませた。そしてロスの手を自分の小さな乳房の上にのせた。「わたしは触れられるわよ。ほら？　でも、わたしのパスワードとキーフォブを使ってわたしに触れられるのは、あなたひとりだけ」イヴは自分のジョークに笑い声をあげた。その笑い声を聞いてロスは、これはもうそうとう酔っぱらっているな、と判断できた。

イーサン・ロスは調子に乗って欲張った。「そのパスワードを忘れるんじゃないかと心配になったことない？」

イヴは首を振った。「自分のパスワードを？　忘れないわ。だって毎日使っているんだもの。でも、ＤＤＡのログイン情報のほうは何カ月かに一回使うだけだから、書き留めてある」

「ええっ！　それはまずいんじゃないの、イヴ。このわ、わ、わ、わたしにもわかるぞ」

イヴはロスにキスをした。「大丈夫。見せてあげる」

イヴは部屋から出ていった。ロスはえらく驚いてソファーに座っていた。自分のパスワードを他人《ひと》に見せる者なんて、IT業界にはひとりもいない。たとえボーイフレンドの歓心を買いたがっている酔っぱらった寂しい女でも、そんなことはしない。

ロスは急いでイヴのグラスにワインを注《つ》ぎたした。

イヴは戻ってくると、手にしていた折りたたんである一枚の紙をひらいた。ロスはそれを彼女の手からひったくりたかったが、その衝動をなんとか抑えこんだ。そんなことをしたら計画が台無しになるとわかっていたからだ。

だが、ひらかれた紙を見てロスは、予想を裏切られ、これでは王国への鍵を手にしたことにはならないなと悟った。その一枚の紙には、手書きのアジアの文字のように見えるものがたくさん並んでいたからだ。

「朝鮮語？」ロスは尋ねた。「安全というわけでもないなあ、ベイブ」

「朝鮮語ではないわ。吏読《りとう》。かつて——一九世紀末まで——朝鮮で使われていた一〇〇〇年もの歴史がある朝鮮語の表記方法。いまではこの表記法で書ける人はごくわずかしかいない。でもね、これのいちばんいいところは、中国の文字である漢字をそのまま使うので、昔の中国語であるように見える点。この紙に書かれている漢字の書体は、だいたい同じころから盛んに使われるようになった楷書《かいしょ》なの。もしだれかさんがここに書かれている単語と数字を翻訳しようとしたら、確実に間違えるわね。だって、昔の中国語と思いこんで訳そうとするでしょうから。吏読はいまではもう忘れられている」

イーサン・ロスはすっかり感心してしまった。口に出してイヴにそう言いさえした。彼女は顔を輝かせ、ひどく興奮したが、一〇分後には突然ことんと眠りに落ちてしまった。

ロスは鶏が趾《あし》で引っ掻いたような手書きの文字をスマートフォンで撮影した。その夜ロスは、イヴが眠りこんでいるあいだずっと、とてつもなく頭がよくてソーシャル・エンジニアリング術（相手の隙やミスにつけこんで重要な秘密情報を手に入れるテクニック）にも長《た》けている自分に満足し、ひとり悦に入り、いったいどうすればこの吏読という表記法で書かれた朝鮮語を翻訳できるのだろうかと考えつづけた。

イーサン・ロスはインターネット検索をちょっとしただけで翻訳者を見つけた。東アジア古代語が専門のシカゴ大学教授だ。しかもその教授はただで翻訳してくれた。翻訳結果は一四の英字と数字の組み合わせで、教授はそれをほんの数分のうちにEメールの返信で送ってくれた。ロスは早速そのDDA（初期設定ドメイン管理者）アクセス認証情報——パスワード——を使って、NSC（国家安全保障会議）事務局の安全な管理棟にあるアメリカ政府機関インテリジェンス・コミュニケーション・システムJWICSの端末からネットワークにログインした。そして、コードワードを付されてSCI（区画化されたTS情報）となっている例のガザ支援船団襲撃に関する一次資料の一連の文書を見つけた。それぞれの文書の全ページをいちいち自分で読みはしなかった。そんなことをしていたら数時間かかってしまう。ロスには数分しかなかった。

ロスはイヴがディナーを食べながら概要だけを説明してくれたテクニックを弄《ろう》してそのファイルをくすね、それをそっくりハーラン・バンフィールドに送った。バンフィールドは文書に目を通した。そして、今回のファイルの抜き出しが探知不能であることが確実になるまで、まあ六カ月くらいは、情報を表に出さずにおとなしくしていなければならない、とロスに言った。ロスは苛立《いらだ》った。ファイルの抜き出しはだれにもわからないように完璧《かんぺき》に実行できたと確信していたからである。だがバンフィールドは、文句を言ったところで、ITP（国際透明性計画）にも立証済みの独自のセキュリティ規定《プロトコル》というものがあるから、どうにもならない、と主張して譲らなかった。

そして、それから何も起こらなかった。四カ月のあいだロスは、ガザ支援船団のニユースをひとつも見つけられなかった。ＪＷＩＣＳから文書をさらにくすねるということは差し控えた。《ガーディアン》が最初の一連の文書をどう利用して記事にするか見届けたかったからだ。だが、バンフィールドとＩＴＰが例のファイルをメディアに送ってさえいないということを知って、ロスは憤慨した。

ところが今度はとても厄介なことが持ち上がった。ＦＢＩが、データの漏洩があったと主張し、そのせいでイスラエルの元特殊部隊員とその家族が殺されたと断言して、ＮＳＣ事務局内をあわただしく動き回りはじめたのだ。

データを抜き出すさいに何かまずいことが起こったのだ。だが、自分の係わりを隠《いん》蔽《ぺい》することはなんとかできた。なにしろ、ＤＤＡとしてログインしたのだから、自分の仕業だとわかるわけがない。それでも、なぜか、コピーされてサーヴァーのファイル共有セクションに移動させられたファイルがあることを察知されてしまった。

そして今宵、イーサン・ロスとイヴ・パンは、彼女の家ではなく彼の自宅でくつろいでいたが、ちょうど四カ月前のあの夜のように、フランス産赤ワインを飲みながらネットワークへの侵入を話題にしていた。イヴはＮＳＣの情報漏洩についてはすでに何から何まで知っていた。彼女自身にも、また、彼女のＶＰＮ（ヴァーチャル・プライヴェート・ネットワーク）にも関係がなかったが、今朝いちばんで説明を受けたようだった。

ロスはFBIの捜査官も参加した昨日《きのう》の会議について話し、NSC事務局内にもぐら《スパイ》のようなやつが一匹潜入している可能性があるとも言ったが、そうしたことはみな、知りたいことを探り出すための〝水向け〟でしかなかった。いったい何がまずかったのか、ロスはなんとしても知りたかったのだ。自分がミスを犯したとはとうてい思えなかった。いや、イヴ・パンが「DDAとしてネットワークにログインすれば全能の神のように何でも望みどおりにできる」などと、いいかげんな説明をして、おれの計画を台無しにしたのだ、とロスは確信していた。だから腸《はらわた》が煮えくり返っていた。だが、いまはその怒りを表に出すわけにはいかない。

二人はソファーに向き合って座り、ワインを飲みながら話していた。ロスはイヴの髪をやさしく撫《な》でながら言った。「どういうことが起こったんだと思う？」

「わたしにはもうちゃんとわかっている」

これにはロスも驚いた。「ほんとうか？」

「ええ。政府機関のIT専門家たちは馬鹿《ばか》なのよ。こんな侵入を許してしまった。でもね、ラッキーだった。ただそれだけのこと」

ロスはなんとか自分を抑えてワインをひとくち飲んだ。指が手のなかのグラスを割りたがっていたが、彼は必死になって平静をよそおった。「ラッキーだったたって、どんなふうに？」

イヴはにやりと笑った。「ネットワーク内の通常とはちがう〝特異な動き〟は検知され、そういうことがあったという記録が残されるの。全体の五％にもならない。それでも、その監査《オーディット》記録があとで検討され、詳しく調べられるということは、これまでは決してなかった。そうした記録はただ、自動的にサーヴァーに保存されていただけ。もちろん、問題のファイルがＮＳＣ事務局のサーヴァーのファイル共有セクションに移動させられたという記録もそこに残っていたわけ」

「なるほど」ロスは返した。「そのファイルがダウンロードされたかプリントアウトされたかということもわかっちゃうのかな？」

「今回の場合は十中八九、ダウンロードされたということね。プリンターが使われたら、そのプリンター自体に印刷した記録が残ってしまうじゃない。政府機関のＩＴセキュリティ担当者たちにだって、それくらいのことをチェックする能力はあると思うわ」

イヴはつづけた。「こんなの、四カ月前に調査を開始すべきだったのよ。でも、インドであんなことが起こって初めて、CIA本部のシステム管理者たちは『JWICSのIntelink-TS上のファイルはほんとうに安全なのかどうか確認せよ』と指示された」彼女は大きな笑い声をあげた。「で、きっと、記録を引っぱり出して調べたのね。そしたら、アクセスされ、コピーされ、抜き出されたファイルがあることがわかり、『おおっ、くそっ！』って叫んだ」そして、余談でもあるかのように言い添えた。「でもね、やった者を見つけることは絶対にできない」

「なぜ？」

「ほら、何カ月か前の夜、わたし、DDA――初期設定ドメイン管理者――としてログインしてアクセスするという話をしたでしょう？　覚えている？」

ロスはだいぶ長いあいだ虚空《こくう》を見つめた。「ぼんやりと」

「ネットワークに不正侵入したそのだれかさんは、DDAとしてログインしたのよ、間違いない、賭《か》けてもいいわ。ただ、わたしにもそれを証明することはできない。DDAのログイン情報をどうやって手に入れたのかという問題は残るけど、今回起こったことはそういうことなんだと、わたしは思っている。だとすると、だれがやったのかということは絶対にわからない。だから、犯人を見つけようなんてことは諦《あきら》めたほうがいい」

「へえ、そうなんだあ、驚いたなあ」ロスは言った。手で壁をぶち抜きたい衝動に駆られた。

やはりそうじゃないか。おれはミスなんてひとつも犯さなかったんだ。ただただもう、運がとてつもなく悪かったというだけなんだ。

インドでイスラエル人が死んだのは完全な偶然であり、それさえなければ、おれの侵入は絶対に気づかれなかったはずなのである。

イヴがもういちどロスをセックスに誘おうとしたが、彼はそんな気分ではなかった。イヴは早々にベッドに入り、ロスはワイングラスを手にして居間に座ったまま、ちょうどテレビで放映されていた、まるで関心のない映画をながめていた。

あとはもう、嘘発見器《ポリグラフ》を打ち負かすことに全力を投入するしかない。ポリグラフに勝利できさえすれば、自分は安泰なのだ。知恵でおれに勝てるようなＦＢＩ捜査官なんて、この世にひとりだって存在しない、とロスは自分に言い聞かせた。捜査は立ち消えになる。あるいは、あの西半球担当次長補のくそ女、ベス・モリスが情報漏洩の容疑者となる。そのどちらかだ。

嘘発見器《ボックス》を打ち負かせばいいのだ。やるべきことはただそれだけ。

12

ドミニク・カルーソーはレンジに向かって立ち、肉厚なエビとオリーヴオイルとハーブがたっぷり入ったソースパンのなかに賽《さい》の目切りにしたトマトをかきまわしながら放りこんだ。ニンニクとオレガノの匂《にお》いが立ちこめ、砕いた赤唐辛子のせいで目から涙が出てきた。おまけにレンジの火が放出する熱で額はうっすらと汗におおわれている。ドミニクは肩にかけたタオルで汗をふきとり、額がさっぱりすると、またいつでも使えるようにタオルをもとどおり肩にかけたままにした。なにしろ、これはシュリンプ・フラ・ディアボロ（エビのピリ辛トマトソース）なのだ。食べだせば即、本格的に汗が噴き出しはじめる。

ドムは小さいときから料理好きだった。おかげで、子供のころは母や祖母と過ごせる時間がたくさんあったし、大人になってからも、こうやって料理をすれば子供時代に戻ったような気分を味わうことができ、気持ちがリラックスして妙案も浮かぶ。今夜はその線をねらってみることにしたのだ。いまドムは腹ペコだから料理しているわけではない。今夜は、二時間ほど何か生産的なことをして頭を切り換えてみるのもいいんじゃないのかと、ふと思ったのである。だからソファーに横たえていた体を起こして立ち上がり、傷ついた肋骨《ろっこつ》の痛みと軽い頭痛を無視して、なんとかコートをはおり、思い切って食材を買いに出かけたのだ。

ちゃんとした夕食をつくるなんてたいしたことではないが、ピザを注文するよりはいいし、暗いコンドミニアムに座ってくよくよ考えているのよりもいい。

ドムはソースパンをかけているレンジの火を弱めると、そこから離れて、冷蔵庫の奥に突っ込まれていたトレッビアーノの瓶をとりだし、栓を抜いた。そしてその白ワインをごくごくとラッパ飲みしながらレンジまでもどり、シュリンプ・フラ・ディアボロのなかにもすこし撒《ま》き散らした。その瞬間、煮立つソースから蒸気が勢いよく噴き上がり、ドムは反射的に身を引いてその熱気をよけた。

料理をしているうちに、気持ちがほぐれてきて、前回ここで食事をつくったときのことを思い出した。それはインドへ飛ぶ前夜のことで、今夜とはちがい、ひとりではなかった。ドムはふつう、自分だけのために料理をするということはない。

その夜いっしょにいたのはアビーという名の女性だ。彼女はジョージタウンにある高級バーのバーテンダーだった。ドムはそのバーの馴染《なじ》み客だったが、そこに行ったときには静かにしていて、他の常連客たちと交流するよりも薄暗いところにひとりで座って飲んでいるほうが好きだった。ある夜、彼は閉店までいて、アビーといっしょに近くの深夜営業の酒場に〝仕上げの一杯〟を飲みにいった。ところが二人はビールを飲みながら一時間も話しこんでしまった。

ドムが「企業セキュリティ関係の仕事をしている」と自分の職業を説明すると、アビーは「すごいじゃない」と言っただけで、彼の仕事をそれ以上話題にすることはなかった。

最初は彼女の部屋でセックスをした。だが、飲むことと深夜のセックスがセットになった夜のデートをさらに二度繰り返したあとドムは、手料理をふるまうと言って、アビーを自分のコンドミニアムに誘った。そして正真正銘の仔牛《こうし》とリコッタ・チーズのミートボールをつくり、蠟燭《ろうそく》の火がともるテーブルにその料理とお気に入りのキャンティ・クラシコを一本おいた。アビーはドムが実際に料理できることを知って嬉《うれ》しい驚きを覚えたようだったが、仔牛料理のために来たわけではなかったので、皿が片づけられて流しに重ねられ、コーヒーテーブル上のイタリア産赤ワインの瓶が空になるや、二人は暗い寝室のなかに消え、食事のことなどほとんど忘れてしまった。

ドムはこのインド行きの前夜をしっかり楽しんだが、向こうに行っているあいだはアビーのことをすっかり忘れていて、思い出すことなどほぼ皆無だったし、彼女のほうも遠い地にいる彼にメールを送ることも電話することも一切しなかった。

まあ、それで終わりということ。しばらくは彼女のバーに行かないようにしよう、とドムは心に決めていた。どちらもまた新たな出会いができるように。

ドムは夕食にするシュリンプ・フラ・ディアボロを皿に盛ると、それを持って居間へ向かい、途中でトレッビアーノの瓶をひっつかんだ。アビーとのキャンドルライトのディナーのときとはまったくちがい、今宵はソファーにひとりで座り、コーヒーテーブルに足をのせて夕食を開始した。テレビはポーカー・トーナメント戦を放映するチャンネルに合わせていたが、ちゃんと見てはいなかった。ドムは白ワインを飲みつつエビのピリ辛トマトソース・パスタを味わい、だらだら食事を進めた。今夜の料理はうまくできた、と満足した。香味料のバランスが絶妙だ。バターで引き出されたエビの甘み、赤唐辛子のピリピリ感、レモンの酸味……それぞれがうまく絡《から》み合っている。だが、ドムの気分は暗いままで、いっこうに晴れようとしない。いっしょに夕食を食べて料理を褒めてくれ、そのあとベッドにも入ってくれる女がいないことも、ひとつの理由だった。

ドムも結局のところイタリア人なのである。食べものがもつ〝誘惑力〟というものをよく知っていた。

心がふらふらとただよいはじめ、料理から、女から離れていき、ドムはまたしても
ヤコビ家の人々のことを思った。彼らとともにした食事のことを、子供たちのことを
思い浮かべた。そして、ヤコビとその妻子たちの命に何の意味もないかのように、彼
らをテロリストどもに売りわたしたアメリカ人のクソ野郎のことも考えた。

そうやってあれこれ考えているうちに、またしても「彼らが死んだのは自分のせい
なのだ」という思いがよみがえった。自分の行動を客観的に評価しようとどんなに頑
張っても、彼らを救えなかった自分をどうしても批判してしまう。

ドムは夕食のあいだずっと、眼前に浮かび上がってくるさまざまな映像と格闘しつ
づけた。料理の皿もワインの瓶も空になったとき、彼は冷蔵庫のなかをもういちどチ
ェックしてみようかと思った。冷えたトレッビアーノがもう一本、どこかに突っ込ま
れているかもしれない。なんとかテレビを見ようと努力し、白ワインをもう一本空け
てから、眠ることにしようか、と思ったのだ。

いや、だめだ。ずっとここに座ってひとりで飲み、ぐだぐだ考えていては危険だ。

腕時計に目をやった。午後一〇時三〇分。

突然、新しいプランが頭に浮かんだ。すると、たちまちヤコビたちが頭のなかから

消えていった。一時的なことだとはわかっていた。そう、シュリンプ・フラ・ディアボロを調理していたときとちょうど同じように。

だが、ここに座ってよくよく考えているよりはましだ。

「やめろ、ドム」

なぜこんなふうに口に出してまで自分に警告したりするのか、ドムにはわからなかった。そんなことをしてもやめるわけがないのだ。体はその内なる声を無視した。彼は立ち上がると、寝室に入り、ジーンズと茶色のレザー・ジャケットに着替えはじめた。ジャケットの袖《そで》に左腕を滑りこませたとき、だれかにペンチで肋骨の一本をねじられているような激痛にみまわれたが、なんとか我慢して上着を身につけた。

玄関ドアから出ていく前に、ドムは五分かけて自分の部屋を片づけた。どこへ行くかもまだ決めていなかったし、どのような人と会うのかもさっぱりわからなかったが、ひとりで帰ってくるつもりはまったくなかったからだ。

ドミニク・カルーソーは午後一一時には一四番通《ストリート》りにある『豚《ザ・ピッグ》』という名のガストロパブのカウンター席のスツールに腰かけていた。すでに一〇回以上は来ている店で、むろん目的はいつも、おいしい食べものと飲みものだったが、正直なところ、毎回それ以上のものを期待する気持ちもあった。ビールを飲みながらドムは、薄暗いが活気のある店内に目をやり、二〇以上はあるテーブルを次々に目で調べていった。どのテーブルにも客が何人か座っていて、楽しそうにお酒を飲んでいる。

そうやってドムは早くも今夜のターゲットとなりうる女性を何人か見つけた。

いつものようにドムは、〈ザ・キャンパス〉でやる定点監視活動にちょっと似ているな、と思った。ただ、極秘民間情報組織〈ザ・キャンパス〉でやってきたのは、テロリストやロシアのギャングの監視・尾行、そして逆に敵の監視・尾行の発見とその回避ということだった。

むろん今夜はそんなことをしにここに来たわけではない。ドムがここに来たのは素敵な女をひとり見つけて仲良くなるためだった。

ドムの電話帳には、セックスも含めて一晩付き合ってくれる女性の電話番号がひしめいていたが、彼女たちのひとりを呼んだら、あるていどは打ち解けた会話をかわさなければならず、かならずたっぷり同情され心配されてしまう。今夜のドムは精神的にも肉体的にも荒れ放題といった感じであり、女友だちはみな例外なく――関係がいちばん薄い女でも――母親のように世話をしたがり、いったいどうしちゃったのと尋ね、何が起こったのか知ろうとするにちがいない。

今宵ドムが求めているのは母親ではない。

ドムはすぐ近くのカウンター席にも女性がひとりいることに気づいた。最初に店内を見まわしたときには気づかなかった女性だ。魅力がないから目にとまらなかったわけではない。魅力がないどころか、彼女は人目を引くほど美しいブルネットだった。年はドムよりも二、三歳は上のようで、目はアーモンド形、唇はふっくらとしている。いままで気づかなかったのは、三人の図体《ずうたい》の大きい若い男たちに囲まれていたからだ。女の両側のカウンター席にひとりずつ腰かけ、もうひとりは彼女のすぐうしろに立っている。男たちのひとりがけたたましい笑い声をあげ、女の体に片腕をまわし、残りの二人はウイスキーのオン・ザ・ロックを飲みながら、いやらしい笑みを浮かべて店内をチラッと見まわした。

ドムは視線を移動させた。彼のレーダーはふたたび格好のターゲットを捜しはじめた。ターゲットとなる資格を充分に持っていたこのブルネットは、三人の男たちの性ホルモン《テストステロン》信号の干渉を受けてドムのレーダー画面上から消えた。

ドミニクはビールを飲み終え、お代わりを注文した。奥の壁の近くのツートップ・テーブル（天板の下に同様の板がもう一枚ついているテーブル）に友だちと座っていた赤毛の女が、ドムのほうをまっすぐ見つめ、二人の目と目が合った。ドムはまるでこの道のベテランのように、素早く女の左手の薬指に目をやり、結婚指輪がはまっているかどうか確認しようとした。はまっていない。だが、すぐにドムは、友だちとの女の話しぶりがいやに大袈裟《おおげさ》でわざとらしいことに気づいた。それに、あんがい離れていたにもかかわらず、指の爪《つめ》がきちんと手入れされていないこともはっきりわかった。あの女は、いま相手にするにはくたびれすぎ、感情的すぎるな、とドムは判断した。そこでまた視線を移して女性捜しを再開し、店内を見まわしはじめた。

何か運動でもしていそうなビジネススーツ姿の背の高いブロンドが、仕事仲間と思われる大人数の男女グループのテーブルから、チラッとドムのほうへ視線を投げてきた。だが、身なりと、まわりの仲間たちのようすから、彼女の職場が国会議事堂であることは明らかだった。ドムは国会職員を何人か知っていた。個人的に彼らを嫌う理由は何もないのだが、今夜のところは、馬鹿《ばか》げた党派政治の話にも、議員控室で仕入れた皮肉な噂話《うわさばなし》にも耳をかたむける気にはとうていなれなかったので、ドムはふたたび視線を移動させ、またしてもパブの店内を見まわし、相手にするのにふさわしい女性たちをゆっくりと吟味しはじめた。

そうやって女性捜しをしながらドムは心のなかで溜息《ためいき》をついた。年をとって、人を見抜く力がつけばつくほど、いっしょに過ごしてもよいと思う女性を見つけるのがそれだけ困難になっていく。おれは心の奥底では結婚なんて望んでいないのではないか、とドムはふっと思った。だって、女性と一晩だけ気分よく過ごすのさえ、こんなに難しいのだ。

ドムはもういちどビールをたっぷり喉《のど》に流しこんだ。そこでようやく、女性捜しが困難になっているのは現在の自分の精神状態のせいだと気づいた。インドでのことで自分はすっかり壊れ、いまだ回復していないのだ。ナンパのような無責任な束《つか》の間《ま》の行為でさえ、まともにやることができない。

《どうした、D、しっかりしろ》ドミニクはヤコビにはDと呼ばれていた。

ドムは今夜三杯目のビールを注文した。そしてビールが来ると、店の中央あたりでテーブルを囲んでいる大学生くらいの年ごろの三人のきれいな女の子たちのところまで歩いていこうかな、と思った。だが、その計画は途中で頓挫《とんざ》してしまった。すぐ近くのカウンター席にいたブルネットの美人が、彼女を取り囲んでいた図体の大きい男たちのひとりに苛立《いらだ》ち、声を荒らげたからだ。

「だから、嫌《まゆ》って言ってるの！」

ドムは両眉《まゆ》を上げた。さきほどその女に気づいたときには、男たちのグループの一員だと思ったので、彼女は今夜のターゲットにはならないとほぼ除外してしまっていたのだが、いまやドミニクはブルネットと若い男たちの会話を聞き取ろうと耳をそばだて、目でも全員をしっかり観察しはじめた。

三人の野郎たちの体重を合計すると七五〇ポンド（約三四〇キロ）はあると思え、鷲《わし》、髑髏《どくろ》、狼《おおかみ》といった、くだらんものが描かれているTシャツを着ていて、それが筋骨たくましい体にぴっちり張りついており、前腕にはタトゥーがぐるりと彫りこまれている。近くのテーブルの三脚の椅子《いす》にだらしなく置かれた革の上着は三人のものにちがいない。ドミニクは男たちの目と身のこなしを精査し、三人とも酔っぱらっているか、少なくともそうなる寸前まで来ていることを確認した。

ドムは状況を素早く見極めようとした。この美女はこいつらを知らない。彼女は男たちよりも数歳は上であり、身なりもずっとよい。それにひどく小柄で、三人に威圧されて困り果てている。

ドムは鍛えた観察力を駆使して「女はひとりで来た」と判断した。たぶんビジネスでワシントンDCに来たのだろう。この界隈《かいわい》にある高級ホテル・チェーンの四つ星の大ホテルに宿泊しているのかもしれない。そして、ワインを一杯飲みながら遅い夕食をとろうと、この店に立ち寄ったのではないか。ところがここで、筋肉増強剤《ステロイド》で頭がおかしくなったアホな好色野郎どもに捕まってしまった。おそらくそんなところだろう。

《ついてないなあ、ハニー》

ドムは胸が大きくてがっしりしている山羊鬚《やぎひげ》を生やした金髪の男に注目した。彼女にいろいろ話しているのはそいつのようだった。小柄なブルネットの怒りを買っているのはそいつだ。その金髪の男が彼女に何やら言った。何て言ったのかはドムには聞き取れなかったが、ダークブラウンの髪の女は目をグリッと上に向けて答え、首を振った。

すると男は言った。「なんでそうアバズレにならなきゃいけないんだ、おい！」

「わたしはアバズレになんかなっていないわ。礼儀正しく振る舞おうとしたけど、あなた、人の言うことをまるで聞かないじゃない！」

「おれはあんたに一杯おごるって言ったんだぜ。だからさ、せめて愛想よく受けて、おれたちのテーブルに来ればいいじゃないか」

「悪いけど、受けられません。明日の朝、早い便《フライト》に乗らないといけないの。それに――」

「あと一杯だけだ！　それくらい、いいだろうが、おい？」男は叫び、彼女にのしかかるような姿勢をとり、状況はいよいよ険悪になった。

バーにいた者はだれひとり、この会話に少しも関心を示さなかった。いや、ひとりだけ、カウンターの端の席に座っていた身なりのいい紳士が、単なる好奇心からこのトラブルを見物していた。バーテンダーたちは会話が聞き取れないほど離れたところにいて、ほかの客たちと笑い声をあげている。

山羊鬚をたくわえた金髪野郎の二人の仲間は、この言い争いのあいだ、しっかり口をつぐみ、何も言わなかった。ドムはそれを一瞬で分析し、「ほんとうの友だちだったら、こんなふうに女につっかかるのを力ずくでとめて、みっともないことするなと言うはずだ」と判断した。ところが二人は口をつぐみ、何もしない。ということはつまり、金髪野郎がボス的存在《アルファ》であるということだ。

ブルネットは若いごろつきを無視することにした。勘定書を引っくり返すと、札入れ《ウォレット》をとりだし、二〇ドル紙幣を二枚カウンターの上においた。そしてスツールをうしろへ押しやって立とうとした。ところが、すぐうしろに立っていた男は動こうとしない。山羊鬚の金髪野郎が彼女の背中に手をおいて、動きを完全に封じた。

男は言った。「どこへ行こうってんだ、おい？　一杯飲まんといかんのだよ、あんた」

ドミニク・カルーソーは残っていたビールをごくごく飲み干すと、カウンターに紙幣を投げて支払いをすませ、トラブルを起こしている男たちに近づいていった。

13

ドミニク・カルーソーは顎鬚《あごひげ》を生やした金髪男の胸に片手をやさしくおき、ぐっと身を寄せた。まるで大音量の音楽や群衆のどよめきに負けまいと叫ぼうとするかのような仕種《しぐさ》だった。

顔にうっすらと笑みを浮かべながら言った。「おいおい、あんた。誘って断られたんだ。もうあきらめろ。無理強いするなって。ほかをあたれよ」

割って入ってきた者の落ち着きはらった態度に、ドムよりも体も大きく年も若い男は戸惑い、不安をおぼえた。この見知らぬ男はおれを脅しているのか？　にやつきながら？

いったい何者だ、こいつは？

「いったい何者だ、おまえは？」

ドムはミシガン訛《なま》りをとらえたような気がした。

「名乗るほどの者じゃない。どうだ、おれにウイスキーを一杯おごらせてくれないか？　何を飲んでる？　エヴァン・ウィリアムス？　気前がいいじゃないか」ドムは手を上げてバーテンダーを呼び、素早くブルネットのほうへ視線を投げた。目で「行って、早く」と言ったつもりだった。彼女がそれを理解してくれるようにとドムは祈った。

だが、彼女は突っ立ったまま動こうとしない。

大男たちの別のひとりがドムの肩をつかんだ。ドムは体を回転させられ、その若者の筋肉隆々とした胸をまっすぐ見つめる羽目になった。目をゆっくり上げていき、相手の顔を見て微笑《ほほえ》んだ。「まあ、落ち着いて。おれはただ、今度の一杯はおれがおごるって、あんたの友だちに言っているだけだ」

女はようやく後ずさり、カウンターからちょっと離れた。そしてハンドバッグを肩にかけた。ところがドアに向かって歩いていこうとはしない。彼女は何を言えばいいのかも何をすればいいのかもわからず、ただ、助けにきてくれた黒髪の男をじっと見つめている。

今度は山羊《やぎ》鬚の金髪男がドムの肩をつかんだ。そして仲間同様、肩をまるでドア・ハンドルのように引いてドムを自分のほうへ向けなおした。ドムの傷ついた肋骨《ろっこつ》に激痛が走った。金髪男は言った。「おまえの言うことなんて、だれが聞くか、クソ野郎。

引っこんでろ」

ドムは軽く溜息《ためいき》をついた。撤退すべきであることはわかっていた。こいつらはどういうことないやつらなのだ。ここは第三世界の〝地獄の一丁目〟の裏通りではない。この女性は真の危険にさらされているわけではない。彼女がわめきはじめれば、結局はほかの男が腰を上げ、彼女の名誉を守りにくるはずだ。

だが、ドムは自分を抑えられなかった。彼は一歩も引かなかった。

金髪男はふたたび言った。「マジかよ、おい？　おまえ、痛い目に遭いたいのか？」

これは挑発だとわかったが、ドムは慎重に考え、《おれはほんとうにこいつと喧嘩《けんか》したいのか？》と自問した。

ドムは自分に正直にならざるをえなかった。《おお、そうだとも》おれはこのアホ野郎とほんとうに一戦交えたいのだ。大人らしくもプロらしくもないが、おれはいま、そういう気分なのだ。

なにも暴力に訴えなくてもこの厄介な状況から抜け出せるとわかっていたが、ドムは〝戦わない〟という選択肢を選ばなかった。

金髪男はにやっと笑い、嚙《か》みタバコで汚れた歯を剝《む》き出しにした。ドムは推理した——どうやらこいつは、今夜は女とやれないと悟ったようだが、少なくともいま目の前にいる男の顔にパンチを食わせられるとわかり、まあそれでもいいか、と思っているのではないか？

この種の輩《やから》にとってはそういうことが慰めとなる。

ドムは構わず言った。「彼女とおれはいまから表のドアから出ていく。おまえらはここから動くんじゃない」

金髪男は返した。「おまえがこの女とあのドアから外へ出ていったら、おれはおまえを追いかけ、その鉛筆のように細い首をへし折ってやる」

ドムは〝鉛筆のように細い首〟というのはちがうと思ったが、いまはその点を議論するつもりはなかった。だから、何も言わずにブルネットのほうを向き、彼女の腕をつかんで言った。「行こう」

すぐうしろに立っていた二人の大男から遠ざかろうとしたとき、そのうちのひとりが突然がくんと体を揺らして接近し、顎に強烈なパンチを食わせようとするかのように拳《こぶし》を振り上げた。そして拳を振り下ろしたが、ドムの顔まであと一インチというところでとめた。

ドムはビクッともせず、まるで平気な顔をしていた。そいつはいきなり殴ってきたりしないとわかっていた。このグループのボス的存在《アルファ》がすでに〝おれの獲物だ〟と宣言していたからである。ドムは殴る真似《まね》をした男にふっと笑みを浮かべて見せただけで、歩きつづけた。

拳をまだ中途半端《はんぱ》に上げたままにしていた大男のほうがギョッとしてしまった。脅せば怖気《おじけ》づく弱い男ばかり相手にしてきたのだろう。だが、ショックから素早く立ちなおり、啖呵《たんか》を切ろうとドムのほうに体を向けた。さも嬉《うれ》しそうに声をあげた。「シェーンがてめえをぶちのめす。一発でノックアウトだ、クソ馬鹿《ばか》野郎」

ドムはまったく相手にせず、女をうしろにしたがえてドアに向かって歩きつづけた。

三人の大男たちは急いで上着をつかんだ。

カウンターの端を通り過ぎようとしたとき、ドムはひとりでスツールに座っている上等なスーツを着た気品のある紳士に気づいた。いまはもう背中を向けて、グラスのなかのマンハッタンをじっとのぞきこんでいるが、この男は諍《いさか》いの一部始終を見ていたし聞いてもいた、とドムは確信していた。

背後からまた男の大きな声が追いかけてきた。「一発でノックアウトだ！」

たちまちのうちに、ドミニク・カルーソー、ダークブラウンの髪の女、それに革のジャケットをはおった三人のタトゥー男たちは、ガストロパブ『豚《ザ・ピッグ》』の真ん前の暗い歩道に立っていた。何組かのカップルが通り過ぎたが、みな関心がないか、トラブルに気づいていないようだった。山羊鬚の金髪男がドミニクのすぐ前で攻撃の構えをとった。一気に放出されたアドレナリンのせいで、男の呼吸が速まり、鼻孔がふるえた。

ブルネットが口をひらき、ドムが予想したとおりのことを言った。「お願い。わたしのためにこんなことをしないで」

ドミニクは応《こた》えなかった。ただ口もとに笑みを浮かべて見せただけだった。もはや女がどうのという問題ではなくなっていた。ドムはいま大男と相対しており、そのボス格の男の背後にはさらに男が二人立っている。

「一発でノックアウトだ！」またしても同じ男が同じことを言った。こいつはこれしか言えないのか、とドムは思った。

「うるせえ、黙ってろ、ドイル！　おまえも何も言うなよ、ジョーイ。このクソ野郎はおれのもんだからな」山羊鬚の金髪男は吠《ほ》えた。

ドムは相変わらず落ち着き払っているように見える。だが、内心、すでに自分を厳しく叱責《しっせき》しはじめていた。なんで状況をここまでエスカレートさせてしまったのだ？　なんとか自分を叱咤《しった》し、いちおうもういちどだけ穏やかに収める努力をしてみた。

「では、シェーン、今夜はこれくらいにしておこうという気持ちになる可能性はまるでないわけ？」

「おれはおまえをたたきのめす」

ドムは言葉を返さず、黙っていた。こんなおれをアリク・ヤコビは絶対に褒めてはくれない、とドムは思った。これでさらに自分への怒りが増した。

シェーンはこれからこの怒りの犠牲になるのだ。

シェーンはさり気なくぶらぶら前進しはじめた。距離を詰めようとしているのだとドムは見抜いた。相手を一発で仕留めるには近づかなければならないのだ。ドムは両手をだらりと脇《わき》にたらしたまま、肩からも力を抜いて、接近されるがままにしていた。図体《ずうたい》の大きな金髪男が一方の足をうしろに引いたまま、もう一方の足を前に出して、スタンスをととのえ、いつでもジャブを繰り出せる体勢をとっても、ドムはこれから何が起こるのかまったく知らない風を装《よそお》いつづけた。

むろんドムはこれから起こることを知っていた。彼はシェーンの動きから読めることをすべて読んでいた。シェーンは明らかに右利《みぎき》きのボクサーくずれで、顔面に一発お見舞いしようとしている。仲間に〝すげえ〟と思われたくて、顎への一発で敵をノックアウトしようとしているのだ。間違いない。

ドムは軽く深呼吸して気持ちを落ち着け、何を見るでもなく視線を中空に浮かばせていたが、あらゆる感覚を動員して来《きた》るべき攻撃に備えていた。

ドイルがまたしても叫んだ。「一発でノックアウトだ！」

シェーンの右手はまだ脇にたらされていた。だが、それが角張った巨大な拳に変化した瞬間をドムは見逃さなかった。拳が凄《すさ》まじいスピードで顔面に向かってすっ飛んできたとき、ひょいと顔をそらせてよけるだけにすることもできたのだが、ドムは反射的に相手の高速のパンチ力を利用することにし、胴を右へひねりながら左腕の肘《ひじ》を顔の側面まで上げた。シェーンのパンチは突き上げられた肘にそらされ、ドムの体のひねりによって弾《はじ》かれた。シェーンはこのジャブに全体重をかけていたので、腕を体の反対側まで大きく払われ、バランスを崩してしまった。

ドムは左足を右側まで踏み出して体をまわしつづけ、速度を一気に増してクルッと回転し、突き出した右腕を鞭打《むちう》つように凄まじい勢いで三六〇度振りまわした。あまりの速さに、先端が拳となったその右腕と、夜気のなかで扇形に広がった革のジャケットがぼやけて見えた。

一回転した拳が甲の部分からうしろ向きに、顎鬚をたくわえた大男の顎を完璧《かんぺき》にとらえた。骨と骨が肉を挟んで激突するバシッという湿った音が、パブの表の窓ガラスにあたって反響した。シェーンの頭部が左へ持ち上がり、両脚が動きをとめた。まるで突然スイッチが切られてシェーンを立たせていた全筋肉がシャットダウンしてしまったかのようだった。今夜の営業はこれで終わり、という感じ。

シェーンは歩道にぶざまに崩れ落ち、仲間の二人の大男たちは茫然《ぼうぜん》として立ち尽くした。

ドムは顔を上げてドイルを見つめた。「なんでわかったんだ？　おまえの言ったとおりになったじゃないか」

予想どおり、次にかかってきたのはドイルだった。攻撃の動きは簡単に予測できた。ドイルは左利きで、パンチがとどく距離になったら即、フックを繰り出すつもりのようだった。ドムは飛んできたフックに向かって斜めに体を前進させ、前腕でパンチをそらすや、さらにドイルに向かって頭から突っ込んだ。ドムは頭をドイルの顔に激突させると、すかさず左腕をとって引っぱり、大男を背中にかつぐようにして放り投げた。ドイルは凄まじい勢いで歩道にたたきつけられた。

その衝撃でドイルの肺から空気が一気にうなり出て、彼は桟橋に釣り上げられた魚のようにあえぎ、必死になって空気を肺に取り込もうとした。

最後に残った大男のジョーイは、相変わらず口をつぐみ、何も言わない。二人の仲間が目の前の歩道に仰向けに横たわっていることにショックを受けているようではあったが、二人をそういう目に遭わせた男をじっとにらみつづけている。

ジョーイが両手を上げて拳をつくり、近づきはじめた。

ドムは言った。「もういいだろう、ジョーイ。シェーンがボスなんだろう?」

「ああ」

「建設か?」

「大型家電配達だ」

「うん、大型家電配達」それ以外ないと言わんばかりにドムは繰り返した。そして言葉を継いだ。「シェーンは二週間ばかり仕事ができない。ドイルもな。二人とも倒されたというのに、おまえが立ち向かわなかったら、シェーンは腹を立てるだろうが、このまま闘わずに怪我《けが》をしなければ、やつが仕事を休んでいるあいだ、おまえが働いて収入をいくらかやつにまわすということもできるんじゃないのか」

ジョーイは考えているようだった。実際に彼はどちらがいいか比較検討した。そして結局、肩を軽くすくめて見せた。「シェーンはそれで納得するような男ではない。大したビジネスマンではないんでね」

「では、新しいボスを見つけるんだな」ドムは返した。

「こんな景気では難しい」

ドムは考えこんだ。「それは言える。じゃあやっぱり、おれにたたきのめされたほうがいいということか」

ドムが言い終わるよりも早く、ジョーイが突進してきた。その予期せぬ激しい動き、スピードに、ドムは不意をつかれた。奇襲が功を奏してジョーイはパンチを受けることなくドムの懐《ふところ》にもぐりこんだ。そして両腕でドムの体を腕ごと包みこみ、しっかりつかんだかと思うと、ひょいと頭の上にまで持ち上げた。

ドムの傷ついた肋骨が激痛に悲鳴をあげた。肋骨のまわりの筋肉は麻痺《まひ》して動かず、背中が肩甲骨《けんこうこつ》から尾骨まで痙攣《けいれん》した。

大男は軽々とドムを中空に持ち上げた。たしかにこいつは立派な大型家電配達員だ、とドムは確信した。

このままではジョーイの頭のうしろへ真っ逆さまに投げ棄《す》てられるとわかり、ドムは決められていた両腕をなんとか振りほどき、さらに強烈な蹴《け》りを入れ、自らの身を解放して攻撃者の背後へと飛んだ。そして足から着地し、痛みに刺し貫かれ、ふらつきながらも、ジョーイが振り向いたときにはもう完璧な位置についていた。振り向いたジョーイの目に映ったのは、こちらを向いて闘いの構えをしている男だった。そいつは一瞬前に自分が縫いぐるみ人形のように投げ棄てた男なのだ。

ドムはジョーイの鼻づらに強烈なパンチを一発お見舞いした。ジョーイの頭部はうしろへ弾かれたが、すぐにもとの〝ニュートラル〟の位置にもどった。鼻は赤くなりはしたものの、ジョーイは激烈なジャブを鼻づらに食らっても身体的ダメージを受けたようすをまったく見せなかった。

ジョーイはにやっとドムに笑って見せた。まるで「てめえの力はそのていどか？」と問うているような笑み。

ドムはこの無言の問いへの答えとして、高速のジャブをもう一発はなった。だが、今度は指を伸ばして拳を槍《やり》のようにし、右手の〝槍〟で大男のみぞおちを突き、さらに左手の〝槍〟で喉《のど》を突いた。それだけでジョーイは仰向けに倒れ、激しく咳《せき》こんで歩道に転がった。五フィートしか離れていないところには、まだ失神したままのシェーンが横たわっていた。ドイルは体をまわして四《よ》つん這《ば》いになってはいたが、なお空っぽの肺に空気を満たそうとあえいでいる。

ドムは真ん中に立って、自分がやった手仕事の結果をながめた。アリク・ヤコビに褒められないということはわかっていた。その気なら避けられた脅威を避けることができなかったのだ。そんな弟子をアリクが褒めるわけがない。だがアリクはおれの格闘技術には文句をつけられないはずだ、とドムは思った。おれは一カ月のあいだ毎日、格闘技訓練を受けて、アリクからたくさんのことを学んだ。で、それを実際に役立てたのだ。

だが、すぐにドムは、そもそもこの諍いには女がからんでいたのだということを思い出した。彼はあたりを見まわして女を捜した。いた、歩道の縁石のそばに立っている。酒場で女をめぐって喧嘩をするのはこれが初めてのことではない。だからドムにはわかっていた。ブルネットは男たちの殴り合いに拒絶反応を起こし、彼女を護《まも》ろうとしたドムをからんできた男たち同様に見下している可能性もある。その場合は、いまやケリがついたのだから、彼女はそそくさと立ち去るだろう。だが、逆にこれでドムに魅《ひ》かれてしまった可能性もないわけではない。その場合は、彼女はドムにくっついて離れない。自分の危機を救ってくれた勇敢な男と一緒でなければどこにも行かない。

ドムは、さてこの女性はどちらかなと思って、歩道の端にいる彼女のほうへしっかりと目を向けた。女は夜のなかに立ちつづけていた。目の前で繰り広げられた格闘から自分を護ろうとしていたかのように、腕をきつく組んで身を縮めている。

ダークブラウンの髪の女は言った。「立派だったわ、あなたのやりかた。ほら、ひとりを闘わないですむように説得しようとしたでしょう」

「彼はわたし同様、ほんとうは闘いたくなかったんです。そうせざるをえなかっただけ。男の掟《おきて》というやつ」

女はうなずいた。そして言った。「ありがとう」

「どういたしまして」

「わたし、騎士道なんて死んでしまったと思っていた」

「いま集中治療室にいるんです。そして、ときどき生きているしるしを見せる」

女は微笑み、目を瞬《しばた》かせた。その目の奥で彼女がいま何を考えているのか、ドムにはわかった。彼女はいま、状況を判断しようとしているのだ。パブでからまれ、赤の他人が助けにきてくれた、なんてことは、自分に起こるようなことではない。

「わたしはモニカ」

「ドミニク」

二人は握手した。ドムは肋骨と背中の激痛を必死でこらえ、懸命になって平気な風を装いながら、自宅にもどろうとモニカに背を向けて歩きはじめた。だが、モニカはすぐに追いかけてきて、ドムを二五フィートも歩かせなかった。

「陳腐だと思われるのは嫌なのだけど、一杯おごらせてくださらない？　それくらいのことしかできなくて……」

ドムはぐいと顎をしゃくって『豚《ザ・ピッグ》』を示した。窓ガラスに客や従業員がたかって、歩道に目をやり、動けなくなっている三人の大男と、彼らをそのような状態にした大きいとは言えない男をじっと見つめている。ドムは言った。「わざわざ非難されにいくのは嫌だなあ。あそこへもどったら、まあ、歓迎されないでしょう」

「わたしのホテルのバーでどうかしら？　わたしはロウズ・マディソン・ホテルに泊まっているの。すぐそこ、角をひとつ曲がったところ」

ドムは溜息をかすかに洩《も》らしたが、モニカには気取られないようにした。女を見つけて心のともなわないセックスをするという今夜の計画は、大男に強く抱き締められて、うしろへ真っ逆さまに投げ棄てられようとした瞬間、崩れ去ってしまった。ひどい傷を負った肋骨が激痛を発しはじめたので、もはやそれどころではなくなったのだ。目の前にいる女は美しくはあったが、いまドムがしたくてしかたないのは、早く自宅にもどり、彼女とではなく氷嚢《アイス・バッグ》と一時的な関係を結ぶことだった。

「ホテルまで送っていきます」ドムは言った。「万が一、あの連中が立ち直って、また通りで悪さをしようとするといけないのでね。あなたをホテルへ送りとどけたら、今夜はそれでお開きということで」

モニカはちょっとがっかりしたようで、何も言わずにうなずいた。これでおれの威信はさらに上がったな、とドムは思った。彼女は断られたことによる極《き》まり悪さを克服するやいなや、ドムの辞退をも騎士道と考えるはずだった。

14

ヴァージニア州リッチモンドのエコノミー・インは、地元の者が所有し経営する宿泊施設だったが、州間高速《インターステート》64号線の看板に可能なかぎりの細工をほどこし、その下を通り抜ける旅行者たちに、同じような名前をもつ有名な全国展開二つ星ホテル・チェーンの施設だと思いこませようとしていた。この策略に引っかかり、ここなら少なくとも最低限の品質は保っているだろうと考えて泊まることにした者はみな、ブザーとともにひらくドアを抜けてちっぽけなロビーに入った瞬間、がっかりすることになる。州間高速《インターステート》の上に掲げられていたのは欺瞞《ぎまん》看板であり、それこそが明らかにオーナーたちの最大のマーケティング戦略だったのだ。なにしろ施設そのものはまさに〝汚ねえホテル〟そのものなのである。家具は安物で、カーペットは古くて擦り切れ、三階建てのモーテル・スタイルの共用エリアに足を踏み入れた者はみな饐《す》えた臭《にお》いに迎えられ、客室そのものも同じようにひどい。

エコノミー・インのその日の客室稼働《かどう》率は一五％にも満たなかったが、３０９号室には中年男が二人いて、ぼこぼこしたベッドに腰掛け、不安げにタバコを喫《す》いながら携帯電話を見つめていた。二人とも大柄で、ひとりはヴァージニア工科大学アメリカンフットボール・チームの元タイトエンドだった。ただし、それはもう二二年前のことで、大学を出て自動車部品販売業を営むようになってからは、力仕事といったら、ときどき自動車用バッテリーを持ち上げるていどで、それよりも重いものを持たなければならないことなんてまったくなくなっていた。そしてもうひとりは完全なデブ。スポーツに関係するようなことは何ひとつまともにしたことがない。若い専門バカ《ナード》が、ごく自然に、なんら無理することもなく、中年のナマケモノに変身した、という感じの男。

　元フットボール選手がまたしても携帯電話のバックライトを点灯させた。この三〇分で二〇回目のことだった。「一〇時五八分。いったいぜんたい、あのクソ野郎は――」

　と、そのとき、ドアを軽くたたく音が聞こえ、二人の男はハッとして背筋を伸ばした。肥満体のコンピューターおたく《ナード》は立ち上がると、一歩あとずさってドアから遠ざかり、元フットボール選手がドアに近づき、のぞき穴で外のようすをうかがった。彼は仲間にうなずいてから、ゆっくりとドアをあけた。

若く見える小柄な男がひとり、三階の外廊下の薄暗がりに立っていた。男はひとりきりで、ドア口いっぱいに広がる大男の姿を見ると、黒い目を大きく見ひらいたようだった。怯《おび》えたのだろう。「ええと……あなたがミスター・ホワイトですか？」フランス訛《なま》りの英語だった。

ドア口をふさぐ元フットボール選手の背後から答えが返ってきた。バスルームのドアのそばに太った男がいた。「それはおれ。あんたがミスター・ブラック？」

外廊下の小柄な男は素早く目を動かして、部屋のなかにいる二人の男たちを代わる代わる見つめた。回れ右をして逃げ出そうとしているようにも見えた。だが、そうせずに言った。「あの……これ、ちがうんじゃないですか、ミスター・ホワイト。約束しましたよね、ひとりで来ると」

元フットボール選手が襟をつかんで小柄な男を部屋のなかに導き入れた――露骨に引っぱりこんだわけではない。そしてドアを蹴《け》って閉めた。

ミスター・ホワイトは言った。「まあ、落ち着いて。万が一、あんたがだれかを連れてきたり、妙な真似《まね》をしようとしたりするといけないのでね、念のため友だちについてきてもらったんだ。まずは、あんたがワイアを身につけていないかどうか、彼に調べてもらう」

たちまち元フットボール選手は二〇代前半にしか見えない男を壁に押しつけた。そして、背中のバックパックを剝《は》ぎとり、ベッドの上へほうり投げてから、両手を男の上着の下に差し入れ、全身をくまなく探りはじめた。

若い外国人は言った。「えっ……ワイア？　どういう意味ですか、それ？」声がかすれた。彼はワイアが盗聴装置や電話を意味する俗語であることを知らなかった。恐怖ですくんでいるのだろう、視線も身振りも硬く、ぎくしゃくしている。それを見て二人のアメリカ人はすっかり安心した。

「ともかく落ち着いて」ホワイトは言った。「こちらがヤバい橋を渡っていることは、あんたもわかっているはずだ。まずは、あんたがＦｅｄ《フェッド》――ＦＢＩ捜査官――でないことを確かめておかないとね」

「しかし、あなたはわたしを知っているじゃないですか。われわれは一年以上も連絡をとり合ってきたんですよ」

「そして、あんたはおれの身元を知ったんだ、ブラック。こんなふうにあんたと会うのは、おれにとってはとてつもなく危険なことなんだ。おれはまだ、これが囮《おとり》捜査ではないと確信できずにいる。だから、まずは友だちに、あんたが信用していい本物の取引相手であることを確認してもらう。ビジネスに入るのはそのあとだ」

元フットボール選手は男のシャツを引っぱり上げて最終的な確認をした。それで、外国人がびっしょり汗をかいた一二〇ポンド（約五五キロ）もない優男《やさおとこ》であることも知った。振り向いてホワイトと向き合った。「大丈夫、問題ない」

「おいおい、バックパックを調べるのを忘れているぞ」

「おっと、そうだったな」大男はバックパックをあけると、なかから東芝の薄型ノートパソコン、携帯電話、電源ケーブルをとりだした。そして、ベッドの上でバックパックを逆さまにし、振った。だが、ほかには何も出てこなかった。

「よし」ホワイトは言った。「座って」

外国人がデスクのそばの小さな椅子《いす》に腰を下ろすと、ホワイトはベッドに腰を落とし、両手で上体を支えるようにしてゆったりと座った。ちっぽけな部屋だったので、二人は五フィートも離れていなかった。

元フットボール選手はドアのそばに立ち、二人を見下ろしている。

両手を膝《ひざ》に置いているミスター・ブラックは、まるで不安か吐き気を抑えこもうとしているかのようだった。

「あんた、大丈夫？」ホワイトは訊《き》いた。

「わたしたちがビジネスをしているあいだ、お友だちに外で待っていてもらえませんか。そうしてもらえれば、気分もよくなるんですけど。すみません、わたし、いまちょっと神経質になっていまして」

ホワイトは何も言わずに微笑《ほほえ》み、新たにタバコを一本とりだして火をつけてから、友だちにうなずいて見せた。「エディー、外で一服してきてくれ」視線を目の前の小柄な外国人にもどした。「何かしてほしいことができたら、大声で呼ぶ」

エディーは返した。「よし、すぐ外にいる」大柄の元フットボール選手は、テーブル上のタバコとライターをひっつかむと、ドアを抜けて外に出ていった。

ミスター・ホワイトの名前はホワイトではなく、フィリップ・マッケルだった。彼はL－3コミュニケーションズ社——ブーズ・アレン・ハミルトン社同様、アメリカ政府機関の極秘インテリジェンス・ネットワーク関係の仕事を請け負う会社——のシステム・インフラ・アナリストだった。専門はアメリカ政府機関インテリジェンス・コミュニケーション・システムJWICSで、トップシークレット取扱資格《クリアランス》を有していた。ブラックと出遭ったのは一年前、といっても仮想世界《ヴァーチャル・ワールド》でのことだ。ことの始まりは、二人がインターネット上のある技術フォーラムに参加して、それぞれの投稿メッセージに互いにコメントし合うようになったことだった。それだけで終わらなくなったのは、二人の関心が多くの点で重なり合うことにマッケルがすぐに気づいたからである。初め、のちにブラックと呼ばれることになる男は、アメリカとコンピューター・サイエンスに関するあらゆることに関心をもつ大学生と自己紹介していた。だが、そのうちブラックは、だれにも傍受できない暗号化された秘密チャットでマッケルに明かした——実は、自分はフランス人で、〈アノニマス〉のメンバーだ、と。〈アノニマス〉は世界最大にして最も悪名高い国際的ハックティヴィスト集団である。その一員であるという点にマッケルは興味を掻《か》き立てられた。ちなみにハックティヴィストとは、ハッキングを利用して政治的・社会的抗議活動をする人のこと。

最初マッケルは信じなかった。だが、ブラックがふたたび秘密チャットで、〈アノニマス〉が近々イギリス政府のウェブサイトにサーヴィス妨害攻撃を仕掛けると洩《も》らし、ほんとうにそのとおりのことが起こると、マッケルも自分は本物——現に活動している正真正銘の〈アノニマス〉のハックティヴィスト——と連絡をとり合っているのだと確信した。DoS《ドス》攻撃とも呼ばれるサーヴィス妨害攻撃は、大量のアクセスでサーヴァーを過負荷にしたり、サーヴァーの脆弱《ぜいじゃく》性につけこんだりして、ネットワークのサーヴィス提供を不能にしようとする攻撃だ。

むろん、相手が〈アノニマス〉だとわかった以上、インターネット上での関係をこのままつづけるべきではない、とマッケルにもわかった。実は、ハンドルネームを使ってネット上の技術フォーラムでだれともわからぬ者たちとおしゃべりするということだけでも、すでに社則に反しているのである。〈アノニマス〉のメンバーと秘密チャットで話し合っているということが、もしもL－3コミュニケーションズ社に知られたら、即刻、馘《くび》になり、秘密情報取扱資格《セキュリティ・クリアランス》も剝奪《はくだつ》されてしまう。だがマッケルは、このままブラックとうまく付き合っていければ金を稼げる、と考えた。ブラックが所属する組織――〈アノニマス〉――のメンバーの逮捕に結びつく情報を提供すれば、賞金が得られるのだ。匿名《とくめい》のままで賞金を稼げるということもマッケルは知っていた。そういうシステムになっているのは、〈アノニマス〉を裏切って情報を提供するメンバーたちを護《まも》るためだが、うまくやればメンバーでもない自分がブラックのことを当局に密告して賞金を得ることも可能なのではないかとマッケルは考えたのである。だから、そのフランス人と接触しつづけた。ただ、ブラックに関する具体的なことは何ひとつわかっていなかったし、今後も何もしなければわからずじまいだろうと早い段階で気づいたので、もうすこし友情をはぐくむ努力をすることにした。そうすれば、彼のほんとうの身元情報を得られるのではないかと思ったからだ。それを得られれば、きっと大儲《おおもう》けできる。

ところが、不運なことに、フィリップ・マッケルはその優先計画を変更せざるをえなくなってしまう。自宅のコンピューターが抜き打ち監査の対象となり、インターネットのフォーラムに投稿していた記録が見つかってしまい、彼はL－3コミュニケーションズ社の職と、だれもが欲しがる秘密情報取扱資格《セキュリティ・クリアランス》を失ってしまったのだ。政府機関のコンピューター・ネットワークに関する極秘情報など洩らしていないし、インターネットで話し合ったことはすべて、通常の公開情報レベルのことばかりだ、とマッケルは主張したが、監査官たちは納得しなかった。自分の仕事に関することをほんのわずかでもインターネット上で話し合えば、もうそれだけで秘密情報取扱資格《セキュリティ・クリアランス》違反となるのだ。だから、資格を取り上げられ、同時に極秘ネットワーク関係の仕事も失った。

　それどころか、政府機関に所属する主任監査官にこう言われさえした。「きみはもう二度とワシントンでは働けない」

　失職するとたちまちマッケルは、金を稼がないと、という思いに駆られ、必死になった。賞金を得られるように、ブラックから身元を聞き出そうと懸命になった。だから自分の個人情報を教えさえした——秘密情報取扱資格《セキュリティ・クリアランス》を剝奪されてしまったのだから、自分のことを知られたところでどういうことなかった。だが、ブラックのほうは態度をまったく変えず、相変わらず身元を明かそうとはしなかった。そこでマッケルは、稼ぎかたを一八〇度転換することに決めた。そして、失業中のアメリカ人はほんとうにブラックに提案してしまった。なんと、アメリカ政府機関が使用しているコンピューター・ネットワークの内部構造に関する情報を〈アノニマス〉に提供できる、と持ちかけたのだ。ワシントンＤＣのアメリカ政府機関に直接サーヴィス妨害攻撃を加えられるように〈アノニマス〉に技術的支援を与えれば、ブラックが所属するそのハックティヴィスト集団は金を支払ってくれるのではないか、というのがマッケルの考えだった。

ブラックは、上の者たちがそれにどれほどの価値を見出《みいだ》すか、お伺いを立ててみる、と約束した。そして二、三日後、マッケルに連絡してきたのだが、そのとき衝撃的な対案を提示した。

〈アノニマス〉は、ＪＷＩＣＳ上で運営されているアメリカ情報機関・極秘イントラネットＩｎｔｅｌｉｎｋ－ＴＳに実際に侵入することを望んでいて、それを可能にする侵入スパイウェアをマッケルに作成してほしいと思っている、というのである。

ブラックからのその要請を読んで、マッケルは思わず笑い声をあげた。そして、すぐさまキーボードをたたいて、こう返答した。〈そんなこと不可能だ。その極秘イントラネットは通常のインターネット・アクセス方法では入りこめない。そこに外部からアクセスする場合は、ＶＰＮを通過しなければならない〕ＶＰＮ〔ヴァーチャル・プライヴェート・ネットワーク〕は、インターネット上に仮想《ヴァーチャル》通信トンネルをつくって第三者のアクセスを不能にした組織内《プライヴェート》ネットワーク。〔わたしはＬ－３コミュニケーションズ社で働いているときもＶＰＮアクセス権を持っていなかったし、むろん、いまも持っていない。その種のソフトウェアをシステムに植え付けるには、まず物理的にネットワークに侵入する、ということが必要になる。つまり、だれかがＩｎｔｅｌｉｎｋ－ＴＳという閉鎖ネットワークに直接つながっている端末の前に座る必要がある。フランスやドイツの地下室にいる〈アノニマス〉のハッカーがどう頑張っても無理な話だ〕

するとブラックは事もなげにこう返してきた。〔それはわれわれの問題であって、あなたの問題ではない。あなたが侵入スパイウェアを作成したら、われわれがそれをシステムにアップロードする者を見つける。あなたにはスパイウェア作成代として三〇〇万ドル支払う〕

その瞬間からマッケルは三〇〇万ドルのことしか考えられなくなり、まずはその受け取り方法を解決しようとした。彼はドバイの銀行に口座をひらき、銀行支店コードと口座番号をブラックに教えた。すると数時間のうちに、手付金として一〇万ドルが口座に振り込まれた。これでフィリップ・マッケルは、相手は約束を履行できるし、そうするつもりだと判断し、それからほぼ六週間、自宅に閉じこもり、宅配のピザしか食べずに、侵入スパイウェアのプログラム・コード作成に没頭した。

マッケルはアメリカ政府機関インテリジェンス・コミュニケーション・システムのインフラのことなら何から何まで知っていたので、トップシークレット情報が保管されているサーヴァーのハードディスクドライヴがある物理的場所もわかっていた。だから、しっかり機能する侵入スパイウェアを作成する鍵《かぎ》は、その物理的場所にあるハードディスクに侵入するという〝這《は》い進む〟機能をそれに与えることだった。もちろん、データを自分で分類してコピーし、しかるのちにダウンロードするという機能も必要になる。

六週間、ピザしか食べず、休みなく働いて、マッケルはこの仕事を完成させた。彼はそのむねブラックに連絡し、受け渡し日が決められた。

というわけで、いまミスター・ブラックがミスター・ホワイトことフィリップ・マッケルの目の前に座っている。だが、ホワイトの本名がホワイトではないのとちょうど同じように、ブラックの本名はブラックではなかった。

彼の本名はモハンマド・メフディー・モバシェリ。彼がテヘランを発《た》ってベイルート経由で昨日《きのう》ワシントンに着いたのは、こうやってマッケルと会うためだった。モバシェリは一年かけて技術フォーラムでマッケルとの関係を築き、その間にL－3コミュニケーションズ社での彼の地位や保有するアクセス権などもしっかり調べ上げていた。

これは最高指導者の承認を受けたモバシェリの計画の第一段階にすぎなかった。計画の残りの部分はすべて、いま目の前の汚いベッドに座っている、明らかに不信仰者で道徳観念ゼロのデブのアメリカ人にかかっていた。

元フットボール選手のエディーが部屋から出ていき、外廊下に立って一服しはじめると、すぐさまモハンマド・メフディー・モバシェリは言った。「ありがとう。では、侵入スパイウェアの入ったＵＳＢメモリ、持ってきてくれましたよね？」

「送金準備はできているのか？」

イラン人は自分のラップトップ・コンピューターをポンポンとたたいた。「ＵＳＢメモリを受け取ったら、即座にこの場で送金手続きを完了させられます」

マッケルはうなずき、狭い部屋の奥まで歩くと、テレビのわきのテーブルに載っている電気スタンドの背後に手を入れた。そして黄色いUSBメモリをつかみ出し、モバシェリに掲げて見せた。

モバシェリは顔を寄せてそれをじっと見つめた。そのUSBメモリの上には数個のブロック体の文字がそれぞれ別の色で書きこまれていた。イラン人は首をかしげた。

「すみません。どういう意味ですか？　NASCARって？」

「うん、やっぱり、あんたらフランス人はNASCAR《ナスカー》——全米市販車型《ナショナル・アソシエーション・フォー・》自動車レース協会《ストック・カー・オート・レーシング》——のことなんて知らんだろう」

「ええ、知りません」

「これ、単なる偽装。こうしておけば、見た者は〝つまらんものが入っている普通のUSBメモリ〟と思い、重要なものが入っているなんて考えたりしない」マッケルはにやりと笑った。己の賢さに酔っている。「だろう？　だが、真実はだ、こいつは普通のUSBメモリとはちょいとちがう。容量一・二テラバイトのハイパーX・USBメモリなんだ。侵入スパイウェア搭載済みで、ダウンロードしたファイルを保管するスペースも充分にある。保管スペース容量はなにしろ一テラバイトあり、数十万のファイルをそこに記録できる」

「なるほど」モバシェリは返した。

マッケルは言葉を継いだ。「オーケー。これは前にも言ったけど、念のためもういちど繰り返しておく。公正広告というか、完全情報開示というか、まあ、そういった類《たぐい》のことをいちおうしておきたい。要するに、この装置だけでは、何ひとつ成し遂げることはできない。ネットワークに接続しているということが、まず必要になる。物理的に接続しているということだ。つまり、このUSBメモリを、保安システムをすでに通り抜けたノード——ネットワークへの接続ポイント——である端末のポートに差し込まなければならない。そうすれば、スパイウェアのプログラムがシステム内に侵入し、データを掻き集め、分類し、盗み出す」

「大丈夫。それは問題ない」

マッケルは話しつづけた。このような状況下でも、コンピューター科学者である彼にとっては、正確を期するということが最も重要なことだった。「理論的には、もうひとつ方法があると、わたしは思う。それは、可能ならば、VPN——ヴァーチャル・プライヴェート・ネットワーク——にアクセスできる者を見つける、ということ。閉鎖ネットワークの外から特殊なあらゆるセキュリティ・システムを突破してIntelink-TSにログインできる者がいれば、ネットワークに物理的に接続されていない端末からでもインターネット経由でこのUSBメモリを使用することができる」

モバシェリはUSBメモリを手にとり、さらに念入りに目で調べた。マッケルが言ったことを完全に無視して、新たな質問をひとつした。「あなたがL－3コミュニケーションズ社を辞めて数カ月が経過しています。その間に彼らが何らかのシステムの変更をして、このなかのプログラムが機能しなくなっている可能性もあるのではないですか？　そうなっていないとどうしてわかるんです？」

マッケルはまたしてもにやっと笑って首を振った。「それがアメリカ政府の素晴らしいところなんだ、お若いの《キッド》。政府とL－3コミュニケーションズ社など請負業者との契約は更新され、公開される。システムの変更などがあった場合はそれでわかる。だからわたしは、現在どのようなシステムが用いられているか知っている。そもそも、仕事をきちんとこなせるシステムはそれしかない。むろん彼らも、パスワード、アクセス・コード、アクセス許可手順くらいは変えるだろう。だが、データ読み出しの基本構造まで変えることはできない」

「では、暗号は？　データをサーヴァーから引き出せても、それが判読できないのではどうしようもない。読めるとどうして確信できるのですか？」

「データは静止時には――つまり保管場所では――暗号化されていない。データ保管領域に入れる鍵を持っていれば、読めるデータを得ることができる。そういうこと。単純きわまりない」

「なるほど、わかりました」モハンマド・メフディー・モバシェリは自分のラップトップ・コンピューターをひらき、USBメモリをポートに差し込んだ。「あなたが作成したプログラム・コードをいちおう改めます。よさそうだったら、いまこの場で、送金を実行するよう指示します。それでわれわれのビジネスは完了です」

「よし、いいだろう」

それから三〇分ほどマッケルは、ミスター・ブラックが侵入スパイウェアの各ディレクトリを調べていくのをじっと見まもった。モバシェリは自分でこれほど高度なスパイウェア・プログラム・コードを作成できる技術的専門知識を持ち合わせていなかった。だから、何年にもわたってアメリカ政府機関の極秘インテリジェンス・ネットワークの基本設計《アーキテクチャ》をつくり、維持してきた経験をもつ、マッケルのような者が必要だった。だが、モバシェリにもプログラムの論理コードを読み取る力はあったので、彼はソースコード・レベルにまで探りを入れて、欠陥がないかどうか調べていった。要するに、マッケルが手抜きや致命的な省略をして、プログラムがきちんと機能しない可能性がないか、調べたのだ。

イラン人はアメリカ人に二、三、質問し、役立つ答えを得た。

そしてついに、モバシェリはコンピューターからUSBメモリを引き抜き、言った。

「はい、いいでしょう。ありがとう」

「いや、ブラック、ありがとうと言わなければならないのはおれのほうだ。いやもう、たいへんな仕事だったが、とうとうその苦労が報われる楽しいときがやってきた。さあ、残金をおれの口座に振り込んでくれ」

モバシェリはラップトップを閉じ、すべてをバックパックにおさめ、机の椅子から立ち上がった。

「残金」マッケルは繰り返した。

モバシェリはすまなそうに両手を上げた。「もうお金はありません」

ベッドに座っていた肥満男は、心底戸惑ったようで、訳がわからないという顔をした。「金はもうないって、どういう意味だ？　残金がまだたっぷりあるじゃないか。そいつをきちんと渡さないとな」

「あなたはすでに送った一〇万ドルで楽しいことをしたんでしょう。そうであったようにとわたしは願《ねが》っています。追加の送金はもうありません」

マッケルは目を剝《む》いた。危険を察知したわけではなく、だまされたと思っただけだった。「いいか、ブラック、おまえ、忘れているようだな。おれは助《すけ》っ人《と》を連れてきているんだ。おれをなめたら、ひどい目に遭うぞ」マッケルはドアのほうに顔を向けた。「エディー！」

すぐにドアがひらき、図体《ずうたい》の大きい元フットボール選手が外廊下へのドア口をふさいだ。が、それはほんの一瞬だけのこと。マッケルが友だちの額にあいたギザギザの穴に気づいた瞬間、エディーは頭をすうっと垂らし、そのまま顔から部屋のなかへ倒れこんだ。後頭部がほとんどなくなっている。脳髄と血が、頭のうしろにあいたもうひとつのギザギザの穴のまわりの髪にべっとりとついていた。その後頭部の穴は額のそれよりも一〇倍も大きかった。

マッケルは床に横たわる死体を見つめ、次いで目を上げてドア口を見やった。外廊下に、いままでエディーを支えていた二人の男たちが立っている。二人とも、エディーよりかなり小さかったが、ブラックよりはずっと大きい。そのブラックはいま、フィリップ・マッケルのすぐそばに立っていた。

ドア口の男たちが部屋のなかに入ってきた。事態のあまりの急速な変化にマッケルがまだ混乱し、うろたえ、ベッドに座ったままでいるあいだに、二人の男たちのひとりが黒い革の上着の下に手をすべらせ、銃口に減音器《サプレッサー》を装着させた長い拳銃《けんじゅう》を引っぱり出した。そしてそれを上げ、マッケルの額にまっすぐ向けた。

　モハンマド・メフディー・モバシェリは自分の〝付き人《ボディー・マン》〟である四人のクドス部隊員の本名を知らなかった。知ってはいけない職務上の理由などなかった。彼はイスラム革命防衛隊の少佐なのだから当然、四人の身元を知ることができる秘密情報《セキュリティ・》取扱資格《クリアランス》を持っていた。だがモハンマド・メフディー・モバシェリは、テヘランで四人に初めて会ったときに、「それぞれに出生地の都市の名をつけ、そう呼ぶことにする」と男たちに言った。そのほうが覚えやすいから、と彼は説明した。

　だからモハンマド・メフディー・モバシェリにとって、四人の男たちは単にシーラーズ、カーシャーン、オーマンド、エスファハーンだった。一方、四人がモハンマド・メフディー・モバシェリについて知っていることといえば、モハンマドという名前だけだった。これは彼らにとってとても覚えやすい名だった。クドス部隊員四人のうち二人も、同じモハンマドという名前だったからである。

　モハンマドはシーラーズとカーシャーンにうなずいてから、机の椅子から離れ、ベッドに座る太ったアメリカ人のそばに腰を下ろした。「フィリップ。そう……わたしはあなたの身元をすっかり知っています。フィリップ・マッケル、年齢四三歳、未婚、失業中。あなたはもう自分がおかれている状況に気づかないといけません。お金はもう一ドルも得られませんが、生きてここから出ていくことはまだできます。あなたがそれを選択することを、わたしは心の底から願っております」

マッケルの顔が真っ青になった。

モハンマドはペルシャ語でシーラーズに言った。「こんな体型の男は、すこしほうっておけば、自然に死ぬ」むろん冗談だったが、二人の男たちは無表情なままで、笑い声をあげなかった。

マッケルは耳慣れない言葉を聞いて、咳《せき》こみながら声をかすれさせた。「アラブ人か?」

モハンマドは二人の部下に目をやった。そして英語で言った。「アメリカというのは、異文化をまるで理解できない」マッケルに視線をもどした。「わたしはイラン・イスラム共和国の人間だ。アラブ人ではない。ペルシャ人だ」

「あんたは……あんたは〈アノニマス〉のメンバーではないのか?」

モハンマドは肩をすくめ、すまなそうに笑みを浮かべた。「わたしはときどき〈アノニマス〉の一員にもなります。そうなることが仕事上都合のよいときにね。〈アノニマス〉や、その種のグループは……ええと、どう言えばいいかな? そう、役に立つ大馬鹿者《ばか》ども」モハンマドはもういちど盛大に肩をすくめて見せた。悔悟の念を抱いているかのように見せる仕種《しぐさ》。「あなたも、まあ、同類ということになりますかな」

「望みは何だ？」

「あっ、ですからね、欲しいものはもう手に入れました。ほら、もうあなたからもらいましたよ。あとは、それがしっかり機能するか確認する必要があるということだけ。われわれは四八時間以内にネットワークへの侵入を試みることになっています。あなたにはそれまでここにいてもらいます。わが友人たちもあなたといっしょにここに留まります。そして、もしもネットワークへの侵入で問題が……ほんのわずかでも生じたら、友人たちはあなたに罰を加えるよう命じられます、ゆっくり時間をかけて罰するようにね。わたしとしては、そういうことにならないようにと祈っております」

「なんてこった」

「わたしはこれで帰りますが、このソフトウェアがあなたの説明どおりに機能して所期の目的を達成できるかどうか確認できたら、ここに留まる友人たちに連絡し、二つの命令のうちのひとつを与えます。それで、あなたの運命——生きつづけられるか、それとも非常にゆっくりと苦しみ抜いて死ぬか——が決まります」

マッケルの目が焦点を結ばなくなり、唇がブルブルふるえはじめた。

「ですから、いいですか、わたしはこれからUSBメモリを持って帰るので、もしもですね、あなたが必要なものを省くとか、不必要なものを加えるとか、侵入スパイウエアが機能しないようなことをひとつでもしていたら、いまがそれを白状するラスト・チャンスなんです」

フィリップ・マッケルは泣きだしてしまった。

モハンマドは一分近くものあいだ居心地悪そうにただ傍観していた。

マッケルはすすり泣き、粘液で喉《のど》をつまらせながらも、口をひらき、なんとか話した。「罠《わな》なんかじゃない。神に誓って、それはちゃんと、ちゃんと動く！」両手のなかに顔を埋め、おおっぴらに泣きじゃくりはじめた。「勘弁してください。お願いですから解放してください」

モハンマドは不快そうに顔をしかめただけだった。シーラーズのほうを見やり、ペルシャ語で言った。「わたしはこいつの言っていることを信じる」

シーラーズはうなずくと、前進して、グロック自動拳銃の銃口に取り付けた減音器《サプレッサー》の先端を座っているアメリカ人の頭のてっぺんに押しつけた。マッケルはギョッとして両手を顔から引き離し、悲鳴をあげはじめた。だが、クドス部隊員はかまわず至近距離から発砲した。

マッケルは即死し、ベッドのそばの床に崩れ落ちた。口と鼻孔から血がしたたり落ちてきた。イラン人たちはやるべきことをやりはじめた。シーラーズとカーシャーンは死んだ二人のアメリカ人の所持品を集め、身元を割り出すのに役立ちそうなものをすべて取り去った。そして、二人の遺体を床から持ち上げて、キングサイズのベッドの上に横たえた。

部下たちがそうしているあいだ、モハンマドはバスルームのそばの壁際《かべぎわ》に立ち、二つの死体にじっと目をそそいでいた。だが、死体を見据えながらも、携帯を使ってエスファハーンを呼んだ。するとすぐにエスファハーンが、両手に一本ずつ炭酸飲料の二リットル・ボトルを持ってドア口に姿をあらわした。彼は一本のボトルのふたをとり、なかに入っていたガソリンをベッドに注ぎはじめ、もう一本のボトルをカーシャーンに手わたした。カーシャーンはそれを受け取ると、同じようにふたをとり、ガソリンを死体の全体にかかるように撒《ま》き、服にも濡《ぬ》れていないところがまったくないように入念にかけた。

エスファハーンとカーシャーンが作業を完了すると、シーラーズが作戦指揮官に声をかけた。「モハンマド、車にもどってください。オーマンドが待っています。われわれもすぐに行きます」

モハンマドはなおも死体から目を離さずに首を振った。「ライターを。自分でやりたい」

「少佐、煙やガスがたくさん出ます。それはあっというまに広がります。やめたほうが――」

モハンマドは手を差し出した。「頼む。自分でやりたいんだ」

シーラーズは仲間のクドス部隊員たちを見やった。そして肩をすくめて言った。

「どうぞ。ご命令とあらば。でも、ひらいたドア口に立って、部屋のなかに投げ入れてください。炎の動きは予測不能です」

三人のクドス部隊員は外廊下に出ると、あたりをチェックし、下の駐車場に目をやって、ゆっくり走っている4《フォー》ドアのクライスラーの運転席にオーマンドがちゃんと乗っていることを確認した。すべてが計画どおりだった。シーラーズがポケットからジッポーのライターをとりだし、モハンマドのほうへ差し出した。

「ほんとうにやるんですね？」シーラーズが念を押した。

「もちろんだ。問題ない」モハンマドはふるえる手でライターを受け取ると、クドス部隊員の助言どおり、ドア口に立って、火のついたライターをベッドの上へとほうり投げた。パッと発火して炎が燃え上がり、モハンマドは数秒のあいだドア口に突っ立ったまま、死体が烈火に呑《の》みこまれるのを見まもった。

「少佐！」シーラーズが背後から声をかけた。「すぐ立ち去らないと！」

だがモハンマドは、自分がもたらした急速に燃え広がる火と、死と、破壊に見入ったまま、動こうとしない。シーラーズがしかたなく腕をつかんでモハンマドをドア口からやさしく引き離した。そしてクドス部隊員は部屋のドアを閉めた。すでに、奥のバスルームから表の窓のカーテンまで炎に呑みこまれ、部屋全体が燃え盛っていた。

シーラーズは小柄なイスラム革命防衛隊少佐を階段のほうへと押しやり、先導する残りの二人の〝付き人《ボディー・マン》〟のあとを追った。

15

イーサン・ロスは凍《い》てつく夜明け前のジョギングを敢行し、ジョージタウンの高級な通りを走っていた。建ちならぶ連棟式高級住宅《タウン・ハウス》、まだ開店していない洒落《しゃれ》た店やコーヒーショップの前を走り抜けていく。

まだ午前六時だというのに、ロスと同じように舗道を走る者が数人いた。格好も大半の者がロスと同じで、高価なランニングシューズをはき、防寒用のコンプレッションタイツ、ベースレイヤーを身につけ、手袋をはめていた。四〇歳以上の者はひとりもいないようだし、ほぼ全員がイヤホンを耳につけている。だが、イーサン・ロスの場合、ほかの者たちとの類似点はそこまでだった。おれみたいにイヤホンで耳のなかにジョーン・バエズの歌をがんがん鳴り響かせているやつなんてひとりもいないのではないか、とロスは思った。むろん、あらかじめ定められた近所の地点を通って、秘密の印があるかどうか調べようとしている者なんて、いまこうしてジョージタウンを走るジョガーのなかにひとりもいるはずがない、とも彼は思った。そして、その秘密の印の意味は「午前八時にフォート・マーシー・パークの林のなかで会って話し合いたい」ということだった。

昨夜はよく眠れなかった。まったくと言っていいほど眠れなかった。今日の午後三時には嘘発見器《ポリグラフ》検査を受けなければならないのだ。客観的に見て、自分にはポリグラフを打ち負かせる能力があるとロスにはわかっていたが、自分を護《まも》る〝鎧《よろい》〟はつねに、強固な自信でしかなかった。そして今回、その〝鎧〟が凄《すさ》まじい一撃を受けて自信がぐらつき、ロスはいままで味わったことがない不安に襲われ、神経過敏と不眠に苛《さいな》まれることになってしまった。

六時一〇分、イーサン・ロスはウィスコンシン通《アヴェニュー》りとN通《ストリート》りの角にさしかかり、ギャップキッズの真ん前にある緑色の消火栓のそばを通りすぎようとした。そしてまさにそこを走り抜けようとした瞬間、チラッと消火栓に目をやった。問題のチョークの印が見えたような気がした。が、確かではない。そこで、走るのをやめ、完全に足をとめた。彼は何気ないふうをよそおってそこに立ち、消火栓に手をついて脹脛《ふくらはぎ》をストレッチするふりをし、そうやって屈《かが》みこみ、顔を近づけて念入りに調べた。

あった。紛れもない白いチョークの線が、鉄製の消火栓のてっぺんに引かれている。

このままN通《ストリート》りを走りつづけ、ぐるりと大回りして自宅に帰る、というのが今朝の予定だったが、これで仕事前にバンフィールドに会わなければならないとわかったので、ロスはコースを短縮することにし、ウィスコンシン通り《アヴェニュー》にもどるべく方向を転じた。

笑いたくなるほどお粗末なスパイ・テクニックだったが、だれにも見られていず、不都合なことは何も起こらなかった。


イーサン・ロスは午前八時にフォート・マーシー・パークに着いた。車は小さな駐車場にとめた。ハーラン・バンフィールドのフォルクスワーゲンから二、三台分離れたところだった。ロスはメルセデスから降りると、両手をウールのトレンチコートのポケットにしっかりと突っ込み、凍てつく朝の空気のなかを足早に歩きはじめ、丘をのぼっていった。落ち合う場所へといたる小道は、曲がりくねり、厚い雑木林の縁をぐるりとまわっていたので、ロスは最後のカーブを曲がるまで、前方にたたずむ人を見ることができなかった。前方に人影を認めた瞬間、ロスはハッとして足をとめた。

ハーラン・バンフィールドが南北戦争当時の大砲のそばに立っていたのだが、ひとりではなかったのだ。縮れ毛の黒髪を長くした女がいっしょだった。黒のコートに身をつつみ、両手をポケットの底にまで突っ込んでいる。吐く息が水蒸気となって顔にまつわりつき、顔立ちがよくわからない。

イーサン・ロスはたちまちパニックに襲われ、息苦しくなった。怒りと戸惑いで顔が火照《ほて》り、真っ赤になった。林にひそんでいるFBI捜査官たちが飛び出してきて、おれは地面に押し倒され、引っ立てられるのではないか、というのが最初にロスが思ったことだった。ハリウッド映画でお馴染《なじ》みの銃器を操作する金属音がして、銃口を突きつけられるのをなかば覚悟しながら、彼はあたりを見まわした。

だが、耳にまでとどく音といえば、五〇ヤードほどしか離れていないチェイン・ブリッジ・ロードから林を突き抜けて聞こえてくる大型トラックの走行音だけだった。

バンフィールドが片手を上げて手招きしながら、大声を出してロスに呼びかけた。

「大丈夫だ、イーサン。問題はまったくない。こっちへ来てくれ。紹介したい人がいるんだ」

イーサン・ロスは背を向けて車まで走り逃げたい衝動に駆られたが、これが罠《わな》なら逃げおおせるチャンスは皆無だとわかっていた。だから、なんとか衝動を抑えこみ、大砲のそばで待つ二人の人間に向かって歩きはじめた。

ロスはハーラン・バンフィールドといっしょにいる女性のそばまで歩いていって初めて、だれであるかわかった。テレビとインターネットで顔を見たことがあったし、いちどベルリンで彼女の生の姿に接したこともあった。

彼女は手を差し伸べ、イーサン・ロスはその手をにぎった。「ジアンナ・ベルトーリです」

「あなたのことは知っています」怒りは急速になえていったが、不安は消えなかった。ロスはもういちど林のなかに目をやりつつ言った。「あなたの映画を観《み》ました。わたしはあなたが大義のためにされている仕事を称賛しています」

ジアンナ・ベルトーリは微笑《ほほえ》んだ。「ありがとう。でも、称賛に値するのはあなたのほうですよ」

しばし気詰まりな沈黙があった。三人は小さなベンチに腰を下ろした。

ロスが神経を高ぶらせて咳《せき》こんだ。「まさか、今度のことをドキュメンタリー映画にするためにいらしたわけではありませんよね。そうでないことを心の底から願っています」

ベルトーリは笑みを浮かべて首を振った。「ちがいます。言うまでもありません。わたしは昨夜ジュネーヴから着いたばかりなのです。わたしがここまでやって来たのは、『われわれはこのたびの捜査が終わるまで、あなたを保護する』ということを直接あなたに確約するためです」

「ということは、あなたはＩＴＰ——国際透明性計画——の代表ということになりますね」

　ベルトーリの笑みが広がり、首が動いてうなずきとなった。「あのドキュメンタリー映画をつくる過程で、わたしはＩＴＰのあらゆる面を細部まで詳しく知ることができました。重要な役割をになう人々全員と会いました。そして彼らがしている仕事の立派さに敬服しました。すると、たまたま、前代表が健康を損なわれ、代わりに組織を運営してくれないかという話がわたしのところに来たのです。まことに光栄な話でした」ベルトーリは明るくにこにこ笑った。彼女はベルリンで見たときと同じくらいチャーミングだとロスは思った。「代表という役をこなすことは、ＩＴＰの映画をつくったことで楽になると同時に複雑にもなりました」

　イーサン・ロスが朝の凍てつく空気のなかに吐き出す息も白い水蒸気と化している。

「ハーランから嘘発見器検査《ポリグラフ》のことを聞いたんで、ここまでいらしたということですね」

　ベルトーリはふたたび笑みを浮かべた。「そのことはたしかに聞きました。でもね、『何も隠すことはないのだと気づくだけで、あなたはポリグラフに打ち勝てるようになる』ということもハーランから聞きました」

「お言葉ですが、ミズ・ベルトーリ、わたしには隠すことがあります」

「でも、それは悪いことではなく、恥ずべきことではまったくありません。インドで起こったことはあなたとは何の関係もありません。わたしはそれをあなたに請け合うためにここまでやって来たのです。あれは単なる不運、ただそれだけのこと。だれにとっても不運な災難だったのです」

バンフィールドはコートのポケットに手を突っ込み、ごくふつうのプラスチックの小瓶を三つとりだした。それぞれに錠剤が数錠ずつ入っている。「これが役立つ。この二つは抗鬱剤《こううつざい》のセルトラリンと抗不安剤のクロナゼパム。両方を服用することで気持ちがかなり落ち着く。できるだけ早くこの二つを飲んで、効き目を確認しておいたほうがいい。話しぶりにどう影響するかもチェックしておかないといけない。優秀なポリグラフ検査官は、被験者が検査にパスするために薬物を使用しているかどうか見抜くことができる。だから、飲むのは一錠ずつにすること。それなら鎮静効果が過剰になることはないはずだ。そして検査の三〇分前に、もう一錠ずつ飲む」

「もうひとつの瓶の薬は？」

「多汗症に処方されるグリコピロレート。発汗作用を抑制する。いま二錠を飲みたまえ。それで今日一日、効果が持続する」

イーサン・ロスは錠剤の入った小瓶を三つともバンフィールドから受け取り、ウールのコートのポケットにすべりこませたが、目は相変わらずスイス人女性に向けたままだった。「心配にならなければ、ここまで来やしませんよね。わたしはしくじると、あなたは思っているんでしょう？」

「とんでもない、その逆ですよ。あなたが逮捕されたら、あなたはもうわたしにとって何の役にも立たない人間になってしまいます。そうなると思っていたら、わたしはわざわざここまで来ません。わたしはですね、あなたをこの一時的な問題から救い出して、いままでやってきた重要な仕事にもどっていただきたく、できるかぎりのことをしようと固く決意しているのです。われわれＩＴＰはあなたに多大なエネルギーを注ぎこんできました。われわれに協力してくれる内部告発者はたくさんいますが——」ベルトーリは軽くウインクして見せた。「あなたはわれわれのスーパースターなのです」

　自分は他人の魅力に負けて取り込まれるようなヤワな人間ではないとイーサン・ロスは自負していた。外交官として働いていると、自分のカリスマ性を利用してこちらを魅了し、それによって支配しようとする輩《やから》とよく出遭う。ロスはそうした人々を何百人も相手にしてきた。

だから、そうした策略に引っかかることはめったにない。

だが、ジアンナ・ベルトーリは別だった。彼女は、セクシーであると同時に母親らしくもあり、さらに知能が高くて心優しくもあるという雰囲気を相手に印象づけることができた。どんなことがあっても落ち着き、冷静さをたもてる、という自信のようなものも発散していた。その彼女の磁力——魅力——に、ロスは知らぬまに引き寄せられていた。

ベルトーリは言った。「ITPはあなたを護るために必要なことならどんなことでも——まったくの無制限で——する覚悟ができています。わたしはそれをあなたに知ってほしいのです。あなたのような内部告発者は、われわれの保護を受けるに値します。あなたが必要とするかぎり、われわれはあなたを保護しつづけます」そして最後に言い添えた。「あなたは安全です」

「ありがとうございます」

「ただ、今回の困難を切り抜けるためにあなたがご自分でできることが、ひとつあります」

「どんなことでしょう?」

「最強の切り札を手に入れるのです」

「何のことかわかりません」

ベルトーリはロスに微笑みかけた。同情と思いやりが伝わるような笑みだった。

「いいえ、あなたはわかっています。仕事場にあるファイルから機密度の高い情報——悪事を証明する情報——をいくらか抜き取るのです。そしてそれを暗号化して保管し、万が一その必要が生じたとき、〝刑務所釈放《ゲット・アウト・オブ・ジェイル・フリー》カード〟として使えるようにしておくのです」ベルトーリはモノポリー・ゲームのカードを引き合いに出した。

イーサン・ロスは目をそらし、林のなかへと視線をさまよわせた。「あなたは……あなたは〝掻き集め《スクレイプ》〟をしろというのですね」

ハーラン・バンフィールドは二人を交互に見つめた。「〝掻き集め《スクレイプ》〟？」

ロスが説明した。「手に入れられる極秘データをぜんぶ引っぱり出し、それを他人には読みとれない形にして携帯メモリの一種に保管しろ、というのです」声がかすれた。「そして、それを持って逃げろ、というのです」

「いいえ、そうではありません」ベルトーリは返した。「いますぐ逃げる必要はありません。ただ、そうする準備は整えておかなければならない、ということです。そうするしかないのです、イーサン。世間に知られたらアメリカ政府にはどう対処していいのかわからなくなるほど大きなトラブルになりうる情報を、機密度の高いファイルから獲得しておくのです。それをだれかに流せ、と言っているわけではありません。わたしに教える必要もない。そう、それはあなただけのもの。あなたの安全のためだけのもの。それを持っていれば、自分を護る必要が生じたときに、彼らの鼻先にちらつかせることもできるわけです」

「ありえない。わたしはそんなことを信じるほど甘い人間ではありません、ミズ・ベルトーリ。やったことをFBIに見つかったら、その時点でわたしは終わりです」

「ジアンナと呼んで。FBIだって、容疑者に信じられないほど大きなトラブルを起こせる力があると気づいたら、何もせずにおとなしくしていようという気になります。そうならないと考えるほうが甘いのです。現にわたしはそういう展開になったことを見てきました。もちろん、FBIはそれを秘密にしています。容疑者に脅されたから捜査を中止しました、なんてことはだれも認めません。でも、そういうことは起こるのです」

イーサン・ロスは言った。「でも、わたしには、どうすれば情報を掻《か》き集められるのかさえわからないのですよ」

ジアンナ・ベルトーリはハンドバッグのなかに手をすべりこませた。「これ、ヨーロッパから持ってきたんです」黄色いUSBメモリを掲げて見せた。USBコネクターがついているプラスチック製の小さな長方形のメモリ。その上にNASCARと書かれている。

なぜ全米市販車型自動車レース協会《ナショナル・アソシエーション・フォー・ストック・カー・オート・レーシング》を意味する頭字語がこれ見よがしにそこに書かれているのかはロスにはわからなかったが、そのUSBメモリが何なのかははっきりとわかった。ロスは自惚《うぬぼ》れの強い男だったので、自分から言って知っているぞというところを見せないと、という気になった。

「クローラーですね」IT用語のクローラー（這《は》い進むもの）はふつう、検索エンジンのデータベースをつくるために、インターネット上を自動巡回してあらゆるウェブページを収集するロボット・プログラムを意味する。スパイダー（蜘蛛《くも》）とも呼ばれる。

スイス人の婦人は重々しくうなずいた。

バンフィールドはまだ何のことやらわからなかった。彼はジャーナリストなのであり、情報源や内部告発者との付き合いかたならよく知っていたが、コンピューター・ハッキングについては詳しくなかった。「それで何ができるの？」

ロスが答えた。「ミズ・ベルトーリは、これを密《ひそ》かにNSC事務局に持ちこんでほしいのです。わたしがこれを自分のコンピューターのポートに差しこめば、スパイダーのようなプログラムがネットワーク内に送り出され、データを掻き集めます。そしてさらに、そうしたデータのすべてをサーヴァーのファイルにひとまとめにしてから、ダウンロードします。盗み出せるデータの量は？」最後に尋ねた。

「一テラバイト」

イーサン・ロスは思わず声を洩《も》らした。「うわっ、すごい」ささやき声にしかならなかった。彼は目でUSBメモリを入念に調べた。「うまく機能するとわかっているんですか？」

「ちゃんと機能します。元NSA職員たちが作成したものですから」NSAは通信情報収集や暗号開発・管理などを主な任務とする国家安全保障局。「つまり、極秘イントラネットIntelink-TSを利用する方法を知っているが、もはやそこへのアクセス権がない人々がつくったものなのです」

バンフィールドが言った。「ということは、ホワイトハウスのコンピューターを使用できる者ならだれでも、そいつを差しこんで――」

ロスが記者の言葉をさえぎって言った。「いや、ちがう。正しい管理者アクセス認証情報が必要になります」

ジアンナ・ベルトーリが言った。「でも、あなたならその認証情報を手に入れられるはずです。われわれはあなたのコンピューター・スキルにはほとほと感心しているのです」

イーサン・ロスは溜息《ためいき》をついた。「やっぱり、あなたは、政府機関コンピューター・ネットワーク関係の仕事を請け負う会社で働くITセキュリティ専門家とわたしがデートしていることを知っているわけだ。知らないふりをしたら、わたしの知能を侮辱することになります」

ベルトーリは笑みをしぼませ、すまなさそうな表情をつくった。「知らないふりをしようとしてごめんなさい。われわれが私生活にまで探りを入れたことを知ったときの、あなたの反応を、わたしは読めなかったのです。でも、探りを入れたと言っても、大々的にやったわけではなく、ほんのちょっとだけですから」

「いや、大丈夫、それでむしろあなたがたが有能かつ強力な組織であると思えるようになりました。それはわたしにとって重要なことなのです、いまはとりわけ」ロスはふたたび溜息をついた。「アクセス認証情報の〝掻き集め《スクレイプ》〟がうまくできるのかどうかについて、まだ考えていた。情報を得る方法はあります。しかし、わたしが見つかったら、彼女がわたしに協力したのだとFBIは考えるでしょうね」

ジアンナ・ベルトーリは口調をさらに優しくした。「もちろん、イーサン、わたしはあなたが好きだから、あなたのことを第一に考えている。それは認めるわ。でもね、いまのあなたは、何よりも自己防衛を考えなければいけないのよ。イヴは大丈夫、心配ないわ。だって、万が一あなたが〝刑務所釈放カード〟を必要になった場合、それはあなたがやったということが発覚したからであり、そのときしかないわけで、あなたが見つかったということは、ネットワークにアクセスしたのはあなたであって、イヴ・パンではないということをFBIが知ったということでしょう」

「このクローラーは何を盗み出すように設計されているんですか？」

「世界中に散らばるアメリカ情報機関の代理《プロクシー》〝資産《アセット》〟」代理《プロクシー》〝資産《アセット》〟というのは協力者や情報提供者、要するにスパイ。

「全世界の？」

「そう」

イーサン・ロスは力強くきっぱりと首を振った。「あなたはわたしの動機をおわかりになっていない。わたしが情報を流したのは、自分の信条、自分が信じる大義のためです。わたしは祖国の敵ではありません。わたしは、アメリカからあらゆる秘密を一網打尽に吸い取ってインターネット上で公開したがるニキビ面《づら》のハッカーとはちがいます。わたしは現政権がやっている特定のことに不満をいだいていて、それをやめさせようと努力しているだけです。アメリカをターゲットにして攻撃しているわけではありません」

「繰り返しになりますが、決めるのはあなたです。でもね、あなたのような勇敢な愛国者を護った経験がわたしにはあり、わたしの提案はそうした長年にわたる経験から導き出されたものなのです。十中八九〝まったく不必要なこと〟で終わりになるのでしょうが、それでも、いちおう提案しておくのが賢明であるとわたしは思ったのです。だって、いいですか、もしもあとになって、逃げる必要があるかもしれないと判断せざるをえなくなったら、どうします？　そのときにはもう、必要とするデータにアクセスできなくなっていて、遅すぎたということになる可能性が充分にあるのですよ。政府当局は、あなたが内部告発をしたのではないかと少しでも疑った時点で、極秘ネットワークへのあなたのアクセスを遮断するに決まっています」

イーサン・ロスは顔を曇らせ、その顔をベルトーリのほうへ近づけた。「あなたが来た目的はそれなんですか？　逮捕されないうちに、わたしにネットワークから情報をもっと引き出させる？　わたしが役立たずになる前に、もういちど情報をかすめとる？」

「ずいぶん旺盛《おうせい》な想像力ですね。いいえ、ちがいますよ、イーサン。わたしはね、そんなことのためにここまで来たわけではありません。いいですか、はっきり言っておきますが、わたしはあなたが引き出す情報が欲しいわけではないのです」

イーサン・ロスは立ち上がった。話し合いはこれで終わり、ということを示す仕種《しぐさ》。

「クローラーなんて必要ありません。〝最強の切り札〟が必要になることなんてないからです。ポリグラフに打ち勝って見せます。数日でGたちは捜査を打ち切り、ほかの仕事に移って、今回の件はきれいに忘れ去られるでしょう。大丈夫、今回のことは自分で始末をつけられます」GはFBI捜査官。

ジアンナ・ベルトーリは表情を変えなかった。内心がっかりしたのだとしても、落胆を上手にしっかりと隠すことができたことになる。「ええ、それはそうね、イーサン。でも、手伝えることがあったら遠慮なく言ってちょうだい。わたしたちはそばにいますから」

ロスは二人と握手すると、彼らを林のなかに残して立ち去った。そして、もと来た道を引き返して車にもどり、ワシントンDC地区へと帰っていった。バンフィールドにわたされた錠剤を言われたとおりに口に入れた。抗鬱剤と抗不安剤と発汗抑制剤が、なぜかカラカラに渇いてしまった喉《のど》を通過していった。

16

ドミニク・カルーソーは午前九時に目を覚ました。いつもよりも遅い目覚めだった。たちまち頭がズキズキ痛みはじめた。肋骨《ろっこつ》のあたりに強張《こわば》りを感じ、腕の傷も鋭い痛みを発して、それがなかなか消えていこうとしない。

ドミニクは上体を起こしてベッド上に座り、両手で顔をこすった。気分はどちらかというと、昨夜コンドミニアムから出ていく前よりも悪い。そして何よりも、ガストロパブにいた三人のアホ野郎たちと闘ってしまった自分に猛烈に腹が立った。そいつらをやっつけたことを悔いているのではない。〈ザ・キャンパス〉の秘密活動に専念し、普段はおとなしくしていなければならないからである。〈ザ・キャンパス〉の綱領のどこにも「酒場で喧嘩《けんか》をすること」なんて書かれていない。

昨夜、自分がしたことは、〈ザ・キャンパス〉を危機におとしいれかねないことだったのだ。そういうこと。簡単な話だ。

彼はそういう馬鹿《ばか》な真似《まね》をした自分に苦痛という罰を与えたくなった。そこで素早くシャワーを浴び、朝のジョギングウェアに着替え、ふたたびドアから寒い外気のなかへと飛び出した。

まずロードアイランド通《アヴェニュー》りを西に向かって走った。通りはどこに目をやっても徒歩の通勤者であふれていたが、ドムと同じようにジョギングしている者たちの姿もあった。車道も車でいっぱいで渋滞していたので、彼は最初の数ブロックはほとんどの信号でとまって足踏みしなければならなかった。

そのあとM通《ストリート》りに折れてしばらく走り、次いでニューハンプシャー通《アヴェニュー》りを進み、K通《ストリート》りに出て、そのまま西に向かって走りつづけ、ジョージタウンに入った。

走ったのはインドで負傷して以来のことだったが、最悪の事態にはならなかった。ただ、無理はできないとすぐに悟った。脚は問題なく、疲れもしなかったのだが、こんな軽い運動でも息遣いが荒くなり、それが痛む胸郭にはえらくこたえた。

ドミニクはジョージタウンを走り抜けると、チェサピーク・アンド・オハイオ・カナル曳舟道《トウパス》に入り、ポトマック川に沿ってさらに西へ向かった。その川沿いの小道にはほかにもジョギングをする者たちがいた。身体状態は大部分のジョガーよりもドムのほうが明らかによかったが、彼は呼吸を落ち着かせるために多くの者たちよりもゆっくりと走った。

抜けるような青空の左側に、一機、また一機と、飛行機が見えてきた。ポトマック川上空で一列にならんだ飛行機は、川のカーブに沿って飛び、南にあるロナルド・レーガン・ワシントン・ナショナル空港へと向かっていく。それが滑走路19への川視認進入《リヴァー・ヴィジュアル・アプローチ》であることはドムも知っていた。このままＶＭＣ（有視界気象状態）がつづけば、今日は終日、北から着陸をめざす飛行機はこのようにして晴れわたった空から地上へとすべり降りてくることになる。ドムはアプローチに入って高度を下げる飛行機をながめた。おかげで、ジョージタウン貯水池に着くまでずっと、自分を苦しめつづける記憶を頭から追いやることができた。

ジョージタウン貯水池で回れ右をして帰路についた。

東へ向かって走りはじめると、雑念を払ってくれる飛行機はもう見えず、心がまたしてもふらつきだした。たちまち思いはインドにもどり、あの蒸し暑い夜の空気を吸いこんでいるような気がしてきた。泥が足首にまつわりつき、湖水が鼻孔に入りこむ感覚もよみがえった。

そして、自分とアリク・ヤコビが路肩にとまっている牛乳配達のトラックを見たときの映像が眼前に浮かんだ。

ドムは首を振った。だが、そんなことでインドの映像を振り払うことなどできない。

彼は走るペースを速めた。そうやって腿《もも》に乳酸を大量に発生させて筋肉を焼けるように熱くし、そのいま現在の感覚によって思いをなんとか現実につなぎとめようとした。

チェサピーク・アンド・オハイオ・カナル曳舟道《トウパス》から離れて北へ進み、ジョージタウン大学構内へ向かった。胸が波打って痛みを発していたが、あと数分はこのまま頑張ろうと、くじけずに速いスピードを維持してせっせと走りつづけた。アメリカンフットボール競技場をかこむ道に入り、フィールドのまわりをあともう一周してからスピードを落として歩こうと思ったが、前方にジョージタウン大学の応援演奏バンドの一行があらわれた。彼らはフィールドわきに一列にならぶバスに乗りこもうと道の前方を横切りはじめた。私服姿の何十人もの若い男女の団員たちが、楽器や楽譜をかかえ、バックパックを背負い、キャスター付き鞄《かばん》を引っぱって、道をわたっている。みんなゆっくりと動いていて、道をふさがれたような状態になってしまい、ドムは強引に学生たちを押し分けて突き抜けたくはなかったので、とまらざるをえず、結局、回れ右をして、もと来た道を引き返しはじめた。

すると、ほぼ即座に、ある車に気づいた。

グレーの４ドア《フォー》のマツダ。数年前に製造された、これといって特徴のない、まったく目立たない車。大学構内の二車線の道の、五〇フィートほど離れたところに、たったいま別の道から折れて入ってきたばかりだった。明らかにドムがいるアメリカンフットボール競技場のほうへ曲がろうとしていたのに、彼がその車に目をやった瞬間、運転席の男は心変わりしたようで、逆方向の左へ曲がり、テニスコートのほうへ走っていった。

ドムはこうしたことを見逃さないように訓練されていた。彼はいましがた車が出てきた十字路に向かって走りつづけたが、そうしながら状況の分析をした。自分が方向転換したせいで車が急に曲がる方向を変えたという可能性はあるか？　バンドの団員たちが道をふさいでいるのが見えたので逆の方向に曲がった、ただそれだけのことではないのか？　ドムは顔をまわして肩越しにうしろを見やり、その仮定が正しいかチェックした。十字路からは、フットボール競技場のフェンスのカーブに沿ってならぶバスの列にさえぎられて、バンドの団員たちは見えないとわかった。

だが、ほかに何も起こらなかったので、グレーのマツダはドムにとって単なる好奇心の対象としかならず、彼は東へ向かって走りつづけた。

このままコンドミニアムまでずっと走ってもどる元気はないとわかっていた。だから五分後、ウィスコンシン通り《アヴェニュー》の一区間を走り終えたところでジョージタウンを歩きはじめた。結局、パン屋でラテとクロワッサンを買ってからタクシーを拾って帰ることにした。

パン屋のなかに入ると、今風の者たちが一〇人ほどならんでいたので、そのうしろについた。そして待つあいだ、窓の外の通りに目をやった。店の前のトーマス・ジェファーソン通り《ストリート》にはそのとき車がほとんど走っていなかったが、ドミニクはふと思いついて首を伸ばしてあちこち動かし、かなり遠いところまで見まわした。すると、一ブロック北のチェサピーク・アンド・オハイオ・カナル曳舟道《トウパス》の反対側に、グレーの4《フォー》ドアのマツダがとまるのが、窓ガラスを通してかろうじて見え、ドムは驚いて首をかしげた。一五分前に大学構内で見たのと同じ車のようだったが、確信はもてなかった。なぜもっと注意を払ってきちんと警戒しなかったのかと、ドムは自分を叱《しか》りつけた。

朝食を買ってパン屋から出ても、まだグレーのマツダのことを考えていた。それはもう曳舟道《トウパス》の近くにはとまっていなかったが、ドミニクはそのマツダが自分を尾行している車なのかどうか確かめてみることにした。車の通れない曳舟道《トウパス》を歩いて、次の通りにマツダが姿をあらわすかどうか見てみることにしたのだ。ドムはクロワッサンを食べ、ラテを飲みながら、トーマス・ジェファーソン通り《ストリート》をゆっくりと歩き、チェサピーク・アンド・オハイオ・カナル曳舟道《トウパス》に折れた。それでドムの姿はトーマス・ジェファーソン通り《ストリート》から見えなくなり、一ブロック進まないと次の通りからも見えない。だから、もしほんとうに監視する者がいるとしたら、その監視者には進行方向の先のどこかでこちらが行くのを待つという手しかない。ドムはラテの紙コップをごみ箱に投げ捨てると、突然、クロワッサンを口にくわえたまま走りだした。向こうが次の静止監視位置につく前に、先にそこに達していたかったからだ。

二九番通り《ストリート》に達したとき、不自然なものは何ひとつ見えなかった。路上駐車している車は一台もなく、二車線の車道の端に寄ってアイドリングしている車もない。歩行者が数人いたが、彼らをチラッと見やっただけで、監視者ではまずないと判断できた。

ドムは二九番通り《ストリート》をわたって曳舟道《トウパス》を走りつづけ、クロワッサンをさらに何口か食べた――監視されている可能性が高くても、食欲はなくならない。チェサピーク・アンド・オハイオ・カナル曳舟道《トウパス》の東端まであと半ブロックというところで、ドムは素早く足をとめ、回れ右をして逆向きに走りはじめ、ほとんど突進するようにして二九番通り《ストリート》までもどった。そうやって東から通りへ入ると、歩道の縁石に寄ってアイドリングしている例のグレーのマツダが見えた。車には二人の男が乗っていた。二人ともフロントシートに座り、目を曳舟道《トウパス》の西のほうに向けている。

彼らはドムがトーマス・ジェファーソン通《ストリート》りを歩いたときのスピードから、ここまで達する時間を推算し、タイミングを割り出したのだろうが、曳舟道《トウパス》を走ったドムに裏をかかれ、知らぬまに背後から近づかれてしまったのだ。

ドムは、二、三分は彼らを観察して正体を見抜く手がかりを少しでも見つける努力をするべきだとわかっていたが、尾行されたことに憤慨し、すぐに熱くなる性格が勝ちをおさめてしまった。彼は全速力で二九番通《ストリート》りを横切ると、拳《こぶし》で運転席側の窓をたたき、反対の方向に目をやっていた二人の男たちをギョッとさせた。ゆっくりと窓ガラスが下がった。運転席の男が疲れた情けなさそうな目でドムを見つめ返した。地中海沿岸地域の住民のような肌をした、ごま塩頭の中年男だった。

ドムは尋ねた。「なぜおれを尾《つ》ける？」

「何のことですか？　さっぱりわかりません」訛《なま》りの強い英語だった。なんとなく聞き覚えのある訛りだったが、ドムはすぐにはどこの訛りか特定できなかった。ドムは素早く手を伸ばしてエンジン・スイッチからキーを引き抜いた。だが、キーをつかんだその手を引こうとしたとき、運転席の男が手をスッと上げてドムの手首に関節技をかけた。驚くほど強力な自信に満ちた手首固《リストロック》めだった。

ドムは左手にまだクロワッサンを持っていることに気づいた。クロワッサンを落とすや、左手をスウェットシャツの下にもぐりこませ、パンツと短パンのウエストバンドに固定しておいた鞘《さや》の留め具をはずし、刃が鉤《かぎ》状になった戦闘用の小型ケイバー・ナイフを引き抜いた。そして、ずんぐりした艶消し黒《マットブラック》の刃を男の太い喉《のど》にピタッとあてた。右手はまだリストロックをしっかり決められて動かせず、車内にある。

助手席の男が自分のウエストバンドに手をやった。拳銃《けんじゅう》を引き抜くつもりだ、とドムは思った。

ドムは左手のナイフの刃を運転席の男の喉に押しつけた。

「抜いたら、掻《か》っ切る！」

助手席の男は両手をウエストバンドからはなして宙に浮かした。そして運転席の男と同じ訛りで言った。「そんなこと、必要ありません、ミスター・カルーソー。われわれは友人なんです」

「自分の友人なら知っている。おれはあんたらを知らない。何者だ？　いったいなぜ、おれを尾ける？」

運転席の中年男がドムの手首をはなした。「わたしたちにはあなたと話す権限がないのです」

「じゃあ、その権限がある者はだれなんだ？」

「わたしです」

すぐうしろから聞こえてきた男の声に、ドムはクルッと体を回転させた。そばの歩道に立っていたのは、昨夜ガストロパブ『豚《ザ・ピッグ》』でマンハッタンを飲んでいた上品な感じの紳士だった。今日は膝下《ひざした》まであるキャメルのロングコートを身にまとい、ハンチング帽をかぶっている。

「あなたですか？」

「どうか、ドミニク、ナイフをしまってください。そのままでは、だれかに見られ、警察を呼ばれてしまいます」

ドムはしぶしぶケイバー・ナイフを鞘におさめ、スウェットシャツでおおい隠した。

「それでいい。いっしょにすこし曳舟道《トウパス》を歩きませんか？　あなたはこの小道がお好きなようだ。ぶらぶら歩きながら質問にお答えしましょう」

二人は歩きだし、西へともどりはじめた。だが、ちょうどそのとき、陸上部に所属すると思われる二、三十人のランナーがうしろから一人、二人とやって来て、追い抜いていったので、ドムたちは何も話せず黙ったままだった。ランナーたちが先にあるカーブを曲がって姿を消すと、ふたたびチェサピーク・アンド・オハイオ・カナル曳舟道《トウパス》に二人だけという状態になり、ドムが口をひらいた。「さて、歩いています。では、話しましょうか」

ドムよりもずっと年上の男は言った。「わたしの名前はダヴィド。イスラエル政府機関の職員です」

「つまりイスラエルの情報機関？」

「そう」

「モサド？」

「かもしれません」

「昨夜からずっとわたしを監視していた、というわけですか？」

「そう。昨夜のあなたにはいたく感銘を受けました」

ドムは足をとめた。「感銘を受けたって、わたしの何にです？」

イスラエル人は鼻を鳴らして笑い声をあげた。「クラヴ・マガという格闘術を用いて三人の男たちを打ちのめしたことにです、言うまでもない。ジェニファーという名の若い美女をロウズ・マディソン・ホテルまで送っていき、ロビーでおやすみを言って、彼女のベッドにまでは行かなかったという点に関しては、われわれとしてもそれほど感銘を受けませんでした」

「あなたにはどうでもいいことでしょうが、彼女の名前はモニカですよ」

ダヴィドは噴き出した。「いいえ、ジェニファー・ハートレーです。彼女、偽名を使ったのか。面白い。あなた方がいい関係になる可能性は皆無ということですな」

「彼女も仲間なんですか？」

「いいえ。でも、彼女のことを探ったのです」

ドムはよく考えてみた。「すると、昨夜のことはそちらが仕組んだことではない？わたしの能力を試すための口論とか、わたしに言うことを聞かせるためのハニー・トラップとか、そういったものではなかった？」

「仕組んだ？　もちろんちがいます。われわれは喧嘩のプロモーターでもデート・サーヴィスでもない。ただ、あなたを見張り、その過程で彼女のことも調べ、あなたの雇い主がずばりだれなのか知ろうとしただけです。あなたが格闘術を身につけていることはすでにわかっていました。アリク・ヤコビ大佐の個人指導を受けたことは知っていましたからね」ダヴィドは肩をすくめた。「でもね、信じてください、ミスター・カルーソー、あなたがセックスのしかたを知っているかどうかなんて、われわれにはどうでもいいことなんです」

「なるほど」ドムは不安げに応《こた》えた。まだこれがどういうことなのかよくわからない。

ダヴィドがふたたび歩きはじめ、ドムはあとを追った。

ダヴィドは言った。「昨夜のあなたの諍《いさか》いへの参加によって、疑問はさらに深まってしまいました。あなたはどうも、いかなる偽装も維持するつもりはないようだ。スパイ術という観点から見て、昨夜あなたは最悪の判断をいくつかした」

ドミニクは恥ずかしそうに首をたれたが、何も言わなかった。

ダヴィドはつづけた。「そこでわたしはこう考えました。あなたはいまここワシントンDCで仕事をしているわけではないのだ。すこしゆっくり休め、と言われたのだ。いや、それどころか、インドのパラヴアでの件でしばしの休養を命じられたのではないですかね、だれかは知らないけれど上の者たちから」

ドムは雇い主については何も明かすつもりはなかったが、ダヴィドの推測には反論しなかった。「お粗末なスパイ術で失望させて申し訳ない」

「失望なんてしませんよ。わたしは安堵《あんど》したんです。おかげで、有益な結論に達することができました」

「どんな結論です？」

「こういう結論です。あなたは怒っている。アリクの身に起こったことで激怒している。片時もそれを忘れられず、怒りをたぎらせている。その激しい怒りの捌《は》け口を求めて八つ当たりしたりしているが、真の慰めをもたらすのは、ただひとつのことだけである」

「アリクはあなたの友だちだった？」

「古い同僚です」

「彼もモサドだったのですか？」

「わたしは自分がモサドだとは言っていません。わたしはＩＤＦだったし、彼もＩＤＦだった」ＩＤＦはイスラエル国防軍。

「あなたもシャイェテット13だったんですか？」

ダヴィドは笑みを浮かべた。「その点についても、わたしは何も言っていません。あなたはたくさん質問する。わたしもあなたの雇い主についてはもう何も訊《き》きませんから、あなたもわたしについてはもう何も訊かないでいただきたい」

「これだけは訊かせてください。あなたの望みは何なんですか？」

「ひとことで言えば、わたしの望みは……われわれの望みは、あなたが望んでいることと同じです。つまり、ＳＳ〈アルダハン〉に対する作戦に関する情報を洩《も》らした人間を罰すること」ＳＳは、かつては汽船《スティーム・シップ》を意味する艦船接頭辞だったが、現在では主機関が蒸気タービンの船舶を意味する。

ドムはふたたび足をとめた。ひとりのジョガーが走り過ぎようとしていたので、彼はしばらく待った。ジョガーがかなり離れてから言った。「情報漏洩《ろうえい》があったことをどうして知っているんですか?」

「あなたがたの政府がわたしどもの政府に教えてくれたのです。わが政府は捜査の進《しん》捗《ちょく》状況を逐一教えてほしいと要請しました。われわれは漏洩した者の名前が欲しいのです。それをまだ得ていません」

「だれがやったのかはわたしにもわかりません。FBIだってまだつかんでいません」

「それはわたしも知っています。その状況が変わるようにとわれわれは願っています。犯人が特定されるようにと祈っています」

「で、特定されたら?」

ダヴィドは肩をすくめ、また歩きだした。ドムはあとを追うしかなかった。

ダヴィドは言った。「あなたがたの政府は答えを探しています。それはそれでいい。でも、あなたには、ドミニク、われわれは復讐《ふくしゅう》をしてほしいと思っているのです。復讐こそ、われらが望みなのです。残念ながら、われわれには、ここワシントンで両国関係を危うくするようなことは一切できません。アメリカ政府機関の職員をターゲットにすることなどできないのです。われわれは、現職のアメリカ合衆国大統領——あなたの伯父さん——の大ファンですし、彼もまたわれわれのファンでありますようにと願っております。ですから、控え目に言っても、われわれがここで行動を起こすのは微妙なことなのです」

「だから、わたしを利用したい？」

「いえ、あなたにわれわれを利用してほしいのです。兵站《へいたん》、情報、計画立案、装備といった点でね」

ドムは何も言わずに黙って歩きつづけた。ダヴィドの途方もない提案について考えた。だが、突然、ドムは頭を切り換えて説明を求めた。

「SS〈アルダハン〉船上で何が起こったのですか？」

ダヴィドはそう訊かれるにちがいないとしっかり予測していて、答えを準備していた。「〈アルダハン〉ほか三隻《せき》の船がガザをめざしていました。支援物資を運んでいる、ということでした。われわれにはわかっていたのです——他の三隻の積み荷はたしかに支援物資である食料と医療品であるが、〈アルダハン〉はアル＝カッサーム旅団のためのロケット弾をも積んでいるということを。そこで、ヤコビ大佐率いるチームがヘリコプターで乗り込むことになりました。彼らはヘリからファストロープで甲板に降り立とうとしたのですが、すぐさま攻撃を受け、まだロープを降下中にナイフと鉄パイプに襲いかかられました。というわけで、平和活動家たち——と呼べるかどうかはなはだ疑問ですが——まあ、船に乗っていた者たちに、ヤコビの部下数人がたたきのめされました。骨折数はそうとうな数にのぼります。鉄パイプでなぐられて気を失い、そのまま船から海に投げ棄《す》てられた者もひとりいます。わが国の海軍がなんとか息があるうちに海から引き上げました。間一髪、危ういところでした」

「それからどうなったのです？」

「ヤコビ大佐は、殺傷力のある武器で襲いかかってくる者たちに対してのみ殺傷力のある武器を使用することを許可しました。大佐と部下のコマンドーたちは最初、拳と小銃の床尾《バット》だけで数人の襲撃者たちに反撃していました。だが、意識を失った部下が海に投げ棄てられ、甲板に落ちていたそのコマンドーの小銃をパレスチナ人がつかみ上げるにおよんで、それを目にしたヤコビは、相手の殺害もやむをえないと判断して部下たちに発砲による応戦を命じたのです」

ドムはそのときの粒子の粗いビデオ映像を見たことがあった。〈アルダハン〉船上にいた抗議者たちが撮ったものだ。その映像には、私服姿の男女でいっぱいの甲板に向けて短銃身の自動小銃を撃つ黒装束の海軍特殊部隊員たちの姿が映っていた。そして結局、九人が死んで横たわり、二二人が負傷したのだ。

ダヴィドは言葉を継いだ。「すべてが計画どおりに進んだ、と言うつもりはありません。そうは進まなかった、というのが本当のところです。しかしそれは、世界のメディアが報道したような〝無辜《むこ》の人々を虐殺《ぎゃくさつ》した〟というのとはちがいます。アリク・ヤコビはぎりぎりのところまで自制し、このまま銃器使用を許可しなかったらチーム全員が殺されてしまうとわかって初めて発砲を命じたのです。〈アルダハン〉はハマスのためにロケット弾と爆弾製造用原料を運んでいたのです、粉ミルクの積み荷のなかに隠してね。そうしたものを公海上で押収《おうしゅう》するのは、わが国の安全保障にとって必要なことであったのです。われわれは……〈アルダハン〉船上での活動を悔いてはいません」

ドムはアリク・ヤコビのことを考えた。アリクは死亡者をひとりも出さずに任務を遂行しようと全力を尽くしたにちがいない。だが、その一方、自分の部下たちの命を守るためなら何でもしたはずだ。ドムは言った。「いいですか、わたしはですね、その件に関してはイスラエルの味方です。できれば、アリクに関する情報を洩らした売国奴《ど》の首をこの手で絞めてやりたい。でも、外国政府のためにスパイ行為をする気はありません」

ダヴィドはびっくりし、戸惑いの表情を浮かべた。「スパイ行為？ そんなことをしてくれだなんて、だれも言っていませんよ」

「本当のところは、それにかぎらず、あなたはあらゆることに関してほとんど何も言っていません。あなたはわたしにどうしてほしいんですか、具体的に？」

「情報を漏洩した犯人はアメリカ政府機関の職員です。それだけははっきりしています。われわれはアメリカ政府機関の職員に対して直接行動を起こすことはできません、とりわけここワシントンでは」

「だが、わたしならできる？」

「あなたならできるかもしれません。われわれはまず、すこし時間をかけて、あなたがこちらに役立つ人間かどうか判断することにしました。実は、今日はあなたと話し合うつもりはなかったのです。わたしの監視班が見破られてしまったので、急遽《きゅうきょ》こういうことになりました。ともかく、われわれはあなたが作戦活動可能な人間かどうか見とどけるため監視することにしたのです。あなたがアリクの命を救おうとインドでしたことはすべてわかっていましたので、正義が下されることがあなたにとっても重要なのではないかと、われわれは考えたのです」

ドムはうなずいた。

ダヴィドはつづけた。「あなたはいまひとりであり、単独活動が可能です。現在、友人たちまで表に出ないように自分を隔離している状態なのだと、われわれは承知しています」

「それで、あなたはわたしの新しい友人になりたいと？」

ダヴィドは微笑《ほほえ》んだ。「ええ、利益をもたらす友人にね。でも、条件など何もない、あとくされのない友人関係です。あなたが昨夜ロウズ・マディソン・ホテルで辞退した関係のようなものです」

「そういうのは友人関係とは言えないとわたしは思いますね。〝一夜かぎりの関係〟と言うんです、その種の付き合いは」

「では、そういうことに。それは、あなたがいささか通じている現象にはちがいありませんからね」ダヴィドはポケットに手を突っ込み、名刺サイズのカードを一枚とりだした。そしてそれをドムの手のなかにおいた。「お手伝いできるようなことが出てきたら電話してください」

ドムは手のなかのカードを見つめた。そこにはワシントンＤＣの局番がついた手書きの電話番号しかなかった。ドムは言った。「約束なんて何もできません」

「わたしは約束が欲しいわけではありません。ただ、そのうちいつか電話をいただけたら、と思っているだけです」

ドムは目をグリッと上に向けた。「〝一夜かぎりの関係〟に譬《たと》えるのはいささか苦しいですね」

ダヴィドはほんのすこし笑いを洩らした。「いえ、われわれが考えていることを説明するには、いい譬えだとわたしは思いますよ。問題の情報を盗んだ者の特定につながる証拠が出てきた場合、必要に応じてわれわれを利用してください」

ドムは返した。「わたしとしてはまず、あなたをチェックする必要がありますね。通りで話しかけてきた者をそのまま信じるわけには――」

「ええ、そりゃもちろん。あなたはモサド要員をほかにご存じですよね。そのイスラエルの友人たちに訊くといい。彼らがわたしのことを保証してくれます。むろん彼らはわたしのことを知りません。でも、カードにある番号に電話するだけで、わたしが〝本物〟であることを確認できます。電話がかかってきたら、わたしは彼らをテルアビブのしかるべき人々に接触させます。それで彼らは確認でき、あなたに折り返し電話して、〝本人が言うとおりの人物〟であったと伝えます」

このときにはもう二人はウィスコンシン通り《アヴェニュー》にまで達していたので、チェサピーク・アンド・オハイオ・カナル曳舟道《トウパス》から出ることにした。ダヴィドが方向を転じてウィスコンシン通《アヴェニュー》りに入ると、フォードのトーラスが一台、近づいてきてそばにとまった。ドムは、そういえばジョージタウン貯水池のわきを走っているときにもこの車を見たなと、なんとか思い出すことができた。だが、そのときは怪しいとは思わなかったのだ。トーラスのうしろにグレーのマツダが見えた。

モサド要員の男たちを乗せた二台の車は、朝の車の流れのなかに入って走りはじめた。マツダがドムのそばを通り過ぎるとき、ハンドルをにぎっていた例の情けなさそうな目をした中年男が、中指を立てて〝ファック・ユー〟の仕種《しぐさ》をした。

17

フォート・マーシー・パークでの秘密の話し合いを終え、その足でイーサン・ロスがアイゼンハワー行政府ビルに着いたのは午前九時、それからというもの彼は自分のオフィスにこもり、秘書ともできるだけ距離をとりながら仕事をしているふりをしつづけた。製本された報告書のページをパラパラやったり、コンピューター・ディスプレイ上の書きかけの政策文書の草稿をスクロールさせたりしていたが、そこに書かれている内容も言葉もほとんど無視し、よく働く頭を別のことに振り向けていた。

いま最も重要なことは、午後の嘘発見器《ポリグラフ》検査の前に、抗鬱剤《こううつざい》のセルトラリンと抗不安剤のクロナゼパムが中枢《ちゅうすう》神経系に及ぼしている効果をテストしておかなければならないということだった。飲んでからすでに一時間が経過していたので、どちらの薬ももう血流に溶けこんでいるらしく、ロスは気分がそうとう安定しているのを自覚していた。さらに、気分を変える薬を服用したことはだれにも気取られないにちがいないという思いもかなりのていど強くなっていた。それでも、しっかり確認しておこうとロスは、なかば発作的に、西海岸に住む母親に電話し、数分間おしゃべりをした。少しでも呂律《ろれつ》が回らなかったり、いつもの話しかたとちがうところがあったりしたら、母ならすぐに気づき、教えてくれるはずだと思ったのだ。秘書や他のNSC（国家安全保障会議）事務局職員を相手に話しかたの乱れがないかチェックするよりは、母と電話で話したほうがよいと判断したのである。

話しているあいだ、母親は息子のしゃべりかたについて何の指摘もしなかった。それでロスは少なくともあるていどの自信を得られた。このぶんなら、まるでビー玉を口にいっぱい含んだような不明瞭《ふめいりょう》な話しかたをして薬を飲んだことがばれる心配はない。にもかかわらず今日は、セルトラリンとクロナゼパムは所定の効果をきちんともたらしてくれる。

それに、発汗抑制剤のグリコピロレートも間違いなく効いている。オフィス内は涼しく、汗をかく理由などまったくなかったので、いま汗をかかないでいられるからといって薬が効いているとは言えなかったが、喉《のど》が不快なほど渇いていることはわかっていて、それは薬が効いている証拠だとロスは考えた。念のため彼は検査前にもう一錠飲むつもりで、そうすれば、すでに完璧《かんぺき》な域に達している冷静かつ平然とした外見がさらに確固たるものになる。

自分のオフィスにこもったイーサン・ロスはまた、ポリグラフ検査前の何時間かを、検査に打ち勝つための戦略を練ることにも費やした。実は、情報をＩＴＰ（国際透明性計画）に流しはじめてからの一年間、彼はポリグラフを打ち負かす方法をさんざん考えてきた。そしていまや、嘘《うそ》を真実にする偽りのメンタル・ゲームにもちこんで巧みに思考プロセスを操作し、脳波さえ変化させてしまうことを楽しめるまでになってしまった。

内部告発者として情報を洩《も》らしはじめたあと、ロスはすでに二度、定期ポリグラフ検査を受けたが、そのいずれでもいかなる問題も生じなかった。とはいえ今日は、いつもとはちがう特異かつ具体的な質問をされるため、検査の難易度は桁違《けたちが》いに高くなるはずで、一段と強力な駆け引きや策略が必要になるとロスにはわかっていた。

イーサン・ロスは午後二時三〇分にふたたび薬を――グリコピロレート、クロナゼパム、セルトラリンをそれぞれ一錠ずつ――飲んだ。今日二度目の服用であり、そのあと一〇分早めにオフィスを出て嘘発見器《ポリグラフ》検査の場所へ向かった。ロスはスーツの上着を椅子《いす》にかけ、ワイシャツ姿になることにした。そのほうがたぶん、よりリラックスし、くつろいでいるように見えるはずだし、検査中もなにかと都合がよい。大理石敷きの廊下を歩きながらロスは、現在の自分の気分と状態を査定し、きわめて良好な心持ちであることを確認した。

安物のスーツを着た州立大出なんぞに、このおれが負けるはずがない、とロスは自分に言い聞かせ、これからいささか難しい仕事を片づけにいくのがむしろ楽しくなった。

ポリグラフ検査はアイゼンハワー行政府ビルの三階にあるスイートルーム型オフィスでおこなわれていて、検査場にされたそのオフィスのまさに隣が、自分が四カ月前にガザ支援船団のファイルにアクセスするためにこっそり入りこんだ管理課コンピューター室であることに、イーサン・ロスは気づかないわけにはいかなかった。単なる偶然だろう、と彼は思った——このスイートルーム型オフィスは検査場に選ばれて当然の部屋なのだ。だからそれでロスが狼狽《ろうばい》するようなことはなかった。

別のNSC事務局職員が検査を受けているあいだ、ロスは控えの間のソファーに座って、受付などの事務を担当している者とおしゃべりをして待っていた。現在ここアイゼンハワー行政府ビルに用意してもらった仮オフィスを拠点にして捜査にあたっている、ダレン・オルブライトFBI管理監督特別捜査官《スーパーヴァイザリー》が、ひょっこり立ち寄って自己紹介し、ロスと短い社交辞令の言葉をかわした。ロスはこの背筋をぴんと伸ばした彫りの深い顔のGマン（FBI捜査官）にすこし取り入ろうとしたが、オルブライトは完全にビジネスライクだった。彼はロスに「強制的なポリグラフ検査を快く受けにきてくれてありがとう」と心のこもっていない感謝の言葉を口にすると、ほかにはあまりしゃべらずに、すぐに部屋から出ていってしまった。

午後三時まであと数分というとき、南および中央アジア担当次長補のウォルター・パクが検査室から出てきた。彼もワイシャツ姿で、それを見てロスはほっとした。そのうえ、パクは検査室から出てくるさい、すっかりリラックスしていてウインクさえして見せてくれたので、ロスは安心感が胸に広がるのを感じ、よりいっそうくつろぐことができた。

イーサン・ロスはウインクを返し、ソファーから腰を上げた。ちょうどそのとき、検査官がスイートルームの〝奥の院〟――検査室――のドアをすこしだけあけ、上体をかたむけて顔だけ出した。

「ロス次長補、準備よろしいですか？」

イーサン・ロスは歯を見せてニコッと笑った。「はい、準備万端とととのっております」

検査官は民族的に何系なのかよくわからないリゴベルト・フィンという名のＦＢＩ特別捜査官だった。風貌《ふうぼう》からすると六〇歳に近いと思われたが、体の調子はよさそうで、頭にたっぷり載っている白髪混じりの髪が地毛なのか、それとも、とてもよくできた鬘《かつら》なのかはロスにもわからなかった。

イーサン・ロスは検査前にフィン特別捜査官がどういう人間であるのか見定め、なごやかな会話をして彼の機嫌をとるつもりだった。ところが、検査官はまったくつかみどころがなく、ロスは最初から面食らい、あわててしまった。

フィンはロスを窓のない狭い部屋に導き入れると、座面に黒い正方形のクッションのようなものが置かれている木製の椅子に座らせた。そして数分かけて、嘘発見器《ポリグラフ》検査で使用する配線済みのセンサーをひとつ残らずロスの体にとりつけていった。

フィンは電線のついた二本のチューブをロスの胴に巻きつけた。一本は上部の呼吸機能を、もう一本は下部のそれを測定するものだった。そしてフィンはロスの人差し指と二本の薬指にもセンサーをはめはじめた。それら三つのセンサーは、発汗状態がわかるＥＤＲ（皮膚電気反応）とかガルヴァニック皮膚反応と呼ばれているものを記録するものだ。

ＦＢＩの検査官が面ファスナー《ベルクロ》のついたストラップで指にセンサーをしっかりと留め

たとき、ロスは浮かび上がろうとする笑みを必死で抑えこんだ。グリコピロレートのおかげで、今日のおれは、たとえフィン特別捜査官にサウナに閉じこめられようと、汗など少しもかかないのだ、とロスは思った。

最後にフィンは血圧計の腕帯《カフ》をロスの左の上腕にとりつけた。

ロスの尻《しり》の下には活動センサー・シートパッド――黒い正方形のクッションのようなもの――も敷かれていた。それは大小さまざまな体の動きを感知するセンサーで、これによって検査官は、それぞれの質問に対して被験者の体がどう反応したか知ることができる――そのコンピューター処理された記録を得ることができる。

フィンはコンピューターに向かって仕事にとりかかり、すべてのセンサーがきちんと取り付けられ作動しているかどうか確認するため、ディスプレイに表示されている信号をチェックした。彼は二度、机をぐるりとまわって戻ってきて、ロスの指先のストラップを調整した。フィンはEDRセンサーが検知した発汗が異常に少ないことに気づき、驚いているのだろうか、とロスは思った。検査前だとしても数値が低すぎる、ということか？

「何か問題でも？」ロスは訊《き》いた。

「まったくなし」フィンは心ここにあらずという様子で答え、コンピューターの前に戻っていった。

フィンは机上のラップトップ・コンピューターに向かうと、少し時間をかけて質問の一部にざっと目を通していったが、その間ロスのほうは、自分よりもだいぶ年嵩《としかさ》の男を雑談に引きこもうとした。ロスは訊いた――あなたはこの仕事をどのくらいやっているのですか、と。するとフィンはコンピューターの画面から目をそらさずに答えた。「とっても長いあいだ。では、はじめますか？」

「いいですとも」

この白髪混じり野郎は手加減するつもりはないようだ、とロスは思い知った。

《どうぞ、ご勝手に》イーサン・ロスは心のなかで言った。《さあ、やろうじゃないか》

薬を飲んだおかげで気持ちは落ち着き、リラックスできている、と自分でも確信できた。そう信じることができると、確信はますます強まって、不安を低レベルに抑えこみつづけるのが容易になった。

フィン特別捜査官はまずは基礎質問検査を開始した。その目的は「本検査に入る前に一連の愚問とさえ言える単純な質問をして、正直に答えようとしたときと嘘をつこうとしたときに被験者が見せる典型的な身体反応をあらかじめ捉《とら》えておこう」というものである。そして、そうした基礎質問はいつも同じで、最初の数問は正直な答えしか返ってこないとわかっているものだった。

「あなたの名前はイーサン・ロスですか？」

「はい」

「あなたの職場は国家安全保障会議事務局ですか？」

「はい」

「あなたはアメリカに住んでいるのですか？」

「はい」

この類《たぐい》の質問をあと二つ三つしてからフィンは、結局は正直な答えしか返ってこないが、被験者が答えるのにいささか躊躇《ちゅうちょ》するような質問に移った。

「あなたは嘘をついたことがありますか？」

イーサン・ロスは一瞬ためらった。「はい」

「あなたはテストでカンニングしたことがありますか、子供のころも含めて？」

またしてもためらい。「はい」

「あなたはポルノを見たことがありますか？」

「見ない者なんていますか？」

「『はい』か『いいえ』でお願いします」

「はい」

第一基礎質問群の最後の二問は、「いいえ」という答えを引き出すために特別に付け加えられたもので、正直に「いいえ」と答えたときの被験者の反応がコンピューター画面上にどのような表示となってあらわれるか見るためのものだった。

「あなたの名前はアーチー・バンカーですか?」アーチー・バンカーは一九七〇年代のテレビのホームコメディーに登場する超保守的で独善的な頑固親父《おやじ》。

「いいえ」

「あなたはサイモンという名の蛇をペットにしていますか?」

「いいえ」

何を訊かれてもロスは穏やかで無表情な顔を崩さなかったが、ひとつ質問されるたびに、足の指だけでなく括約筋をもできるだけ強くキュッと締めた。つまり、見た目でフィンに緊張を気取られないように全力で努力しつつ、その一方でひそかに、コンピューター画面上に表示されるセンサー検出値がすこし乱れるようなことをして検査官の裏をかきたいと思ったのだ。そしてさらに、過去を振り返り、ばつの悪い思いをしたときや苦しい思いをしたときの記憶をよみがえらせた。

フィンは第二基礎質問群に移り、ロスは同じ調子で答えていったが、一〇問目が終わったところで検査官は眉根《まゆね》を寄せ、顔を上げて被験者を見やった。「もっとリラックスするようにしてください」

その瞬間、ロスは自分がやりすぎていることに気づいた。「苦痛などもたらすはずのない質問に対して苦しみすぎている」とセンサーが判断しているのだ。ロスは基礎質問検査結果を混乱させようとしていたのだが、逆に検査官に注意をうながす危険をおかしてしまったことに気づいた。彼としては、自分に都合のよいように検査を操作しようとしているのではないかとフィンに疑われるのだけは、どうしても避けたかった。そこでロスは微笑《ほほえ》み、うなずいて、言った。「わたしは学校でもこんな調子でした。テストの日はいつも、落ち着かず、ちょっとそわそわしてしまった。そういう人はあなたもたくさん見てきたはずです」

フィンはラップトップ越しにロスを見やった。「わたしはあらゆることをたくさん見てきました」

ロスはにこっと笑って見せたが、FBI特別捜査官はすでに視線をコンピューター画面に戻していて、その笑みには気づかなかった。

フィンは基礎質問検査を終えると、本検査前の説明に入り、これからする質問について数分にわたってロスに話した。ＦＢＩ特別捜査官は実際の質問リストを見ながら、ポリグラフ本検査で使われる問いをひとつひとつ伝えていった。そうやって検査の直前に質問内容が被験者に教えられるのには二つの理由があるとロスにもわかっていた。そのひとつは「罪なき者は自分について訊かれることをあらかじめ知ることで少しリラックスできるから」というもので、もうひとつは「罪ある者は逆にそれを知ることでさらに不安になり、実際に嘘をつく前に質問を聞いただけで起こる過剰反応を各種センサーが感知できるから」というものだ。

フィンは全質問をロスに伝え終えるや、ただちに本検査を開始した。

検査官は計算した慎重な口調でゆっくりと問うた。「この検査において、あなたは正直に答えるつもりですか？」

「はい」

フィンは多くの基礎質問を繰り返したのち、いきなり訊いた。「あなたは問題のＣＩＡファイルを不正にダウンロードしましたか？」

それまでに六〇かそれ以上の質問をフィン特別捜査官から受けたイーサン・ロスは、こう問われて初めて、答えるさいに「足の指と括約筋を強く締める」ということをしなかった。その代わりに、自分がいちばんリラックスでき平安な気持ちになれることを思い浮かべようとした。どんな想像をすればいいのかは、すでに考えていた。自分はいま、数年前に母、元カノといっしょに訪れたタイの海辺のヨガ静養所にいて、すっかりくつろいでいる、と想像すると、たちまちその平安なイメージが頭のなかに広がった。自分はヨガ用のマットに横たわり……風鈴の音が聞こえ……柔らかな微風を全身に浴びている……。

「いいえ」

　フィンはコンピューターにおおいかぶさるような姿勢のままで、外からそれとわかる反応をまったく見せなかったが、すぐには次の質問に移らなかった。

　検査室は完全な沈黙に包まれた。ロスは座り位置を変えたい衝動に駆られたが、なんとか我慢し、呼吸を乱すまいと必死で頑張った。壁の染《し》みに目をやり、気を紛らそうとした。そうしないと、フィンの反応を見抜けないせいで溜《た》まったストレスに負けて体を動かしてしまいそうだったからだ。体を動かしてしまえば、センサー検出値が乱れて思いどおりのものにならない。

　相変わらず沈黙が支配し、何も起こらない。フィン特別捜査官はまだコンピューター画面をじっと見つめているようだった。ロスは懸命になって平安なイメージを心のなかに留めようとしつつ、次の質問を待った。

ようやくフィンが口をひらき、尋ねた。「モサドによる蒸気タービン船〈アルダハン〉襲撃に関するCIAファイルを不正に利用した犯人をあなたは知っていますか?」

またしてもロスはZen(禅)のイメージを呼び起こそうとした。滝。プーケットのビーチ。ヨガの音楽。

「いいえ」

またしても長い休止。そして「あなたの名前はイーサン・ロスですか?」

ロスはとっさにヨガ静養所を頭から追いやり、ふたたび足の指と括約筋を強く締め、苦い思い出をよみがえらせた。

「はい」

フィンはほかの質問に移ったが、しばらくするとまたCIAファイルに関する質問に戻り、それを何度か繰り返した。そしてそうやってその質問に戻るたびに、フィンが全センサーの検出値を解析し、いちおう満足したような顔をして、ほかの質問に移るまでの時間がどんどん長くなっていった。要するに、捜査中の件に関する質問に戻るたびに、検査が休止して部屋が静まりかえる時間が長くなっていったのである。

イーサン・ロスは尻尾《しっぽ》をつかまれないようにこの検査を巧みに操作しようとしてい

たが、リゴベルト・フィンのほうもごまかしを見抜こうとこの検査を操作しようとしているのだとロスは確信した。どうもフィンは、問題の件に関連する質問を受けたときにこちらがおぼえる不安感を捉えようとしているようなのである。だから、こちらを不快な状態にすこしだけ長く置いておこうとしているのだろう。それもフィンにできる操作方法のひとつなのだ。

二度フィンは検査を中断し、ラップトップを閉じて部屋から出ていった。一回は五分ほど、もう一回は一五分ほど帰ってこなかった。そして、いずれのときも、戻ったときに「ポリグラフを打ち負かすための対抗手段をとっていないか?」とロスに訊いた。

むろん、ロスはまさにその対抗手段とやらをしっかりととっていたのだが、そう問われてもあんがい平然としていられた。というのも、これまでのポリグラフ検査でも毎回かならずそう訊かれていたからだ。フィンは形式的にそう訊いているにすぎない、とロスは自分に言い聞かせ、センサー検出結果を曖昧《あいまい》にする小細工を弄《ろう》しつづけた。

イーサン・ロスが検査用の椅子に腰を下ろしておよそ九〇分が経過したとき、フィン特別捜査官は検査の終了を告げた。ロスは自分がこれまでに受けたポリグラフ検査を思い起こし、今回はいつもよりやや長かったかもしれないが、不安になるほど長くはなかった、と思った。ただ、足の指と括約筋をやたらに強く締めつづけたせいで脱腸になったかもしれないぞと、ちょっと心配になった。ともかく、検査が終わって安堵《あんど》をあらわにしたい衝動に駆られたが、それをおくびにも出さないように必死でこらえた。

フィン特別捜査官はなんだか前より礼儀正しくなったようだった。彼はやさしく丁寧に、ロスの指から発汗センサーを、胸から呼吸機能測定装置を、腕から血圧計の腕帯《カフ》をとりはずしてくれた。そして水の入ったペットボトルを一本差し出した。ロスがそれを受け取ると、フィンは机の向こう側へ戻っていった。

これからはじまることも検査の内なのだとロスにはわかっていた。つまり本検査後聴取である。要するにフィン特別捜査官はこれからロスにぼろを出させようとするのだ。ロスのほうも受けて立つ準備を整えていた。

フィンはコンピューター越しにロスを長いあいだながめてから言った。「今回の検査ではちょっとした問題がありました。ですよね？」

「問題？　どういう問題？」

「コンピューターがあなたの返答時の反応の測定値を解析して、ある程度の〝ごまかし〟があったと判断したのです。わたしはあなたが嘘をついたとしか言いようのない返答をしたとは思っていませんが、その〝ごまかし〟が正確にどういうものなのか明らかにする努力をしなければなりません」

イーサン・ロスは少しだけ首を振った。「わたしは事実を話しましたよ」

「うん、それはそうなんだろうけど、事実にも白から黒にいたる濃淡の段階がそれこそごまんとありましてね。それに、今回よりも黒に近い場合でも、善意から出た一〇〇％良性の無害なものであることもあります。ただ、コンピューターのやつが、そうした濃淡というかニュアンスを判別するのが下手でしてね」フィンはにやっと笑いを洩らし、次いで満面に笑みを浮かべて見せた。「コンピューターはただ、問題があることを嗅《か》ぎつけるだけなんです。その問題を解決するには人間が必要になります。そうやってコンピューターの誤判定を排除しないといけないのです」

これがどういうことなのかロスにははっきりわかっていた。フィンはコンピューターとコンビを組んで『善い警官・悪い警官』という手法を用いようとしているのだ。つまり、コンピューターを〝被験者を疑う悪い警官〟に仕立て、その失礼な態度を詫《わ》び、自らは〝その疑いを晴らそうとする善い警官〟の役を演じようというのである。

イーサン・ロスはほんのちょっと肩をすくめた。「いったい何を話せばいいのか、まるでわかりません。わたしはどんな質問にもとってもリラックスして臆《おく》することなく答えましたよ」

「ですからね、ミスター・ロス、よく聞いてください。わたしは政府機関のオフィスで仕事がどのように行われるのか知っています。ネットワークからファイルを引き出す正当な理由など、それこそ山ほどあります。問題のファイルが引き出されたからといってですね……」フィンは言いよどみ、ロスは言葉を探しているふりをしているだけだなと思った。「スパイとかそういった類《たぐい》の者がいるのだと思って、われわれはここに調べに入ったわけではないのです。今回のことは事務的なミスです。心配はいりません、今回のことをそれ以上のことにするつもりはだれにもありません」検査官はちょっとためらった。「ただ……あなたの〝ごまかし〟問題を解決できなかった場合は別です。そのときはもう少し深く探らなければならなくなります」

ロスはなんとか落ち着いた口調をたもとうと努力した。「正直なところ、フィン特別捜査官、ファイルに不正アクセスしようだなんて、このわたしが考えるわけがありません。いまの仕事はわたしにとって何よりも重要なのです。そんなつまらないことをして、秘密情報取扱資格《セキュリティ・クリアランス》を失ったら元も子もないでしょう」

「あなたが何かちょっとしたことを隠しているのはわかっています。いまここで本当のことを話していただければ、オルブライト率いる捜査チームから必要以上にめちゃくちゃに厳しい取り調べを受けるという事態は避けられます。仮にあなたが悪意なく他人のログイン情報を使ってファイルをダウンロードしていたとしても、秘密情報・取扱資格《セキュリティ・クリアランス》を一カ月ほど停止されるくらいですむのではないでしょうか。それくらいなら、もしかしたら経歴上も〝注記〟くらいですむかもしれません。しかしですね、ポリグラフが『ごまかしあり』との判断を示し、あなたがその問題を解決できずにいる場合は、FBIのCD――国家保安部防諜《ぼうちょう》課――が、あなたは外国の秘密諜報員であるかもしれないと疑い、本格的な取り調べを開始することになります。つまりスパイ事件となるのです。何から何まで徹底的に調べる大がかりな捜査になってしまうのです。そんなの、みんなが迷惑するだけです」フィンはまたしてもすまなさそうに微笑んで見せた。

これにはイーサン・ロスもこらえきれなかった。思わず笑い声をあげてしまった。ロスも、本当にヤバいと思ったのなら、口を閉ざして自己防衛モードに入っていたのだろう。だがロスは、この男は愚かな子供だましの心理作戦なんかやりやがって、抜群の知能を誇るこのおれ様を侮辱している、と思ってしまった。「へえ、そうですか？　これがあなたの策略？　こんなのがうまくいくことがあるんですか？　これがポリグラフ検査の核心？　こんなんで頭の悪い者は、一〇〇年ほど前にできたスパイ活動法に違反した罪で告発されて、残りの人生をレヴンワース刑務所で過ごさなければならないと思いこみ、たちまち一切を白状しはじめる？　マジですか？」

「それって、こんなにべらぼうに頭がよくなければ白状していいいいいたんだけどね、という意味ですか？」

ロスはまた笑った。今度はくすくす笑いで、さも面白そうだった。「さっきも言ったように、わたしには白状することなんてまったくありません」

フィンは返した。「わたしはこれを長いことやってきましてね……」検査官は途中で言葉を切ってしまい、部屋はふたたび沈黙に包まれた。

「だから？」

フィン特別捜査官は不意に立ち上がり、手を差し出した。その唐突さにロスはびっくりした。ともかく自分も立ち上がり、差し出された手をにぎった。

フィンは言った。「ご協力、ありがとうございました。必要なことはすべて得られたと思います」

イーサン・ロスは部屋から出ていこうと体の向きを変え、ドアに向かって歩きはじめた。その背中にフィンが声をかけた。「もうひとつだけ、いいですか、ミスター・ロス……。でも、検査はもう終わっていますんで、答えたくなかったら答えなくても結構です」

ロスはまたしても笑みを浮かべた。「繰り返しますが、わたしには隠すことなんて何もありません」

「ひょっとして、あなたはハイパーハイドローシスですか?」

「えっ?」

「わたしはただ、あなたはパルマー・ハイパーハイドローシスなのかなあ、と思っただけです」

「ですから、それが何なのかわたしにはわからないのです」

「疾患です。掌《てのひら》に汗をかきすぎる——手掌《しゅしょう》多汗症」

「ええっ? いや。もちろんちがいます」ロスは両の掌《たなごころ》を合わせた。そして自信満々に微笑んだ。「汗なんてまったくかいていませんよ」

「そう、それなんですよ、わたしが言いたいのは。あなたの手。紙のようにカラカラに乾いているでしょう。それはですね、胸部の交感神経幹に何らかの損傷があるか、発汗抑制剤を飲んでいるか、そのどちらかだということになるんです。飲みすぎると皮膚が骨のように干からびてしまう発汗抑制剤が何種類かあります。でも、そうした薬はみな、医師の処方がないと入手できません。あなたの診療記録ならチェックできます。ご存じのように、われわれには調査する権限がありますからね。でも、何を見つけられるかはすでにわかっているんです」

「あなたは何も見つけられませんよ」

フィンは笑みをめいっぱい広げた。それで顔面の皮膚が大きく動き、頭に載っていた鬘がずれてしまった。「ええ、何も見つけられないとわかっているということです」

「では……何が言いたいのですか？」

フィン特別捜査官は返した。「まあ、お気になさらずに。ご協力、本当にありがとうございました」

イーサン・ロスはなんとか笑みを浮かべて見せたが、まっすぐこちらを凝視するフィンの目を最後まで見返しつづけることはできず、結局、自分から視線をそらして部屋から出ていこうと背を向けた。

これはもう策略とは思えなかった。フィン特別捜査官は本気で疑っているようだった。

18

ドミニク・カルーソーは、今夜は前夜とは打って変わって、一夜限りの関係を結んでくれる見知らぬ女性を求めて外出することもなく、うっかり殴り合いをはじめたりもしなかった。夕食は昨夜つくったシュリンプ・フラ・ディアボロ（エビのピリ辛トマトソース）の残りで我慢し、それを電子レンジで温め、ソファーに座って食べた。食べものを喉《のど》に流しこむために飲んだのは、グラス一杯の水だった。

今夜、ドミニクの頭のなかにあったのは別のことだった。食べものはそれを考えるための燃料でしかなかった。

今日また、アダーラ・シャーマンから電話がかかってきた。朝のジョギングから戻ったあと間もなくのことだった。またしても彼女は、傷の治り具合をチェックしにいってていいかしら、してほしい用事はありませんか、と尋ねた。どうせジェリー・ヘンドリーに「車で立ち寄って健康状態をチェックし、おとなしく家にいて傷をしっかり癒《いや》しているか確認してきてくれ」とか言われて電話してきたのだろう、とドムは思ったが、そういうふうに気を遣ってもらって悪い気はせず、ありがたいと思った。大丈夫、問題ない、とドムはアダーラに答え、彼女も強く食い下がろうとはしなかった。おそらくそこらへんもジェリーの指示どおりなのだろう、とドムは思った。いまはあまり強く出ないように、とジェリーはアダーラに言ったのだ。

極秘民間情報組織〈ザ・キャンパス〉の長、ジェリー・ヘンドリーは、アダーラ・シャーマンを「他の者たちとドミニク・カルーソーをつなぐパイプ役をもこなせる組織の一員」と見なしているようだった。ただ、アダーラは〈ザ・キャンパス〉の工作員ではなく、ヘンドリー・アソシエイツ社（組織の隠れ蓑《みの》でもある投資会社）所有のビジネス・ジェット機ガルフストリームG550を運用するダミー会社の職員だった。そして、それがまた彼女と〈ザ・キャンパス〉とを切り離す――関連づけるのを難しくする――のに役立っていた。

遅かれ早かれアダーラと会って、こちらの状態を見せないといけない、さもないとジェリーから電話がかかってくる、とドムにもわかっていた。だが、いまは解決しなければならないことが別にあり、そのことで頭がいっぱいだった。

ジョージタウンでのモサド要員との会話で、今日の残りの時間をどう使うかが決まってしまった。アダーラとの電話を切るや、ドムはメリーランドに住む知り合いの元モサド・マンに電話を入れた。そしてこう頼んだ——ある者からわたされたカードに書かれていた番号に電話して、彼がほんとうにイスラエルの現役の情報機関員なのかどうか確かめてくれないか？　元モサド・マンは快諾した。一時間後、その友人から折り返し電話がかかってきて、ダヴィドの身元を確認できたと告げられた。その友人によると、ダヴィドは元ＩＤＦ（イスラエル国防軍）大佐で、現在はワシントンＤＣでモサドの活動に従事している、とのことだった。

それで、〈偽旗作戦〉のようなものに引っかかる危険性はないとわかって安心し、ドムはダレン・オルブライト管理監督《スーパーヴァイザリー》特別捜査官に連絡をとろうとしたが、電話が通じず、午後のあいだに二度、ボイスメールに伝言を残した。そしてオルブライトはまだ電話をかけてよこさない。それでドムはむかついていたが、ふと相手の立場になって考えてみて、ＮＳＣ（国家安全保障会議）事務局・情報漏洩《ろうえい》事件をかかえているいま、ＦＢＩ国家保安部防諜《ぼうちょう》課の管理監督特別捜査官はたぶんめちゃくちゃに忙しいのだろう、と思いなおした。

とはいえ、すぐに電話を寄こさないオルブライトをまだ許す気にはなれなかった。それでもドムは、なんとか自制し、ボイスメールに三度目の伝言を残すことまではしなかった。

そしていまやもう深夜。ドムはバスルームに入り、ガーゼの取り替えをはじめた。古いガーゼと包帯を取り去ると、口を使って適当な長さの医療テープを剝《は》ぎ取り、それを使って、縫われた前腕の傷の上におかれた小さい四角形の白いガーゼをとめた。そしてそれを繰り返し、剝ぎ取ったもう一本のテープでガーゼをしっかり固定した。ドムはその取り替え作業に満足した。傷の治りが早くて、もはや包帯を大袈裟《おおげさ》に巻く必要がなくなったということもあり、満足度は倍加した。

テープとガーゼをバスルームの引出しに落として戻したちょうどそのとき、携帯電話が鳴った。化粧台の上の携帯をひったくるようにしてとり、最初の呼び出し音が鳴っているうちに応《こた》えた。

「もしもし《ハロー》？」

「カルーソー？　オルブライトだ。電話をくれただろう。ええと、たしか二度も、、、」

「いやあ、それはどうもどうも」

「ものすごく忙しくてね。で、用件は？」

「ただ、嘘発見器《ポリグラフ》検査で何かわかったことがあったかな、と思いましてね」

「このあいだ言ったはずだ、何かわかったら電話するって」

「ええ、そうでした。わたしは催促好きで押しの強い男なんです。すいません」

「だな」

「で、何かわかった？」

オルブライトはちょっとためらってから言った。「というわけでもない。ただ、もしかしたら、というていどの、なんとなく怪しい者が二人いることがわかった」

「どういう者で、どう怪しいですか、教えてください」ドムは最後に懇願の言葉を付け足した。「お願いします」

管理監督特別捜査官は盛大な溜息《ためいき》をついた。そして答えた。「NSC事務局の上級職員のひとり、女性。先日、その職員に初めて会ったとき、彼女は捜査のことで動揺しているようだった。で、ポリグラフ検査官が彼女をかなりきつくしぼってね、検査結果が〝判定不能〟になってしまった。わたしには黒の見込みがあるとはあまり思えない——検査官だって、彼女がひどく緊張していたためにコンピューターも判定するのにえらく苦労した、というだけなのではないか、と言っていた。だが、念のため、明日、彼女のオフィスを電撃訪問するつもりだ。彼女をもうすこし揺さぶり、何か出てこないか見てみようと思う」

それはいい考えかもしれない、とドムは思った。しかし、そんなことで有力な手がかりが得られるとも思えない。「二人いる、と言いましたよね」

「うん、もうひとりもＮＳＣ事務局職員で、こちらのほうがもっとしっかり調べる必要があるかもしれない。確実な証拠は何もないが、ちょっとしつこく調べるつもりでいる。ポリグラフ検査ではっきり嘘《うそ》をついたというわけではない。検査結果は同じく〝判定不能〟だ。だが、検査官はこの男はどうも臭いと思っている」

「どういうことですか？」

「検査官はこの道にかけてはＦＢＩでもナンバー・ワンの者なんだ。その被験者は検査システムを手玉にとろうとしていた、と検査官は考えている。つまり、ほら、尻《けつ》の穴をギュッと締めるとか、口のなかの頬の壁を嚙《か》むとか、発汗抑制剤を飲むとか、そういった昔からあるクソ小細工を弄《ろう》していた、と検査官は見ている」

「そんなんでだませるんですか？」

「まさかと思うだろうが、だませるときもあるんだ。何十年ものあいだスパイ行為を働き、その間ずっと、年に一回のポリグラフ検査を打ち負かしつづけてきたＣＩＡ、ＦＢＩ、国防総省の職員を、われわれは捕まえてきた。人間はみなそれぞれちがっていて、ポリグラフはその個々人のちがいを把握するには大いに役立つが、嘘をついているか否《いな》かについては、結局のところ統計的平均を基準にして判断する。だから、その平均からはずれる測定値を出せれば、検査に打ち勝つことができる」

「それで、ポリグラフをだまそうとしていたと思われる人物だけど、NSCではどんな仕事をしているんですか？」

「中東・北アフリカ問題担当次長補。経歴はしっかりしている。警戒をうながすような傷はひとつもついていない。ただ、職場ではまわりとあまりうまくやれていない。だからどうだというわけでもないが、実はもうひとつ気になることがある。わたしとしては、どちらかというとそっちのほうに興味がある」

「何なんですか、それ？」

「彼のガールフレンドは、政府機関のテクノロジー関係の仕事を請け負っている会社の社員なんだ。そして彼女の専門分野は、極秘コンピューター・ネットワークのセキュリティ・インフラ」

「彼女も今回ポリグラフ検査を受けることになっているんですか？」

「いや。アイゼンハワー行政府ビルに入る権限もないから、彼女は完全な白だ。ただ、問題のNSCの次長補がガールフレンドから技術的ノウハウをちょいと聞き出したかもしれないということは頭に入れておく必要がある。例のファイルをサーヴァーのファイル共有セクションに移した野郎は、だれであろうと、自分の正体を隠す術《すべ》も心得ていたことになるからね」

「その次長補の名前は？」

「ロス。イーサン・J・ロス。母親はエミリー・ロス」

そう言われてもドミニク・カルーソーはピンと来なかった。オルブライトは黙っているドムの気配からそれを察した。

「エミリー・ロスは有名な伝記作家だ。大統領夫人《ファーストレディー》とかそういった人たちの伝記をたくさん書いている。わたしは一冊も読んだことないけどね。ともかく彼女は政治的影響力を手に入れた。ということは、息子には親の七光りという面もあるんじゃないのかな。だが、繰り返すが、これまでの彼のポリグラフ検査およびセキュリティ・チェックの結果はすべて、問題など見出《みいだ》せない完璧《かんぺき》なものだった」

ドムはソファーまで歩き、そこに座ると、身を乗り出してラップトップにおおいかぶさるような姿勢をとった。そしてコンピューターに「イーサン・ロス」と打ちこんだ。そうするあいだもオルブライトと話しつづけた。

「その男には会ったんですか？」

「自己紹介した。それだけ」

「で、あなたはどう思ったんですか？」

オルブライトは電話の相手に聞こえるようにフンと鼻を鳴らした。「カルーソー、握手でスパイかどうかわかったら、わたしはくそロックスターみたいな超人気捜査官になれる。わかるわけない、そんなこと」

「盗聴や尾行をするつもりは？」

オルブライトはふたたび鼻を鳴らした。「まあ、落ち着け。そういうことをやるつもりはまだない。あんたらスパイの世界ではどういうふうにやるのかは知らんが、うちらの場合、ちょいと怪しいと思っただけで、そいつに監視チームを張り付かせるようなことはしない。たしかに検査官は臭いと思っているが、ロスは検査で黒と断定されたわけではない。だから、何か別のことが見つかるまでは、彼を重要参考人とすることはできない。すでにわたしは、ロスがしてきた仕事をもうすこし詳しく調べているし、これまでの彼のポリグラフ検査記録を引き出して、妙なところがないか再確認している。上司たちにも話を聞くつもりだ――彼の態度や職場での雑談内容といったことについて教えてもらう。そして明日、ロスのオフィスに立ち寄り、にらみつけて彼がちびるかどうか見る」

「それだけ？」

「ロスをもっとしっかり調べる必要があるとわかったら、そうする。それに、わたしのにらみは相当な威力がある。盗聴する必要があるなら、盗聴する、ほんとうだ」

そうやって会話をしているあいだにドミニクは、すでにイーサン・ロスをググっていて、彼の略歴とホワイトハウス勤務だったときの写真を見つけていた。ドムはその写真を拡大し、フラッグポールに掲げられたアメリカ国旗の前に座っている痩《や》せた若い男の目をじっとのぞきこんだ。男は金髪で、上等なスーツを着こみ、うっすらと笑みを浮かべている。その笑みには独善的な気配があるように思えた。

「もうひとつ――」ドムは言った。「ポリグラフ検査官ですが、ＦＢＩ《ビューロー》でもナンバー・ワン、と言いましたね」

「言った」

「では、ジム・バーカーですね」

オルブライトは携帯に向かって低く口笛を吹いた。「おいおい、カルーソー、きみは名刺ホルダー《ローロデックス》をアップデートする必要があるぞ。バーカーは三、四年前にＬＡ《ロサンジェルス》へ異動になった。いや、わたしがナンバー・ワンと言ったのは、リゴベルト・フィンのことだ。フィンはいまボルティモア支局にいる。とても優秀な男だ。だからＣＤ――防諜課――はよくワシントンＤＣ地区に呼んで仕事をしてもらっている」

「フィン、そうそう」ドムはその名前をいちども聞いたことがなかったが、知っているふりをした。そしてコンピューターのそばにあったメモ用紙に〝フィン〟と走り書きし、さらに〝ボルティモア〟と書き足した。次いで言った。「で、フィンがそのロスという男をつつく必要があると、あなたに言った？」

「そう。だからそうする。だが、すでに言ったように、いくらか時間がかかる」

「では、忙しいでしょうから、このへんで解放してあげましょう。ダレン、電話をほんとうにありがとう。また何かつかんだら――」

「ああ、何かつかんだら、必ずきみに電話する。約束する、きみを忘れたりはしない。きみはいまスパイの世界にいるんだからな」

「ここはスパイの世界なんかじゃありませんよ。わたしはいま自宅のコンドミニアムにいるんです。これは個人的なことなんです」

「わかった」オルブライトは電話を切った。

ドムはロスの写真をゆっくり丹念に見つめつづけた。

ロスはハンサムな男だった。それはドムも認めざるをえなかった。ウィキペディアにもイーサン・ロスのページがあったが、ドムは《ワシントン・ポスト》の人物情報データベースにも彼に関する項目を見つけ、そちらのほうがより信頼できそうだと思った。そしてそれによると、イーサン・ロスは現在三二歳、上位二％の知能指数を有する者のみ入会を許される高ＩＱ団体メンサの会員。そこには母親のエミリー・ロスと並んで立つイーサンの写真もあって、エミリーについては「駐ヨルダン・アメリカ大使を務め、退任後は長期にわたってジョージタウン大学終身教授、最近退職して西海岸に居を移す」と説明されていた。

ドミニク・カルーソーはふたたびイーサン・ロスの顔を注視し、目をじっとのぞきこんだ。

「おまえがやったのか？　おまえがヤコビ一家皆殺しの原因をつくったクソ野郎なのか？」

このロスに責任があるのかどうかはまったくわからない。だが、ほかに容疑者らしい容疑者がひとりもいないことも事実なのだ。ふと思いついて、ＦＢＩ内線リストでリゴベルト・フィン特別捜査官の携帯電話の番号を調べた。もう午後一一時近かったが、番号をダイヤルした。

呼び出し音がかなりの回数鳴って、もうそろそろ留守電に切り替わるなとドムが思ったとき、疲れがにじむ嗄《しわが》れた男の声が応えた。

「はい、フィンです」

「フィン特別捜査官、こんなに遅く電話して申し訳ありません。わたしはカルーソー特別捜査官で、ワシントンＤＣから電話しています」

咳払《せきばら》いを二回してからフィンは言った。「ドミニク・カルーソー?」

「そうです」

「こりゃ驚いた。大統領の甥《おい》ごさんだ」

「よろしく」

「覚えていますよ、あなたは数年前、例の幼児を餌食《えじき》にする快楽殺人者を撃ち殺しましたな、ジョージアで」

「アラバマです。ええ、なんとも胸糞《むなくそ》悪い事件でした」

「実に素晴らしい射撃でした。いやあ、わたしもね、一度でいいからあんなことをしてみたいとつくづく思いましたよ」

ドムは何て返したらいいのかわからず、居心地悪そうに咳払いをした。

フィンは訊《き》いた。「ところで、ご用は何でしょう?」

「実はイーサン・ロスのことで電話したのです。あなたは今日の午後、ロスのポリグラフ検査をしましたよね」

「ええ。オルブライトの仕事を手伝っているんですか?」

ドムはいちばん嘘をつかなくてすむような答えかたをしようと、ちょっとのあいだ曖昧《あいまい》なことを言いつづけた。「ダレンのことはよくご存じでしょう。わたしは午後一一時に彼との電話を切ったばかりなのです。わたしはロスの追跡調査をちょっとしていましてね」

「そう、あのオルブライトという人はそりゃもうきつい仕事をさせるんです。わたしなんか、まだFBI本部《フーヴァー・ビル》にいるんですよ。今日の検査の報告書を早く提出しろと言われていましてね。しかも、明日はまた朝一でNSC事務局に戻って他の職員グループの検査をしなけりゃならんのです」

「わかります。で、ロスのことですが……あなたは彼を容疑者と見なしたがっている、とダレンは言っていました」

「まあ、容疑者とまでは言えなくとも、重要参考人とは言えますね。とてつもなく頭がいい。それはすぐにわかりました。でもね、このロスさん、わたしを手玉にとろうとしたんです」

「それ、間違いありませんか?」

「これはオルブライトにも話したことですが、あなたにもお話ししましょう。イーサン・ロスはですね、判定基準となるあらゆる生理的反応の測定値を混乱させる準備をととのえて検査にのぞんだのです。面白半分にそこまでこちらを困らせる者なんていません。ですからね、ポリグラフが測定値をどう判定したかなんて、わたしにとってはどうでもいいのです。ロスはごまかしを巧みに隠蔽《いんぺい》することができましたので、わたしは結局〝判定不能〟とせざるをえませんでしたが、やつは何か重要なことを隠しています。〝すぐに受給可能となるが不充分な〟自分の年金を賭《か》けてもいい」

ドムはフィンに時間を割いてくれてありがとうと礼を言った。そして、このポリグラフ検査官がオルブライト管理監督特別捜査官と次に言葉をかわすときに今夜の電話のことを話そうという気にどうかなりませんようにと祈りつつ、電話を切った。次いでドムは、夜の残りの時間を、イーサン・J・ロスの生活を徹底的に調査する単独作《ワンマン》戦計画を練ることに費やすことに決めた。

19

ジョージタウンの街に霙《みぞれ》がシトシトと降りつづいていたが、イーサン・ロスはかまわずジョギングに出て、雪混じり雨のなかを走っていた。こんな早朝に連棟式高級住宅《タウン・ハウス》の窓や、通り過ぎる車のなかから見る者がいたら、オレンジ色のウインドブレーカーに身をつつんで走る男は相当入れ込んでいるジョガーなのだと思うにちがいないが、それはまったくの見当違いというものだった。一時間早起きして通りを走るのは今朝のロスにとってはとても辛《つら》かったし、目と頬に焼けるような感覚をもたらす霙のなかをこうやって緩やかに走りつづけるのは正気とは思えなかった。それでも、彼はウィスコンシン通り《アヴェニュー》の緑色の消火栓を夜明け前にチェックしなければならないと自分に言い聞かせて、走りつづけた。もちろん、車でそばを通り過ぎて確認するという手もあったのだが、そうするのはいつもの行動とあまりにもかけ離れていて、スパイ術の訓練などまったく受けたことがないロスであっても、避けるべきだとわかっていた。ありそうもないことではあったが、万が一、監視されていた場合、即座に赤旗が上がって、完全に怪しいということになってしまう。

消火栓のそばを通り過ぎ、バンフィールドからの例のチョークの印はないとわかった。雨で洗い落とされてしまったのだろうかとロスは思ったが、それはないなと思いなおした。消火栓そのものは雨に濡《ぬ》れずに乾いていたからである。彼のほうも印を残さずにジョギングをつづけ、二九番通り《ストリート》を走りはじめた。実はバンフィールドとベルトーリに昨日《きのう》のポリグラフ検査について話したかったのだが、消火栓に印を残してフォート・マーシー・パークへふたたび向かうのは、一日あけて気持ちが落ち着いてからにしようと決めたのだ。

今朝はほかにジョガーの姿はなかった。イーサン・ロスは思いにふけりながら霙のなかをひとりで走りつづけた。彼は昨日の検査のことをまだ心配していた。そんなの考え過ぎだと自分を説得しようと懸命になっていたが、不安は消えなかった。だが、ともかく、たとえフィン特別捜査官に本当のことを言っていないのではないかと怪しまれたとしても、こちらとしては、家でも仕事場でも平静をたもって〝すべていつもどおり〟であるかのように振る舞いつづけるしかない、とロスにはわかっていた。そうすることが自分にできる最善のことなのだ。

フィンは何もつかんでいないし、オルブライトも何もつかんでいない。冷静に落ち着いて構えていれば、大丈夫、問題ない、とロスは自分に言い聞かせた。

冷静に振る舞おうと、昨夜もイヴとデートし、二人でアダムズ・モーガンにある韓国焼肉店にディナーをとりに出かけ、自宅に戻って映画を観《み》てから寝た。映画の途中で、イヴがセックスしたいという意思をはっきり示したが、ロスはなんとか勘弁してもらった。その夜も、そんな気分になれなかったからだ。

イヴはちょっとがっかりしたが、それほど驚きはしなかった。いつもはセックスにも積極的な彼が最近はなんだかボーッとしているように思えていたからだ。

彼女は泊まっていったが、朝早くロスがジョギングに出かけているあいだに自宅へ帰っていった。ただ、帰る前にコーヒーを一ポット分淹《い》れてから、気を利《き》かせて戸棚からロスのカップをとりだし、そのコーヒーメーカーのそばに置いた。そして、そのカップのてっぺんに、油性《シャーピー》マーカーでハート・マークをひとつ描きつけたポスト・イットをのせた。

イーサン・ロスはジョギングから空っぽの家に戻ると、まっすぐキッチンに歩いていき、そのポスト・イットをとって、くしゃくしゃに握りつぶし、ごみ箱に投げ棄《す》てた。そしてコーヒーをカップにそそぎ、シャワーを浴びるため二階へ向かった。

午前八時四〇分、イーサン・ロスはジョージタウンの連棟式高級住宅《タウン・ハウス》の玄関ドアから外へ歩み出た。すでに雨雲は立ち去り、空は青く晴れわたっていた。冷たい風をふせごうとウールのコートのボタンをはめながら玄関前の階段を下り、庭内路《ドライヴウェー》のメルセデスに向かった。

そしてそのままメルセデスに乗りこみ、エンジンを始動した。オーディオのスイッチが自動的に入った。今朝は強烈な政治的メッセージをはなつレイジ・アゲインスト・ザ・マシーンを聴きたい気分だったので、スマートフォンのプレーリストからその社会派ラップメタル・グループの曲を選び、三四番通り《ストリート》を仕事場の方向へ車を走らせはじめた。

ドミニク・カルーソーはイーサン・ロスがメルセデスに乗って出かけるのを見ていた。

ドミニクは通りの反対側にあるヴォルタ公園《パーク》の木立のなかに立ち、両手を冷たい風から護《まも》ろうとポケットのなかに突っ込んでいた。ウールの帽子を目すれすれのところまで下げ、ネック・ゲートルを鼻まで引き上げ、グレーのつなぎの作業服で身をつつみ、黒いスニーカーをはいている。小脇《こわき》に抱えているのは白い安全帽《ヘルメット》で、片方の肩にかけているのは黒い小型バックパック。

上品で高級なジョージタウンで道路工事か家の外装工事に携わるため、ここよりは貧しい地区からバスに乗ってやって来たばかりの労働者、という感じに見える。

イーサン・ロスのメルセデスが、閉まった窓をも突き抜ける雷鳴さながらのラップ音楽のようなもの——ドミニクには何というグループの曲かわからなかった——を響かせながら三四番通り《ストリート》を走って姿を消すと、ドムはロスの家に注意を戻した。三四番通り《ストリート》一五九八番地に建つその家は、白漆喰塗り・煉瓦《れんが》造りの細長いタウン・ハウスで、片側に庭内路《ドライヴウェー》があり、前面には、上がればちっぽけなポーチへ、下りれば地階の入口へいたる小さな階段がついている。大きな家ではまったくない。おそらく広さは一五〇〇平方フィート（約一四〇平方メートル）ていどだろう。だが、高級住宅街にあるという点を考えると、価格は二〇〇万ドルを超えるな、とドムは推算した。NSC（国家安全保障会議）事務局の平均的事務員がそんな高価な不動産のローンをうまく払っていけるだろうか、とドムは思わずにはいられなかった。たぶん、金持ちの母親が息子のために払っているのだろう。

ドムはイーサン・ロスという男が売国奴《ど》かどうかまだわからなかったが、すでに彼に対して少しばかり偏見を抱いてしまっていた。

近くの公園にいるドムの位置から、二三四番通《ストリート》りの反対側に建ちならぶ他のタウン・ハウスの前部がすっかり見えていた。ドムは数分かけて、それらの家のポーチに、ロスの家の前の歩道の動きを記録できるように設置された防犯カメラがひとつもないことを確認した。防犯カメラの見つけかたならしっかり心得ている。一五九八番地の家に近づく者の姿を隣人が記録していることを示すようなものは何ひとつ見つからなかった。

ドムはさらに数分かけて、静かな小公園のなかの位置から、ロスの家と近所のようすを観察し、他のいくつかの重要点を分析した。そして必要な情報をすべて得ると、体の向きを変えてQ通《ストリート》りに出て、ウィスコンシン通《アヴェニュー》りへ戻っていった。いまやらなければならないことは、屋内に入って暖をとり、コーヒーを一杯ゆっくり飲むことだった。今朝、仕事場か学校へ行くことになっている近所の人々がみな確実に出払うときまで待ちたいと思ったので、ドムは侵入時刻を午前一〇時にすることに決めた。

昨夜、オルブライトとの電話を切ったあと、ドムはロスの生い立ちや身上を記した文書、CV（職務経歴書）、そして彼が外交・国際政治誌《フォーリン・アフェアーズ》などの雑誌に寄稿した記事数点を通読した。それらを読んで見つけた注目すべき点というと、イスラエルに対する偏見くらいのもので、それはアメリカの外交官の世界では珍しくもなんともないものだった。次いでロスは、ワシントンDC不動産記録データベースでイーサン・ロスの姓名と生年月日を打ちこんで検索し、ジョージタウンの彼の住所を見つけ、グーグルマップでそのあたりの地図を呼び出し、ストリートビューを使ってヴァーチャル散歩をした。それでその界隈《かいわい》の建物の配置と様式に関する基本的情報を得ることができた。さらにドムはタブレット・コンピューターを操作してフェンスの向こうの側庭《サイド・ヤード》をのぞきこみ、ターゲットの家の裏側がどうなっているのかも知ることができた。

むろん、ストリートビューではわからないこともたくさんある。地図はしょせん地図であり、現実の街区とはちがうのだ。それはロスもわかっていたが、タブレットを使って数分間その地域を視覚的に調べるのは、実際にターゲット現場《ロケーション》のあたりをうろついたりフェンスをよじのぼったりするのよりはずっと安全であることもわかっていた。

そう、自宅のソファーに座ってコンピューターでロスの家をヴァーチャルに調べているかぎり、たとえ一晩中そうやっていたとしても、近所の自警おせっかい屋に警察に通報されるということはない。

ドムのコンピューターには、グーグルマップよりは詳細な情報を提供してくれるが全体的には大差ない、〈イーグルヴュー〉と呼ばれる別の地図情報提供プログラムも入っていた。そのプログラムによって利用できるのは、イーグルヴュー・テクノロジーズ社が提供する、衛星写真を利用したグーグルマップ同様の地図サーヴィスだが、それを使うとグーグルマップがわざわざ詳細データを提供しなくてもよいと判断した場所の高解像度写真をも見られるので、軍事活動や諜報《ちょうほう》活動の情報源としてはとても重宝する。だから、ロスの家の調査に〈イーグルヴュー〉を使うこともできたのだが、今回必要となったのはジョージタウンの一本の通りのようすであり、それにはグーグルマップで充分だった。

ドムはこうしたテクノロジーの進歩をありがたいと思っていた。彼の伯父は、いまはもう昔の一九八〇年代、スパイ――というか、スパイのようなもの――だった。スマートフォンも世界中をカバーする衛星写真もなく、ソ連に対して諜報活動をするというのは、いったいどんなふうだったのだろうか？　ドムには想像することもできなかった。

そりゃもう心身ともに消耗するきつい仕事だったにちがいない、とドムは思った。

三〇分ほど、不動産記録データベースとグーグルマップのストリートビューを使ってロスの家を調べただけで、家の基本的配置はわかり、ドムはそれなりの計画を立てて適切なスパイ術を使えば、秘密裏にロスの家を訪れて、さらなる情報収集ができると判断した。

それは軽い気持ちで下した決定ではなかった。つまるところ、それはＢ＆Ｅ（不法侵入《ブレイキング・アンド・エンタリング》）なのだ。一〇〇％法律に違反する行為なのである、ＦＢＩ特別捜査官であることを証するＩＤバッジを持つ男がやっても。だが、いまのドムは、ヤコビ一家を皆殺しにされたことによる憤怒《ふんぬ》と、自分はいまその皆殺しに責任のある者たちのひとりを追いかけているのではないかというかすかな期待感に突き動かされている。ＦＢＩ《ビューロー》の嘘発見器《ポリグラフ》検査官が、ロスは何か隠していると疑っているのであれば、ドムとしては、もうそれだけで、そいつのことを探りまわる充分な理由となる。

一方、オルブライトのほうは、しかるべき正当な手続きを踏む必要がある。ということはつまり、気が狂うほど大量に並べられている官僚制度の輪をいちいち跳び抜けていかなければならないということだ。だから、こちらがちょいとばかりロスを直《じか》に探る必要がある、とドムは自分に言い聞かせた。それで、彼が雪のように真っ白ということになれば、おれは素早く慎重に身を引く。ロスはポリグラフ検査官を手玉にとろうとするような悪戯《いたずら》をした罰をそれなりに受けるだろうが、危害を加えられることはないし、恐ろしい目に遭うこともない。だが、モデルのようなルックスをもち、何百万ドルもの価値がある家に住むこのホワイトハウスの寵児《ちょうじ》が、インドでの虐殺《ぎゃくさつ》に何らかの形で係わっていたという証拠が見つかった場合は、ドムはすでにやるべきことを決めていた。

ジェリー・ヘンドリーにイーサン・ロスを殺す〝殺人許可〟を求めるのだ。

イーサン・ロスは今朝はついていて渋滞につかまらず、すこし早めに仕事場に着いた。めったにないことだったので、アイゼンハワー行政府ビル玄関前の警備ハウスにいた警備員のひとりが、昇進をねらって誰かと張り合っているのか、と冗談を飛ばした。自分のオフィスに入るとロスは、コートをぬぎ、机に置いてあったスタバのベンティ・サイズのモカをつかみ上げ、秘書用の小部屋に戻っていった。そして、いつもと変わらず平然として見えるようにしないといけないと意識しつつ、秘書のアンジェラと数分間おしゃべりし、なかなかうまくやれているぞと、自分の能力にいたく感心した。アンジェラに嘘発見器検査《ポリグラフ》はどうでしたかと訊《き》かれたが、ロスはまったく慌《あわ》てず、リラックスしたまま、細かなことまで話し、まあ、どうということなくてね、面倒くさいの一言だったよ、と言ってのけた。

午前の早い時間帯に仕事もすこしこなした。今日の午後、国家安全保障問題担当大統領補佐官がオーヴァル・オフィス（大統領執務室）に呼ばれていて、その会合中に話し合われる可能性がないわけではないイスラエル国会での議論に関する二、三の質問への答えを作成するようにと、直属の上司から言ってきたのだ。ロスは自分のファイルと極秘イントラネットＩｎｔｅｌｉｎｋ－ＴＳ上のファイルを調べ、さらにＣＩＡの同様の地位にある者に電話して、答えをつくりあげた。そしてそれを午前九時半前に上司に送った。

今日はすべてが順調に進んでいた。午前の時間が経過するにつれ、見せかけのくつろいだ立ち居振る舞いが本物の落ち着いた物腰へと変化していった。トンネルの先に光が見えはじめた。このぶんなら、ＦＢＩの捜査は数日のうちに立ち消えになり、この厄介ごとはみな、知らぬ間に過去のものとなるにちがいない。

ロスは作成した答えを上司に送ったあと長い休憩をとり、食堂でコーヒーを飲みながら同僚たちとおしゃべりをして、自分のオフィスの机に戻った。机の椅子《いす》に腰を下ろしたちょうどそのとき、アンジェラが秘書用の小部屋でだれかと話す声が聞こえ、ロスは顔を上げた。ドアのすぐ外に、ダレン・オルブライトＦＢＩ管理監督特別捜査官《スーパーヴァイザリー》が立っていた。

ＦＢＩ管理監督特別捜査官の姿はとてつもなく大きく恐ろしげに見えた。なにしろ、ドア口をふさぐかのように立ち、ロスをじっと見据え、肩を彼のほうへと怒らせているのだ。

ロスは、わずか一、二インチだったが、頭がうしろへ弾《はじ》かれるような感覚をおぼえた。彼は両手で机の両サイドをギュッとつかんだ。

《何なんだ、これは？》おれは逮捕されるのか？　立て、うしろを向け、とオルブライトは言うつもりなのか？

オルブライトが「立たなくて結構」と言ったので、ロスはちょっと気分が楽になったが、それでも反射的に立ち上がってしまった。脚がふるえていた。

管理監督特別捜査官は言った。「あなたのスケジュールをチェックしに秘書さんのところに寄っただけなんです。あなたに簡単な尋問を受ける時間があるのかどうか知りたかったのでね」

「尋問？」

「型通りのものです」オルブライトは答えたが、顔は相変わらず無表情のままだった。

ロスにはそれが薄気味悪かった。ＦＢＩの捜査官はつづけた。「ちょっと数分いいですか？」

ロスはデスクマットにおおいかぶさるようにして今週の予定表を見つめた。机の両サイドから手を放さずにそうしたのは、手がふるえるのではないかと心配したからだ。

「それがですね、ほかの日にしていただかないといけないようです。午後は休むつもりでして、もうそろそろ出かけます」

「どこかへ行くのですか？」

「ええ、歯医者に」イーサン・ロスは単調な口調で言って、守りに入ろうとしている気配を慎重に消そうとした。

オルブライトは瞬《まばた》きひとつせず、平然として返した。「ほんの短い時間でいいんです」

ロスはデスクマットに向けていた顔を上げた。そして肩をすくめた。いささか頑張りすぎたかなという思いを伝える、無頓着《むとんちゃく》さをよそおう仕種《しぐさ》。「では……すぐにはじめてもらって――」

「たったの五分。すぐ終わります。いくつか質問するだけ」

《くそっ《ファック》》今朝もハーラン・バンフィールドからもらった薬を飲んでおけばよかった、とロスは思った。ほんとうは、こうした抜き打ちの尋問に備えて飲んでおくべきだったのだ。汗をかくことはない――発汗抑制剤のグリコピロレートは数日間効きめが持続するのだから。だが、精神を安定させる抗鬱剤《こううつざい》のセルトラリンと抗不安剤のクロナゼパムのほうはそうはいかない。だからロスはそれらの薬を飲まなかったことを悔いた。

　イーサン・ロスは机の前の椅子をオルブライトに示し、二人とも腰を下ろした。ロスは腕を組んで両肘《ひじ》をデスクマットの上にのせた。そしてその両肘をデスクマットに食いこませようとするかのように強く押しつけた。オルブライトに両腕のふるえを見せて内心の不安を悟られるのだけは避けたい、という思いで頭のなかはいっぱいだった。

　ＦＢＩの捜査官は手帖《てちょう》とペンをとりだすと、何かを探しているかのようにページをパラパラ繰りはじめた。「あなたのガールフレンド」もう一ページめくり、さらに何ページか繰った。「イヴ・パン」

　ロスは不安をおぼえて口をぎゅっと結び、背筋をほんのすこし伸ばした。「彼女が何か？」

「彼女はブーズ・アレン・ハミルトン社の情報システム・セキュリティ管理者です」

「ええ、そうですが」

「担当は、ファイアウォールで保護されているプラットホームおよびＶＰＮ――ヴァーチャル・プライヴェート・ネットワーク――プラットホームだそうですね」

ロスは目を細めてオルブライトの肩越しに壁の一点を見つめた。考えこんでいるかのような仕種。「よくはわかりません。仕事の話はあまりしないんです。でも、そういったもののような気がします」

オルブライトは首をかしげた。ほんとうに驚いたのか、それとも驚いたふりをしているだけなのか、ロスにはわからなかった。オルブライトは訊いた。「仕事の話はしない？」

「ええ、あまり」

「あなたは大学でコンピューター・サイエンスを副専攻科目として学んだんでしたよね？」

「はい」

「ということは、あなたがたには共通の話題がたくさんあるのではないですか？」

「いや、そうでもありません。彼女がしていることはわたしの知識の何光年も先をいっていることですから」

オルブライトはにやりと笑った。ロスはこの男が笑みを浮かべるのを見るのは初めてであることに気づいた。ＦＢＩの捜査官は言った。「仕事の話はしないというのに、彼女がしていることがどういうことだかよくおわかりですな」

「いや、それはですね……彼女が何をしているか、おおよそのことを知っているということでして」
「あっ、そう？　どうやって知ったんです？」
イーサン・ロスは血が沸き立つような感覚をおぼえた。オルブライトは完全に主導権をにぎり、挑発的な質問を矢継ぎ早に投げつけてくる。それらは、おれを揺さぶることを、いや、たぶんおれを罪におとしいれることを意図するものだ、とロスは思った。こんなふうに尋問されるのは昨日《きのう》フィンに怪しまれたからなのか、それともここ三階で働く職員全員が同じ扱いを受けているのか？　その点はわからなかったが、ロスはみぞおちのあたりに本物の恐怖がずしりと沈みこむのを感じとった。昨日はポリグラフ検査に対処する策を練る時間があり、まあまあ準備を整えることができた。だが、今日のこの尋問は抜き打ちであり、完全に不意討ちを食らってしまった。ロスは疑念と不安にさいなまれ、頭をめまぐるしく回転させた。《いったいぜんたいなぜ、おれはこんな尋問を受け入れたりしたのか？　拒否したら、もっと悪いことになっていたのか？　この尋問をいますぐやめさせるには何て言えばいいのか？》
ロスは言った。「率直に申し上げて、オルブライト特別捜査官、イヴまで今回の件に引っぱりこむのは不適切だとわたしは思います。彼女はここで働いてもいないのだし――」

「いや、だから……仕事のことを話し合うのはごく自然なことなんです。わたしは仕事のことを妻と話し合いますよ。まあ、おおよそのことですけど。妻は秘密情報《セキュリティ・》取扱資格《クリアランス》を持っていませんから。イヴはたぶん例の〈アルダハン〉ファイルの不正漏《ろう》洩《えい》についてあなたに詳しく話したんじゃないかとわたしは思います、それが起こったときすぐに、四カ月前に。実際にそうだとしても問題はまったくありません。あなたにもＴＳ取扱資格《トップシークレットクリアランス》があるのですから」

オルブライトはここでふたたび沈黙した。ロスは何か言葉を返さなければいけないと焦《あせ》っている自分に気づいた。

ロスは何も言わずにゆっくりと首を振った。

《このＧもおれに自白させようとしているのだ。くそっ、口を閉ざせ、何も言うな》

ＧはＦＢＩ捜査官《ガヴァメント・マン》。

そのＧは辛抱強く黙って座っている。

オルブライトは沈黙が永遠につづいても構わないと思っているかのようで、ついにロスがいつ終わるのかわからない沈黙を破りたいばっかりに口をひらいた。「いいえ、彼女はそれについては何も言いませんでした。だって、言えるわけないでしょう？」

「言えるわけない？」

二人の男は長いあいだ押し黙ったまま互いに見つめ合った。先に口をひらいたのはまたしてもロスだった。「ええ。デルヴェッキオ地域問題担当次長の話では、不正なアクセスおよびダウンロードが行われたのは何カ月か前ではあるものの、それが判明したのは先週末にインドで起こった襲撃事件のあと、とのことでしたからね」

「ああっ、そうだ。そのとおり」オルブライトはひとつ咳《せき》をし、メモに目を落とした。きまり悪そうに見えるようにする演技。「わたしの間違いでした」

《よし、ぶっとばしてやった》とロスは思った。このクソ野郎はイーサン・ロス様と知恵比べをしようと思ったのだ。勢いづいてロスは言った。「あなたはやたらに手を振り回しているわけだ、オルブライト特別捜査官。そのうち何かに当たると思って。なるほどね。あなたは犯人を捕まえなければなりません。正直な話、どうかそうなりますようにと、わたしも祈っております。でもね、あなたはいま見当違いのことをしています」

オルブライトは肩をすくめた。大きな肩が持ち上がってスーツの上着を押し上げた。

「そうかもしれないし、そうでないかもしれない」

「弁護士を呼ばなければいけないということですか？」

オルブライトは心底戸惑っていると言わんばかりに眉間《みけん》に皺《しわ》を寄せた。「弁護士？　さあ、どうでしょうか、わたしにはわかりません、ミスター・ロス。もしあなたが何らかのトラブルにおちいっているというのなら、まあイエス、あなたには弁護士が必要かもしれません」

ふたたび部屋は沈黙につつまれた。

オルブライトは緊張を充分に高めてから言った。「わたしはミズ・パンを尋問するつもりです。あなたはこの機会を利用して、彼女にどんなことを言われても困らないようにしておいたほうがいいんじゃないでしょうか」

「彼女を尋問する？　彼女はここのネットワークとは何の関係もありませんよ」

「ええ。でも、彼女はあなたとはとっても関係がある。彼女にはポリグラフ検査はしません。ただ、あなたがた二人の会話について尋ねます。もし彼女が寝物語《ピロー・トーク》で何か――それを利用すればあなたにも〈アルダハン〉ファイルのダウンロードが容易にできたかもしれないという何らかの情報――を洩《も》らしたとしたら、そのときはですな、厄介な目に遭うのはあなたひとりではない、ということです」

「そんなの言語道断だ」

「言語道断というのはですな、この事務局のだれかさん――国から信頼されて機密情報の取り扱いを任されているだれかさん——が、その信頼を踏みにじったということです。さらに、そのだれかさんのガールフレンドが協力したというのなら、故意であろうと過失であろうと、それもまた言語道断です。彼女は秘密情報取扱資格《セキュリティ・クリアランス》を確実に取り上げられるでしょうし、評判も地に落ちるでしょう。彼女の係わりをつかんで告訴にまで持ち込めるということになったら、わたしはためらうことなくそうします」

オルブライトはぐっと身を前に乗り出した。「そんな女は徹底的に絞りあげ、懲《こ》らしめてやる。それも、まあ、祖国を裏切った男をぶちのめすためなんですけどね」

イーサン・ロスは無表情《ポーカーフェース》を維持した。「もうこれくらいでよろしいですか、オルブライト特別捜査官?」

オルブライトはうなずいた。「そうそう、あなたは出かけないといけなかったんですよね。歯をきれいにしてもらいに行くんでしたな」

「そして、あなたのほうは、廊下を歩いて次の部屋まで移動し、ウォルターを怖がらせようと務めないといけないし、次いでまた廊下を歩いてベスの部屋に移って、彼女を怯《おび》えさせなければいけない、というわけですか。なかなか面白い仕事だ。とっても楽しいんでしょうなあ、きっと」

ＦＢＩマンはドアに向かって歩きだしたが、途中で足をとめ、振り向いた。「ほんとうのことを言いますとね、仕事のこの部分はいちばん嫌いな〝最悪〟なところなんです。でもね、わたしの仕事には〝最良〟の部分、まさにわたしが生きがいにしている部分がありましてね、それは、逃げ切れると思いこんでいる愚劣な傲慢《ごうまん》野郎を逮捕するためにミランダ警告を告知する瞬間なんです——例の『あなたには黙秘権がある』とか『弁護士の立ち会いを求める権利がある』とかいうのをその野郎に伝える瞬間」

「ほう、それでは、幸運を祈ります、そうなりますようにね」

オルブライトは言った。「はい、ではまた」その言葉を最後にしてオフィスから出ていった。

イーサン・ロスは机に両肘をついて静かに座ったまま、ＦＢＩ管理監督特別捜査官との会話について考えこんだ。数分のあいだそうやって思案したあと、ようやくコートをハンガーラックからとり、ブリーフケースをつかみ上げ、ドアへと向かった。

20

ドミニク・カルーソーは午前一〇時にヴォルタ公園《パーク》にもどり、フェンスのうしろに立って、通りの反対側に建つ三四番通り《ストリート》N《ノース》W《ウェスト》一五九八番地の家を観察した。まだグレーのつなぎの作業服を着たままだったが、頭にはウールの帽子の代わりに安全帽《ヘルメット》をかぶり、目はサングラスで隠していた。

ドミニクはその界隈《かいわい》にいてもまったくおかしくない男の格好をしていたので、犬を散歩させる者や車で通り過ぎる者がいても、目立って記憶される心配はまるでなかったし、そもそも木曜日の午前一〇時に、この通りを移動する車も歩行者もごくわずかしかいなかった。

家宅侵入の大半は昼間に起こる。言うまでもなく、住人が出かけていて家にいないからだが、真っ昼間は人間に生まれつき備わっている警戒心が薄れるということもある。だから、ここにいてもおかしくないような格好をしている者たちが注視されることはめったにないし、怪しまれることは皆無に等しい。

ドムは四つ角のところで通りをわたり、一五九八番地の家まで歩いていった。そして、そうする正当な理由および権利があるかのように、ごく自然に家の敷地内に入り、玄関前の階段をおりて地階の入口の前に立った。そこにいるともう、通りにならぶ他の家からも、前を通り過ぎる歩行者からも見られることはない。

ロスが地階をアパートメントにしてだれかに貸しているとは到底思えなかったが、ドムはいちおうドアをノックし、ドアベルを鳴らした。一分たってもだれも応《こた》えない。階段をのぼって一階の玄関でも同じことを繰り返した。そして、そうやって家にだれもいないことをしっかり確認してから、階段をまた数段おり、家をぐるりとまわって幅の狭いちっぽけな庭内路《ドライヴウェー》まで歩いていった。

家の側面に電力メーターが取り付けられており、そのそばに電話接続箱もあった。ドムはバックパックからとりだしたドライバーを使ってパネルをあけ、電話線を引き抜いた。やるべきことはそれだけだった。

セキュリティ・システムがワイヤレスの場合はもっと面倒な作業が必要になっただろうが、玄関前の階段に置かれたプランターに突き立てられた小さな看板を見ただけで、ドムは知らねばならないことをすべて知った。その看板に書かれていたホーム・セキュリティ会社はこの地区ではワイヤレス・セキュリティ・システムを提供していないのだ。だからドムはこの家のセキュリティ・システムなら簡単に破ることができると判断し、気分が楽になっていた。

ふたたび階段をおりて地階の入口までもどった。それでまた通りから見られる心配はなくなった。今度はそのまま、ためらうことなく突き進んだ。バックパックから解錠《ピッキング》セットをとりだすと、ひざまずき、仕事にとりかかった。古いドアの閂《かんぬき》と握り玉錠《ノブ・ロック》をはずすのに八〇秒しかかからなかった。

ドアをできるだけゆっくり少しずつひらきはじめた。すると、たちまち、家宅侵入警報装置が囀《さえず》りだした。それは「六〇秒のうちに警報を解除しないと、今度はもっとずっと大きな音で騒ぎ立て、システムに不具合がないかぎりホーム・セキュリティ会社の監視室に通報するぞ」という警告だった。

だが、ドミニクがすでに電話を発信不能にしてしまっていたので、警報装置はもはやセキュリティ会社への通報はできず、単なるうるさい騒音発生装置でしかなくなっていた。

ドムはサングラスをかけ安全帽《ヘルメット》を額まで低く下げたまま、ドアから手をはなさずに氷河のようにゆっくりと地階の部屋に入っていった。まずは動体検知カメラを探さなければならない。イーサン・ロスのことだから、おそらくワイヤレス・ルーターを通してインターネットにつながるタイプのものだろう。そうなら、ホーム・セキュリティ・システムとは関係なく独立して作動する。

ドムはロスをテクノロジー・マニアと見なしていた。なにしろ大学でコンピューター・サイエンスを学んでいるのだ。ワイヤレス・ネットワークを利用する高度なホーム監視システムを自分で設置するくらい朝飯前だろう。

ドムはゆっくりと歩いていた。全身の動きを秒速三インチ以下に抑えている。ということはつまり、家のなかを一歩進むのに普通の一〇倍の時間をかけているということだ。市販の動体検知カメラは通常、秒速三インチ以上で動くものを検知するように設定されている。だから、ドムと〈ザ・キャンパス〉の仲間たちは、ゼンマイがゆるんで動力をほとんどなくした玩具《おもちゃ》のように廊下を歩いて動体検知装置に捉《とら》えられないようにする、という一見馬鹿《ばか》ばかしい骨の折れる訓練に多数の時間を投じてきた。

ともかく辛抱と慎重さが必要だった。もしも、ドムがここロスの家のテーブル上の何かにドンとぶつかってしまったり、ポケットから何かを落としてしまったり、床にあったものを蹴《け》ってしまったり、ただ単に意図した秒速よりも一インチ速く動いてしまったりしたら、カメラがその動きを検知し、自宅内に異常な動きがあることを警告する緊急メールがイーサン・ロスの携帯電話に自動的に送信されてしまう。さらに、そのメールとともに、建設作業員の身なりをしたドムが写っている、動画から切り取られた静止画も送られ、リアルタイム動画がこの動体検知カメラの製造会社が運営するウェブサイトに記録されてしまう。

家宅侵入警報装置が囀りだしてから一分が経過し、大きな警報音が家中に響きわたりはじめたが、ドムは無視してゆっくり移動しつづけた。そもそも近所にいるだれかさんに聞きつけられる危険性は低かったし、たとえ聞きつけられても、そのだれかさんに警察を呼ばれてしまう危険性はさらに低く、現場に駆けつけてきた警察官に現行犯逮捕される危険性にいたってはほぼゼロに近かった。

侵入後三分で探していたものは見つかった。階段をのぼってメイン・フロアの一階に達し、廊下側の裏の入口からキッチンに入ったときのことだった。その小さなカメラは半島型《ペニンシュラ》システムキッチンの上に据え付けられていて、居間と玄関ドアのほうを向いていた。ドムはうしろから——ということは普通の速さで——カメラに近づいた。背面のスイッチを弾《はじ》くだけで電源を切ることができた。

それで一階を自由に動きまわれるようになり、ドムは廊下の壁に取り付けられていた鍵《かぎ》付きセキュリティ・システム・ボックスを見つけ、それを一〇秒であけてしまった。警報装置のコードを引っこ抜き、けたたましい警報音をとめた。ボックスのふたは閉めず、コードもたれたままにして、ほかの〝電子の目〟も見つけようと家捜しを再開した。

裏のドアに向けられた防犯カメラもあるはずだと思っていたので、ドムはガラス張りの裏のベランダ全体を監視できるカメラを見つけても驚きはしなかった。ただ、このカメラはキッチンにあったものよりも無力化するのが難しかった。ロスはそれを食料品収納戸棚のてっぺんの内側に隠し、扉にあけた小さな穴を通して撮影できるようにしていたからである。ドムはこの家にあるワイヤレス・セキュリティ装置の電源をすべて落とそうと思っていたのだが、戸棚の扉をあければ、その映像記録がルーターのメモリに残ってしまうので、それはできなかった。そこで、扉をあけずに――カメラを作動させずに――それを無力化する方法を見つけようと一分ほど考えたあと、「裏のベランダのどこにも入らないようにする」というごく単純な解決方法をとることにした。カメラのレンズの前には、籐《とう》の長椅子《ながいす》と、ばらばらの書類がいっぱい載ったコーヒーテーブルが置かれていて、その書類のなかには手書きのメモも含まれているようだった。

ドムは階段で二階まで上がり、動体検知カメラをもう一台発見したが、それはホーム・セキュリティ・システムにつながっているものだった。したがって、すでに役立たずになっていた。

ドムは腕時計に目をやった。第一段階の侵入および家屋内の防犯装置の無力化に要した時間は七分一二秒だった。

次の第二段階でやるべきことはセキュリティ評価で、ドムは家中を素早く歩きまわって、人が出入りする可能性があることを示すようなものがないか調べてまわった。たとえば、いまは留守だが帰ってくるかもしれないルームメイト、だれかに散歩に連れ出された犬、昼食をとりに突然帰宅するかもしれない同棲《どうせい》相手、早引けしなければならなくなった子供……といった人やペットがいることを証明するものを探した。クロゼットのなかを見てドムは、イーサン・ロスは独り住まいであると判断したが、ベッドには昨夜二人の人間が寝た跡がはっきりと残っていた。

ロスにガールフレンドがいることはオルブライトから聞いて知っていた。だが、ドムが家のなかで見つけた写真は、彼自身のものか母親のものか、そのどちらかだけだった。

次いでドムはロスの小さな仕事部屋のファイル・キャビネットに注目した。細かくきちんとインデックス化されたファイルを繰って、〈ホーム・セキュリティ〉と書かれたラベルを見つけた。そのファイルを引き抜き、何ページかめくると、セキュリテイ・システムのキーパネル用のパスワードも書きこまれているインデックスカードが見つかった。ファイルをもとの場所にもどし、急いで一階までおり、壁に取り付けられているセキュリティ・システム・ボックスの電源コードをつなぎ、ふたを閉めた。そして、玄関ドアのそばのキーパネルでパスワードを打ちこみ、システムの監視モードを解除して休止モードに切り替え、ドアが開け閉めされても警報装置が作動しないようにした。

第二段階は地階のドアから侵入した一二分二〇秒後に完了した。

腕時計に目をやったままドムは、イーサン・ロスが仕事からもどるのはたぶん数時間後になるのではないかと思ったが、家政婦に関する情報をまったく見つけられず、そういう類《たぐい》の者がやって来ないともかぎらなかったので、家のなかで必要なことをするのに使える時間をたったの三〇分とした。

こうしてドムは第三段階のＳＳＥ——極秘現場調査《センシティヴ・サイト・エクスプロイテイション》——を開始した。

まずは二階の寝室から。ドムはそこのベッドわきに携帯電話を発見し、びっくりした。ほとんどの人は携帯を一台しか所有せず、それを肌身離さず持ち歩く。一瞬だが、ロスはまだこの家のどこかにいるのではないかという気がし、ドムはぞっとした。だが、すでに少なくとも一回は全室をチェックしたことを思い出し、不安はたちまち消えた。この男は何らかの理由で携帯を二台持っている、それだけのことだ。ドムは携帯を素早くチェックし、だれかにいじられた場合に持ち主にそれを知らせる仕掛けが施されていないことを確認してから、慎重に操作しようとした。だが、それはパスワードで保護されていた。

《うん、だろうな。くそっ》

この携帯からデータを引き出すにはハッキング用の装置が必要で、ドムはそれを持ってきていなかった。だが、これを見つけたのは完全な無駄というわけでもなかった。彼は携帯を仔細《しさい》に観察し、買ったばかりの新品だと判断した。ボタンの動きが硬いし、ケースもまっさらな状態だ。次いでドムは小さなドライバーで注意深く携帯の裏のカバーをはずし、SIM（加入者識別モジュール）カードの番号を撮影した。それなりの特殊装置を使えば、加入者を識別するためのSIM番号から、その携帯を追跡することも使用状況を知ることもできることを、ドムは知っていた。

次いでドムは居間を調べた。天井が高く、アンティークの本棚が備えつけられており、小さいわりには風格のある居間だった。ドムはスマートフォンを動画撮影モードにセットして、見える状態になっているものすべてを映像で記録していった。ロスが日々の生活のなかで書いたり持ち帰ったりした、人か場所に結びつく可能性のある、手書きの電話番号、駐車券、レシートといったものは、とくに注意を払って撮影した。

そのあと数分を費やして紙屑《かみくず》かごのなかを調べ、搔《か》きまわすようにして素早く目を通していき、郵便物やレシートなどは片っ端から撮影した。

すべてを調べている時間はなかった。だが、これは分析ではなく、強引な情報漁《あさ》りなのだから、問題はない。自宅にもどり、作成した動画ファイルを分析用ソフトウェアに放りこめば、動画の一コマ一コマに写っている文字や数字が自動的に抜き出され、特定、評価、分類される。

ドミニクは棚に載っていた本の山を撮影し、コーヒーテーブルの上にも同じような本の山があったので、それも撮影した。それらはどれもこれもコンピューター・セキュリティ関係の本だった。

むろん、ロスのガールフレンドがコンピューター・セキュリティの専門家であることはドムも知っていた。だが、本はみな教科書のようで、何年も前にコンピューター・サイエンスの博士号を取得したガールフレンドが必要とするものではないように思えた。

するとやはり、これらの本はロスのものなのか？　この男は政策おたくだったはずだが、これではまるで駆け出しのコンピューター・プログラマーではないか？　おれはこいつを疑いたくて、そうできる理由を探しているようだ、とドムは気づいた。コンピューター・セキュリティ関係の本がたくさんあったということ自体は何の証拠にもならない。だが、少なくとも気にはなる。

ドムは〝現場調査〟をつづけた。

居間のソファーの上にノートブック型パソコンＭａｃＢｏｏｋ《マックブック》 Ｐｒｏ《プロ》が一台おかれていた。ドムはまずその外側を素早く調べ、いじられたことがわかる単純明瞭《めいりょう》な仕掛け――たとえば、だれかがこのラップトップ・コンピューターをひらいたらとれてしまう、ふたと本体とを結ぶように貼《は》り付けられた髪の毛――がないかチェックした。携帯を調べたときと同様、そのような仕掛けは見つからなかったので、ロスはごく普通の人々とまったく同じようにしているのだなとドムは思った。だから、ドライバー一本とちょっとした知識があれば簡単に無力化されてしまうホーム・セキュリティ・システムを信頼するという間違いを犯したのだろう。

ドムはラップトップをひらいた。やはりそれはパスワードで保護されていた。このコンピューターのハードディスクのなかに決定的な情報がひそんでいるのではないかと思えたが、いまのドムにはそれを引っぱり出す装置も知識もなかった。モサドによる後方支援を約束してくれたダヴィドに連絡してみようかとも思ったが、家を秘密裏に調べたことをロスに気取られないように、ごく短時間のうちにハードディスクから情報をとりだす方法なんてまずないと思えた。

だめだ。その手はうまくいかない。そう、手がかりはほかのところで見つけなければならない。

五分後、ドミニクは二階にもどってロスの仕事部屋に入り、机上の書類をパラパラめくり、次いで引出しのなかを探った。ファイル・ホルダーに、新車購入で車両にまったく問題がない二〇一三年モデルのメルセデス・ベンツEクラス・クーペの所有権証明書の写しがあった。ボディーカラーは赤。ドミニクはVIN（車両登録番号）を撮影した。あとで、ここロスの自宅かアイゼンハワー行政府ビル近くの駐車場でその車を見つけることができたら、バンパーの下にスラップ・オンと呼ばれるマグネット付き超小型GPS追跡装置をぽんと取り付けるつもりだった。そうすればスマートフォンのアプリでその車を追跡することができる。

机のわきの壁にホワイトボードがかかっていて、そこにロスが書いたメモがいくつかあり、ドムはそれも動画で記録した。

腕時計が囀りだした。持ち時間として設定した三〇分が尽きるまであと一〇分であることを知らせるアラーム。キッチンを急いでチェックするため、ふたたび一階に下りた。キッチンに入り、引出しと戸棚のなかを調べ、缶詰や瓶詰の食品も撮影していく。マッチ箱、ペン、ロゴ付きメモ帳、さらにはワインラックにあったワインの銘柄や醸造年度も動画で記録していった。ある引出しに、錠剤が入ったプラスチック製の小瓶が三つあった。それらにすぐに目がいったのは、普通の処方薬とはちがって瓶に何のラベルもついていなかったからだ。どの瓶のなかにも錠剤がいくつか入っていたが、その色と形は瓶によってそれぞれちがう。ドムは錠剤を慎重にしっかりと撮影してから、瓶をもとの場所にもどした。

冷蔵庫にマグネットでくっついているメモ帳に残っていた筆圧痕《こん》を調べはじめたちょうどそのとき、足音のような音が聞こえた。それは、この連棟式高級住宅《タウン・ハウス》の玄関ドアのすぐ外にある煉瓦《れんが》造りの小さなポーチを踏む足音のようだった。ドムがいま立っているところからそこまではわずか二五フィートしかない。当然ながらドムはビクッとした。だが、驚いたのは一瞬で、半秒のうちに郵便配達人にちがいないと推定した。

ドムはしばらくその場に立って、その推定の正しさが証明されるのを――つまり手紙と広告郵便物の束が床に落ちるのを――待ちつつ、ドアの郵便物投入口を見まもった。そして、そうしながら、手を伸ばし、玄関と居間を監視するワイヤレス防犯カメラの電源を入れて作動可能な状態にもどした。

だが、電源を入れたまさにそのとき、紛れもない〝玄関ドアの鍵穴にキーが差しこまれる音〟が聞こえ、ドムはパニックに陥りそうになった。すぐに閂《かんぬき》が外れるカチッという音がし、外から一筋の光が差して堅木張りの床をドムのほうへ向かって走った。

21

ドミニク・カルーソーはとっさに半島《ペニンシュラ》型システムキッチンの背後の床に胸をつけて伏せ、玄関口から見られないようにした。そして体を回転させてキッチンの裏のドア口のほうを向いた。それは一階の北側にそって延びる廊下へ通じるドア口だ。スニーカーが磨きあげられた床板をこすってキュッキュッという音を立てないように、両腕だけで体を前に押しやるようにして前進しはじめた。つなぎの作業服は綿なので、床の上を滑らせても音は立たない。

うしろから玄関ドアが閉まる音が聞こえ、次いで居間を歩いて壁のセキュリティ・システム・キーパネルへ向かう足音、さらにキーを二度たたく音が聞こえた。

そして男の不満げなつぶやき声。「なんてこった」

たぶんロスだろう、とドムは思った。きっとロスは、セキュリティ・システムの監視モードが解除されていることに気づき、だれか別の者がそうしたのか、それとも自分が今朝仕事に出かけるさいに設定し忘れたのか、そのどちらかだろうと思っているにちがいない。

ドミニクは両腕で手繰《たぐ》るようにして床を移動しつづけた、ゆっくりと、だが確実に。そして、そうしながら思った――ロスが今朝システムを監視モードに設定したことをはっきり覚えていて、その点は絶対に間違いないと確信しているとしたら、彼は麻薬でラリっているか、正真正銘の強迫神経症を患《わずら》っているか、そのいずれかだ、と。設定し忘れたのかもしれないと思うのがふつうなのである。

家の裏側にある階段に通じる廊下へは居間からも行けるようになっていたが、キッチンの奥からも出られるようになっていた。どうかキッチンを通らずに廊下に出てくれ、とドムは祈らずにはいられなかったが、堅木を軋《きし》らせる足音が聞こえたとき、ロスが自分のほうへと近づいてくるのがわかった。

ドムは床を滑り進むペースを速めた。両脚を上げたまま、摩擦の小さいツルツルした堅木の表面を利用し、左右の前腕を掻《か》くように引いて、胸と腹部だけ床につけて滑り進んでいく。それをするには上半身が発揮できるすべての力が必要となり、うめき声も出さずにそうやって奮闘するのはとても難しかった。

自分の体をなんとか廊下に引っぱりこみ、両脚も蹴《け》るようにして壁の向こうへ引き入れた瞬間、スイッチがパチンと弾《はじ》かれる音がしてキッチンの明かりが点《とも》った。いまスイッチを弾いたということは、ロスとの距離はもう一五フィートしかないことになる。しかもロスはおそらくこちらへ向かいつつある。たぶん階段をのぼって寝室へ行くつもりだ。

ドムは跳ねるように立ち上がると、足音をできるだけ小さくすると同時に、背後から迫るロスの大きめの足音にぴったり重なるように全力を尽くしつつ、そのまま廊下を直進しはじめた。そして、左手の階段の前を通過するや、そのすぐ右手にある開いたドア口をするりとくぐり抜け、ちっぽけな洗濯室に入った。縦に重ねられた洗濯機と乾燥機だけでほぼ満杯という感じの暗い小部屋だったが、ドムはその洗濯用の家電にぴったり自分の体を押しつけ、なんとか廊下から見られないようにした。

キッチンのカウンターに鍵束《かぎたば》が落とされる音が聞こえた。近づいてくる足音がとまった。が、それは一瞬のことで、すぐまた足音が聞こえはじめた。

ドムは家電に背中を押しつけて真っすぐ前を見つめていたので、前方の階段も視界に入っていた。ロスが階段をのぼりはじめた場合、何気なくうしろを振り向き、視線を右にちょっとやっただけで彼は、洗濯機と乾燥機にピタッと張りつくグレーのつなぎの作業服に白い安全帽《ヘルメット》という格好の男を見てしまう。

イーサン・ロスはドムの左手から廊下に入ってきて、階段をのぼりはじめた。

ドムはバックパックごと背中を思い切り家電に押しつけ、さらに一、二インチ、体をうしろへ引いた。自分に猛烈に腹が立ってきた。なんでこんな肝が縮む危険な状況におちいるようなことをしてしまったのか？　作業服の下のショルダー・ホルスターには拳銃《けんじゅう》が収まっていたが、それを引き抜くつもりはなかった。これまでに目にできた証拠といったら、ロスは大金持ちの母親に甘やかされた息子である疑いが強いということを示すものだけだった。だから、もしロスに見つかったら、玄関ドアに向かって走るしかない。

イーサン・ロスは気もそぞろに、ゆっくりと、二階への階段をのぼっていく。三〇分前にオフィスを出てからの行動ぶりとはまるでちがっていた。なにしろ、仕事場をあとにしてからというもの、できるだけ早くバンフィールドとベルトーリに連絡をつけようと、それしか考えずに、ほとんど全速力で帰宅しようとしたのだ。ところが、家に入って、ホーム・セキュリティ・システムの監視モードを解除しようとしたとき、すでに解除されているのがわかり、その瞬間、すべてが変わってしまった。今日はたしかにボーッとしていて、ヤバいほど自信を喪失してしまっていたが、今朝家を出る前にセキュリティ・システムを監視モードにセットし忘れたなんて、とても信じられなかった。

実際にどうだったのか思い出そうとして、たしかに監視モードにしたとほぼ確信できたが、それでも完全には思い出せなかった。どんなに明敏な者でも、日常的に繰り返さなければならないこととなると、それをしたのは昨日《きのう》のことだったのか今日のことだったのか往々にしてわからなくなることがあるのだ。それは認めざるをえなかった。

イーサン・ロスはセキュリティ・システムのことをなんとか頭から追い出し、寝室のなかに入っていった。するとたちまち、いま一番の心配事がよみがえった。ダレン・オルブライトFBI管理監督特別捜査官《スーパーヴァイザリー》のことだ。ロスはオルブライトがオフィスから出ていったあとすぐに仕事場をあとにした。体裁など構っていられなかった。秘書のアンジェラには「昼食をとりに行く――そのあと予約してある歯医者に行くから、今日はもう帰らない」と告げた。FBIの捜査官との会話の少なくとも一部はアンジェラに聞かれてしまったにちがいないとロスは思ったが、内部告発者ではないのかと秘書に疑われるようなことは絶対にないはずだとも思った。

スーツをぬぎ、ウォークイン・クロゼットのなかに入って、ジーンズとカシミアのセーターをつかんだ。そしてそうしているあいだもずっと、どうやってバンフィールドと連絡をとろうか考えつづけた。ここは賢くやらないといけない。おれはいつだって賢いが、今日はとりわけ抜け目なくやらないといけない、とロスは思った。例の〝消火栓シグナル〟を利用せずにバンフィールドと連絡をとるのは、もちろん向こう見ずなことだったが、いますぐ連絡しないといけないという切羽詰まった状況だったので、電話をかけるというきわめて危険な方法だってとる気になっていた。ただ、その場合、自分かバンフィールドの電話が盗聴されている可能性がまったくないとは言えないので、ある種の暗号を使わなければいけないということはわかっていた。

まだ着替えの服を身につけ終わらないうちに、ロスはベッドわきの固定電話の受け台から受話器をとりあげ、耳へ持っていった。だが、そのとき、二、三日前にバンフィールドに買うように説得された携帯電話に目がいった。それで、固定電話を使って連絡するのは愚かだと気づいた。

受話器を受け台にもどし、携帯をひっつかんだ。もがくようにしてカシミアのセーターに首を通そうとしながら、片手で番号を打ちこんでいった。

その真下の一階で、ドミニク・カルーソーはスニーカーをぬぐと、素早く左右の靴のひもを結んで、首にかけた。そのまま、靴下におおわれた足で、可能なかぎり静かに、急いで一階の廊下の床を進み、家の裏側へと移動していく。そしてガラス張りの裏のベランダに出た——ということは、食料品収納戸棚の内側に据え付けられた防犯カメラのレンズの前に出てしまったということだ。だが、そんなことは、ロスが在宅しているいま、もうどうでもよかった。ロスの携帯がたとえセキュリティ・ネットワークに接続されていたとしても、そのワイヤレス防犯カメラが警告の緊急メールを携帯に送ることはない。セキュリティ・ネットワークはロスが在宅していることを認識しているはずだからだ。

最初ドムは、裏口から出て、フェンスを乗り越え、そのまま姿を消してしまうつもりだったが、ロスが在宅していることで、さっきはできなかったことがいまはできるようになっており、ドムはその機会を逃すことはできなかった。

ガラス張りのベランダに置かれていた、ばらばらの書類がいっぱい載ったコーヒーテーブルのそばにひざまずくと、ドムはスマートフォンを動画撮影モードにセットして、書類をすべて記録していった。籐《とう》の長椅子《ながいす》の横のマガジンラックにも書類があったので、それも引き出し、素早く選り分け、一枚いちまい慎重に撮影した。

そしてその間ずっと、真上の寝室から響いてくる足音に耳をかたむけつづけた。それで、ウォークイン・クロゼットに入り、出てくるロスの足音を捉《とら》えることができたし、そのあと、くぐもった声も聞き取ることができた。

ひとりの声しか聞こえてこなかったので、ロスが電話で話しているのだろうとドムは思った。

ベッドわきにあった携帯を使っているのかどうかまではわからなかったが、ともかく固定電話を使っていないことだけは確かだった。なにしろ、家の側面に取り付けられていた電話接続箱の線を引き抜いてしまったのだから。

何を言っているのかはまったくわからなかった。だが、この一方の声しか聞こえない会話の最後の最後で、ロスが声を荒らげ、ほとんど叫んだので、その言葉だけは捉えることができた。「だから、今日！　いますぐ、と言っているんだ！」

これはまずいことになるかもしれない、とドムは思い、ベランダ内でのやるべき仕事を終え、ドアへ向かった。そこには剝《む》き出しの頑丈なスライド錠《ロック》と大きな本締り錠《デッドボルト・ロック》がついていた。ドムは本締り錠を解き、スライド錠に手を伸ばした。が、まさにそのとき、ビクッとして手をとめた。背後の廊下から階段の踏み板がきしむ音が聞こえてきたのだ――イーサン・ロスが一階に下りてくる。

《くそっ《シット》》

裏口のドアの外側には網戸がついていた。急いでそれをあければ大きな音が立つにちがいないとドムは推測した。そこでドアに背を向け、ふたたび靴下だけの足で音を立てないように廊下に飛び出し、ベランダへの入口のそばにあるクロゼットのなかに入った。そしてそのまま身をなかに押しこみ、かけられていた何着かの厚手のコートのうしろ側へもぐりこんで隠れた。いまは、ロスが家から出ていくまでのあいだ、見つからずにいられる場所があればいい。このクロゼットはすでに覗《のぞ》いていて、なかの様子がわかっていたので、いまの状況では最良の隠れ場所であるとドムは判断した。

だがここで、例の「うまく行かなくなりうることは何でもうまく行かなくなる」というマーフィーの法則どおりの展開となってしまった。ロスの靴の底が廊下の床板をこする音が近づいてきたのだ。ロスは階段を下りて方向を転じ、こちらに向かって歩きはじめたのである。ロスはまさにこのクロゼットをめざしているのだとドムは気づいた。ドミニクは参ったとばかり目をグリッと上に向け、背負っているバックパックをクロゼットの裏板に強く押しつけて懸命に身を引き、ショルダー・ホルスターからスミス&ウェッソン自動拳銃を引き抜きたい衝動と戦った。

クロゼットの扉があいた。ドムはシダーの裏板に身をぴったり押しつけたまま、筋肉ひとつ動かさず、息をとめた。

ロスは手探りでコートをごそごそ選びはじめた。ドミニクには永遠のように感じられる時間だった。ロスはスエードのライダースジャケットを引っぱり出したが、それをもどして、キャメルの七分丈のコートを引き抜き、結局それもやめて、ノースフェイスの赤いハイテク・合成ダウン・スキージャケットを着ることにした。ロスがそのジャケットをとりだすと、奥にいたドムが丸見えになってしまったが、そのときにはもうロスはそこから目をそらして背を向けようとしていた。ロスが扉を閉め、玄関ドアのほうへ歩きはじめたので、ドムは長い無音の溜息《ためいき》をついた。

ロスが居間に入ったとき、彼の携帯が鳴った。ロスが電話に応《こた》える声がドムの耳にも達した。ロスの声は廊下を抜けて伝わってきたので、ドムは会話の大半をなんとか聞き取ることができた。

「あっ、はい、マム。いや、早退したんだ。言ったじゃないか。歯医者の予約。今日はもう仕事場にはもどらない」

次いでロスはぶつぶつ小声で何やら言ったので、その部分を聞き取ることはドムにはできなかった。そのあと声がふたたび大きくなった。「あとでするよ。いまは時間がないんだ」

数秒間、苛立《いらだ》ちをあらわにして不満をぶつけたあと、ロスは言った。「もうほんとうに出かけなければならないんだ。だから、それは仕事場にあるの。あとで電話するから――」長いためらい。そして実に子供っぽい溜息。それはクロゼットの閉まった扉をも突き抜けてドムの耳に達した。「はいはい、わかった！　ちょっと待って」

ドミニクはロスが階段を駆け上がって二階へもどる音を聞いた。音から、苛立ちと焦《あせ》りが伝わってきた。ロスが二階の仕事部屋に入ったと確認できたとき、ドムはコートを掻き分けてクロゼットから出て、ふたたび靴下だけの足で裏口までそっと歩いた。そして、慎重にスライド錠をはずして木製のドアをあけ、さらに網戸をゆっくりと押しひらいた。案の定、キーという音が立ったが、ロスはいま二階にいて電話で話し、だれかの名前とEメール・アドレスを母親に教えている最中で、気取られる心配はない。

ロスが二階の窓から外に目をやる可能性もないわけではなかったので、ドムは家の壁際《かべぎわ》から離れないようにして、猫の額ほどの裏庭を歩き抜けた。そして、庭内路《ドライヴウェー》に達すると、ひざまずいてスニーカーをはき、表側に出ようと家の角をまわった。庭内路《ドライヴウェー》に赤いメルセデスEクラスがとまっていた。ドムはそれに近づきながらバックパックに手を入れ、ほとんど足どりを乱さずにひざまずいて、うしろのバンパーの下にスラップ・オンと呼ばれるマグネット付き超小型GPS追跡装置をぽんと取り付けた。

さらに、電話線をもとどおり接続して電話接続箱をきちんと閉め、表の通りへと移動しつづけた。ロスの連棟式高級住宅《タウン・ハウス》の玄関ドアに素早く目をやって、いま出ていっても大丈夫であることを確認してから、三四番通り《ストリート》に歩み出て、北に向かって歩きはじめた。

遠ざかっていくドムは、ロスが玄関ドアを開けて閉める音を聞いた。むろん、振り向かない。メルセデスが庭内路《ドライヴウェー》から通りに出て、ふたたび雷鳴さながらの社会派ラップメタル音楽を鳴り響かせながら、タイヤに悲鳴をあげさせて南へと疾走しはじめたときも、ドムは振り向かずに北へ向かって歩きつづけた。

ドムはこの一時間で初めてほっとし、気持ちがゆるむのを感じた。冷や冷やした割には収穫はたいしたことなかったと思ったが、分析できるデータをあるていど集めることができたし、いまやロスの行動を監視できる方法もある。ロスは歯医者に行くと言っていたが、それは嘘《うそ》だろうとドムは思っていた。会う相手がだれであろうと、ロスが緊急に会う必要が生じたと考えていることだけは確かなようだった。

ドムはこのままロスを尾《つ》けていくつもりはなかった。相手と落ち合う場所まで尾行するのはあまりに危険すぎる。ここはひとまず家にもどり、ラップトップ・コンピューターの前に座って、リアルタイムでイーサン・ロスの動きを見まもりつつ、収集した全データを分析用ソフトウェアに放りこむべきだ、とドムは判断した。

22

イーサン・ロスがフォート・マーシー・パークに赴いたのは、この四日間で三度目のことだった。ただ、今日はそこまで車を運転していったわけではなかった。メルセデスはワシントン円形交差点《サークル》近くの駐車場にとめ、そこからタクシーを拾ってアーリントン郡シャーリントンまで行き、屋外型・高級ショッピングモール『ザ・ヴィレッジ・アット・シャーリントン』を歩いて抜けたあと、バスに乗り、フォート・マーシー・パークまであと半マイルもないというところで降りた。あとは約束の場所である公園まで歩いた。

この遠回りは自分のアイディアではなかった。電話での短い会話のあいだにハーラン・バンフィールドにそうするよう指示されたのだ。バンフィールドはそう指示する前に、いつも使っている携帯は家に置いてくるように、とも言った。そんなことはみんな、ロスにとっては馬鹿《ばか》げたスパイ術のように思えた。なにしろ、帰宅途中も、何度も肩越しにうしろを見やり、尾《つ》けてくる者がいないことを確認していたのである。

だが、バンフィールドはこだわり、折れなかった。それに、初老の新聞記者はその方面のことには精通しているようだった。だからロスはしぶしぶメインの携帯をポンとほうってベッドに置き去りにし、新しい携帯をつかみ上げると、家をあとにして、バンフィールドがドラマチックに〝汚れ落としの遠回り《ドライクリーニング・ラン》〟と呼んだことをはじめた。

　こうしてロスは四五分かけて遠回りし、いまや正午をまわってしまっていた。歩いて公園に入るやいなやロスは、これまではそこを自分と協力者だけで独占できたのに、今日はそうはいかないことを知った。小さな駐車場には、バンフィールドのフォルクスワーゲンのほかに数台の車がとまっていたのだ。車の運転席でサンドイッチなどのお手軽な弁当を食べている男女が何人もいる。そして、南北戦争当時の砲座のまわりに二五人ほどの小学四年生がいた。引率しているのは、先生と公園管理官《パーク・レンジャー》がひとりずつ、といったところ。それに、略装軍服を着た若いカップルが手をつないで小道を歩いている。イーサン・ロスはもう何年もＮＳＣ（国家安全保障会議）事務局で働いているというのに、略装軍服から所属先を言い当てるのがいまだに苦手だったので、この二人が軍のどんな部隊の兵士なのかはわからなかった。

ロスは不安に襲われた。いまこの公園にいるだれもが――小学四年生たちは除外してもよいだろうが――ＦＢＩの要員で、おれを現行犯逮捕するためにここにいるのではないか？　だが、その不安もすぐに頭から追い出すことができた。いまは罪になるようなものなど何も持っていなかったからだ。それに、バンフィールドにこう言われていた——到着時に充分なプライヴァシーを確保できないと思えたときは、こちらに近寄らないように合図する、と。

ハーラン・バンフィールドとジアンナ・ベルトーリは大砲のそばに立っていた。前回会ったときとまったく同じ位置だ。イーサン・ロスはバンフィールドから合図があるだろうと思っていた。バンフィールドが小脇《こわき》に挟んだ新聞を地面に落とせば、「知らないふりをしてわれわれとすれちがい、歩きつづけろ」という意味になる。だが、ロスが近づいていっても、バンフィールドは新聞を小脇に挟んだままだった。

ロスがそばまで来るや、バンフィールドがすぐに口をひらいた。「尾けられていないと絶対にわかっているんだろうね？」

「もちろん、そんなの、わからない。いや、つまり、尾けられてはいないと思いますよ。怪しい者には気づきませんでした。でもね、わたしはホワイトハウスの政策立案者であって、安っぽい野暮な私立探偵ではないんです」

ベルトーリが手を振ってバンフィールドの心配を払いのけた。「今日はなんでそんなに動転してしまったの、イーサン？　嘘発見器《ポリグラフ》検査のせい？」

イーサン・ロスは答えた。「検査結果は問題なかったと思う。でも、検査官に、発汗を抑える薬を飲んでいるのかと訊《き》かれてしまったんです」

バンフィールドは顔をしかめた。深刻な面持ちで言った。「むろん、飲んでいない、と答えた」

「ええ、もちろん。でも、彼は信じなかったと思う」

「ただ引っ掛けようとしているだけなんじゃないの」バンフィールドがあんがい自信ありげに言い放ったが、初老の記者がほんとうにそう思っているのかどうかロスには確信が持てなかった。

「それに、今日。オルブライト管理監督《スーパーヴァイザリー》特別捜査官がやって来た。ふらっとあらわれて、質問をぶつけてきたんです、いくつもいくつもね。弁護士を呼ぶ必要があるのかと訊いたら、まあ、オルブライトは引き下がりましたが、彼らは疑っています。少なくともわたしにはそう思える」ロスは両手でブロンドの髪をかき上げた。「要するに……まずい。わからないけど。もしかしたら負けるかもしれない」

バンフィールドは言った。「たぶん彼らは例のファイルにアクセスできた者たち全員にそうしているんじゃないのかな」

「かもしれない。でも、オルブライトは、わたしのガールフレンドのイヴにも事情聴取するつもりだと言っていた。あのガザ支援船団ファイルのダウンロードに利用された技法を彼女が何かの折りにふと、わたしにしゃべったのではないかと疑っていて、それを確認するんだそうです。むろんイヴがみずから進んでわたしを裏切るなんてことは絶対にありません……でもね、オルブライトは優秀な男なんです。その気なら、あいつはイヴをしぼりあげて思いどおりに操ることもできます。疑いがさらに膨らむようなことを彼女に言わせることもできます」

三人とも、しばらくのあいだ押し黙って公園に立ちつくし、現在の状況を熟考し、判断しようとした。

バンフィールドが最初に口をひらいた。「きみはほんとうにPOI――重要参考人《パースン・オブ・インタレスト》――なのか、それともそのFBIの捜査官はきみを苛立《いらだ》たせようとしているだけなのか、そのどちらであるかは調べればわかる」

「どうやって？」

「きみがPOIなら、きみには監視チームがつけられることになるからね。まだそうなっていなければいいのだが、たとえそうなっていて、今日きみはそのチームに尾行されていたとしても、わたしが指示した〝汚れ落とし《ドライクリーニング・ラン》の遠回り〟のおかげでそいつらを撒《ま》けたはずだ」

「繰り返すけど、怪しいものは何も見なかった」

「おいおい、向こうだって一見してわかるような尾けかたはしないさ。きみが車で移動するときは、多数の車が巧みに交代しながら尾行する。そして、きみが徒歩で移動するときは、六人ほどの、いや、たぶんもっと多くの男女が、やはり上手に交代しつつ尾けていく。それに、家の電話も仕事場の電話も盗聴されるし、携帯電話でのやりとりだって裁判所が許可を出してすべて傍受される」

「ええっ、どうしよう」

「大丈夫、落ち着いて」ジアンナ・ベルトーリが宥《なだ》めた。「ハーラン、それは最悪の場合でしょう。事を大袈裟《おおげさ》に言って怖がらせるのはやめましょうよ」彼女は顔をロスのほうに向けた。「あなたが監視されているかどうかはまだわからない」

バンフィールドが言った。「では、こうしよう。きみに少しばかり街をぶらついてもらう。何も心配することなく暢気《のんき》にふらふら移動してもらう」

「それで？」ロスは尋ねた。

「きみを尾ける者がいないか、わたしが目を光らせる」

「そんなこと、あなたにできる――」

「もちろんできるとも。こっちだって、ずぶの素人《しろうと》ではないんだ。前にも言ったように、われわれがこの種のことに対処するのは初めてのことではない。このちょっとしたテストをやるのはできるだけ早いほうがいい。いつできる？」

ロスは腕時計に目をやった。「今日はもう仕事場にもどりません。一時に歯医者の予約があるということにしてあります」

「よし。まずは、新しい携帯でたえず連絡し合えるようにヘッドセットを買いたまえ。そして、歯医者から帰ってきたようなふりをして車にもどる。もし監視チームがすでについていて、きみを見失ったというのなら、彼らは駐車場できみをふたたび捉《とら》えられると考えているはずだ。きみが駐車場に着いたら、行くべき場所を指示する。そしてそこでわたしは待ち、きみを尾けているFBI要員がいないかどうか確認する」

イーサン・ロスは心ここにあらずという様子でうなずいた。

ジアンナ・ベルトーリが前に歩み出て、ロスをハグした。「すべてうまく行っていて、問題ないといいわね」と彼女は言ったが、その言葉はロスを勇気づけるにはあまりにも弱すぎた。「でも、万が一、心配する理由があった場合、わたしたちはあなたの安全を護《まも》るために必要な措置を講じるつもり。だから、お願い、安心し、わたしを信用してちょうだい」

ロスはベルトーリの目をじっとのぞきこんだ。母のことが頭に浮かんだ。ベルトーリはロスの母親よりも二〇歳も若いというのに。「はい、そうします」バンフィールドが最後に冗談を飛ばした。「急がないと。歯医者の予約に遅れてしまうぞ」

ドミニク・カルーソーは三〇分ほどキッチンテーブルについて、携帯に映像として記録したデータをラップトップ・コンピューター上の分析・分類用ソフトウェアにほうりこむ作業をつづけた。そんなに時間がかかったのは、ドムのせいではなくコンピューターのせいだった。そこで、全データがアップロードされ処理されているあいだ、彼はやはりコンピューターのなかにあるスラップ・オンGPS追跡装置のアプリケーションをひらき、イーサン・ロスのメルセデスの追跡を開始した。

すると、表示された地図から、メルセデスはワシントン円形交差点《サークル》近くの駐車場にすでに五〇分以上とめられたままであることがわかった。そこにじっとしていて、まったく動いていないのだ。ということは、ロスが急いで会いにいった者は、そのあたりに自宅か仕事場があるということだろう、とドムは思った。もしロスがほんとうに国を裏切っているとしたら、これは極めて悪いニュースということになる。なぜなら、売国奴《ど》――つまり、アメリカの極秘情報を入手して、それを伝えてはいけない国や組織に伝える意思のある者――にとって、そのあたりには取引相手がたくさん存在するからである。北にある通称〝大使館通り《エンバシー・ロウ》〟（大使館が集中するマサチューセッツ通りの一部）は歩いていける距離だし、ワシントン・サークルのあたりには別の大使館や外国の施設が点在している。ロスがメルセデスをとめた駐車場を中心とした一〇ブロックの地区には、アメリカの敵である国家を代表する施設が、ほかの場所よりもずっと多く存在しているのではないか、とドムは思った。

だがドムは、自分が憶測をたくましくして先走っているということにも気づいていた。だから、そう決めてかかりたい衝動をなんとか抑えこもうとした。少なくとも、ロスの行動をちがうふうに説明できないか検討してみる必要がある。

ドムはグーグルマップの検索窓に「歯科医院」と打ちこみ、そのあたりにある歯医者を探した。メルセデスがとめられている駐車場を中心にした東西南北二ブロックの地域に六つ見つかった。

《くそっ《シット》》もしかしたら、ロスは歯をきれいにしてもらいに歯医者に行っただけなのかもしれない。

「いや、ちがう」ドムは思わず声に出した。ジョージタウンのロスの自宅でなんとか捉えることができた電話の最後の言葉を思い出したのだ。ロスはやはりだれかに会いにいったのである。まず間違いない。「いますぐ、と言っているんだ！」とロスは言った。そんな言葉を歯科医院の受付に投げつける者などいない。イーサン・ロスにとって好ましくない緊急事態が起こっていたのだ。そしてそれは、蒸気タービン船〈アルダハン〉ファイル漏洩《ろうえい》事件捜査に関係していることにちがいない、とドムは思わざるをえなかった。

しかし、それだけではオルブライトにとっては充分な証拠とはならない。そもそも、ロスの家に侵入して知ったことを、オルブライトに明かすことはできない。そんなことをしたら、自分もプレイヤーとして捜査に割りこんでいることをFBIに知らせることになる。ダヴィドに電話しようかとも思ったが、現時点でモサドにしてもらうことは何もない。いまのところまだ、だれかさんに……秘密裏に会うことを要求した、怪しげな行動をとる人物がひとりいる、というだけの話なのである。

たしかにたいしたことではない。だが、いまのドムにとってはそれで充分だった。ただ、全力を尽くしてイーサン・ロスを監視することにしよう、とドムは決心した。ただ、ひとりだから、うまく尾行して結果を出すのはなかなか難しい。それでも、駄目元《だめもと》で簡単な移動監視を試みたほうがいい、と判断した。ドムはショルダー・ホルスターをふたたび装着すると、スミス&ウェッソン自動拳銃《けんじゅう》の腋《わき》の下への収まり具合をチェックした。そして厚手の黒いレザー・ジャケットを羽織り、オートバイ用のヘルメットとキーをつかみとった。さらに、スマートフォンを操作してスラップ・オンGPS追跡装置のアプリケーションを起動した。これでワシントン・サークル近くの駐車場に着く前に、ロスがメルセデスに乗って去ってしまっても、追跡可能となる。ドムは自分のスズキTU250小型オートバイへと向かった。

ドミニク・カルーソーがワシントン円形交差点《サークル》近くの駐車場に着いたとき、ちょうどイーサン・ロスがタクシーから降りるところだった。そこからロスのメルセデスまでわずか数ヤードしかない。

怪しい、実に怪しい、とドムは思わざるをえなかった。自分の車があるのに、なんでそれを駐車場にとめてタクシーでどこかへ行ったりしたのか？　歯医者に行くのにそんな面倒なことをする理由などあるはずがない。

ドムはロスが車に乗りこむあいだ一時的に姿を消していようと、そのブロックをひとまわりした。ドムがもどってきたときには、ロスのメルセデスはすでにワシントン・サークル・パークをぐるりと取り囲む円形交差点をまわりはじめていた。K通り《ストリート》を西へ向かってジョージタウンにもどるのだろうとドムは思ったが、その予想は見事にはずれ、ロスはK通《ストリート》りを東進する車の流れのなかに入りこんだ。

ドムもその車の流れのなかに入り、数台うしろについてロスのメルセデスを追った。それだけの距離をとり、おまけにスモークシールドのヘルメットをかぶっていたので、たとえロスが尾《つ》けてくる者がいないか注意していたとしても、顔を覚えられる心配はなかった。それでもドムはあいだに挟まる乗用車やトラックを遮蔽物《しゃへい》として利用し、ロスに見られないようにしつづけた。

真っ赤なメルセデスは追うのが簡単で、ドムは中華街《チャイナタウン》までしっかり尾けていくことができた。ロスは屋内競技場ヴェライゾン・センターの一ブロック北にある屋根付き駐車場に車を入れ、基本料金である一時間分の一ドルを支払った。ドムは幸運なことに一ブロック南に路上駐車スペースを見つけ、オートバイをとめ、駐車場の出口から目を離さずにロックをかけた。ロスは一分後に姿をあらわしたが、中華街《チャイナタウン》には入らずに、そこから遠ざかって、H通《ストリート》りを東へ向かって歩きはじめた。通りにはオフィスビルがたくさんあったものの、NSC事務局職員はビルの入口を次々に通りすぎ、とうとうマサチューセッツ通《アヴェニュー》りまで歩きつづけた。ロスが監視を発見する何らかの試みをしないともかぎらなかったので、ドムは距離をかなりとっていたうえに通りの反対側を歩いて尾けていた。ロスはSDR（尾行や監視の発見・回避のための遠回り）をしているのかもしれない、とドムは思ったが、いまのところは無理な尾けかたはまったくしていなかったので、気取られるおそれはまったくないと安心していた。

寒空の下を一五分間歩いてようやくドミニク・カルーソーは、ロスはまっすぐユニオン駅に向かっているのだと悟った。ターゲットは駅のすぐ外にある地下鉄の入口に入るのではないか、というのがドムの最初の推測だった。もしそうなら、尾行をつづけるのは不可能ではないにせよ、とても難しくなるにちがいない。だが、ロスは予想を裏切り、ユニオン駅そのものに入っていった。ロスは革のメッセンジャーバッグを肩にかけているだけで、スーツケースの類《たぐい》はまったく持っていなかった。だからドムには、ロスがこのまま午後のうちにこの都市《まち》から抜け出そうとしているとは思えなかった。

ロスはユニオン駅でだれかと会おうとしているのだ、とドムは思った。ごく普通にだれかと遅いランチをとるだけで、隠し立てすることなどまったくないか、それともだれかと密会のようなことをするか、そのどちらか。もし公明正大な単なるランチということなら、このまま突き進み、定点監視できる場所を見つけ、ロスをしっかり見張ることにしよう、とドムは考えた。ひょっとしたらランチをともにする相手がだれであるかもわかるかもしれない。だが、ロスが密《ひそ》かにだれかと接触するためにここに来た場合は、まあ、収穫は期待できない。なにしろ、ユニオン駅は巨大な空間で、通路、店、レストラン、トイレ、列車がそれぞれ何十となくあり、ひとりでの尾行はきわめて難しい。

ロスにぴったり張りつけて、何か劇的なことを目撃する、なんてことにはまずならないだろう。そんなことは映画のなかでしか起こらない。

ロスが地下鉄の入口に近い西口から駅構内に入るや、ドムは正面の南口へ向かい、巨大な洞窟《どうくつ》のようなメイン・ホールに入りこんだ。午後二時を過ぎていたので、人はあまり多くなく、込んでいるとはとても言えない状態だった――ワシントンDCの人々はふつう正午から一時のあいだに昼食をすませる。

ウエスト・ホールからメイン・ホールに入ってきたロスは、ドミニクの四〇フィート手前を通りすぎ、彼のほうにチラッと視線を投げもしなかった。ドムは目の端でロスを捉えていた。ロスは広々とした大理石の床の中央に鎮座する円形の『センター・カフェ』のまわりを歩いていき、両開きのドアを抜けてショッピング・コンコースの一階部分に入っていった。

ドムはなんとかロスに食らいついていた。かなり距離をとって尾けていたので、ロスが逃げる戦術に出たり〝汚れ落としの遠回り《ドライクリーニング・ラン》〟を試みたりしたら見失う危険はそうとうあった。だが、ドムは目で捉えられるくらいの距離を保ってもいたので、ロスがそのようなことをしないかぎり、見失うことはない。

そしてイーサン・ロスはそれと知らずに協力してくれた。彼は本屋に入り、数分間あれこれ本を見てまわった。ドムは通路の反対側の衣料品店にとどまった。そこには充分な高さがあるスーツ・ラックがあり、必要なときにはそのうしろに身を隠せたし、ターゲットを映して見ることができる鏡もあって、ドムはそれを利用して通路の向かい側の本屋の棚の前に立つロスをうまく監視することができた。

ロスは何も買わずに本屋を出ると、すぐさま階段をのぼって、同じように店がならぶ中二階へ行った。

ドムはあとを追わなかった。二つある中二階への階段の双方に目を光らせながら、ここ一階で辛抱強く待つことにしたのだ。もしロスが中二階でだれかさんと会うことにしていたら、それはもう不運とあきらめるしかない。監視というのはまさに「これを得ればあれを失う」というトレード・オフの世界なのであり、やりすぎてターゲットを怯《おび》えさせ、防御策を講じさせてしまうということだけは絶対に避けたかった。

ドムは中二階への二つの階段の中間に位置し、携帯で電話するふりをして監視ターゲットがもどってくるのを待った。階段をのぼる者たちもしっかり観察した。ニューヨーク、ボルティモア、リッチモンド、フィラデルフィアへ向かう列車を待つあいだ、時間をつぶしにきたビジネスマンやビジネスウーマン。ベビーカーを持って中二階の店まで行こうと奮闘する若い母親。階段をゆっくりのぼる高齢カップル。そのカップルを勢いよく追い抜いていく、ジャージーにバックパックという格好の大学生くらいの二人の男。

数分後、イーサン・ロスがショッピング・コンコースのいちばん奥にある階段を下りてきた。ドムはロスのうしろにつき、一階の通路をもどりはじめた。ロスが衣料品店に入っていこうとしたので、ドムはそのまま通り過ぎたが、そのさいロスが店の入口近くにあった鏡張りの壁の前を歩いていくことになり、ドムはその鏡に目をやった。

鏡のおかげでドムは、監視ターゲットが右耳にブルートゥース・ヘッドセットを装着していることにようやく気づいた。ロスがヘッドセットでだれかと話している気配は見て取れなかったが、ドムはほんとうに話していないと確信することはできなかった。

また、ロスは本来のSDRをしているわけではないということにもドムは気づいた。なぜならロスは、どの地点でも尾行をチェックするような動きをまったくしなかったし、壁に張られた鏡をのぞくことさえしなかった――尾行者がいることを示すものを見つける絶好の機会だったというのに。

パズルのピースが合わさりはじめた。ゆっくりとではあったが、きちんとはまっていく。ぶらぶらと当てもなく移動しつづけるロス。まわりにはまったく関心がないかのように視線を前に向けたまま。そして耳にはヘッドセット。

そう、ロスはたしかにSDRをしているのだが、尾行者や監視者を見つけようとはしていない。近くに別の者、共犯者がいて、ロスを見まもっている——もっと正確に言うと、彼を尾行している者がいないか見張っている——のだ。

ドミニク・カルーソーは、いま、この瞬間も敵の目が自分に注がれているのではないかと思い、ジャケットの袖《そで》におおわれた前腕の毛が逆立つのを感じた。

23

ドミニク・カルーソーはこの半時間ほどの自分の足どりを頭のなかでたどってみた。そしてそうすればするほど「これまでのところ監視を正しく実行できている」との思いが強まった。ロスのあとを追って中二階への階段という〝関門《チョークポイント》〟を通過することをせず、彼がショッピング・コンコースの一階にもどってくるのを待った。それが正解だったのだ。もし、中二階まで追っていって、何者であるかも、どこにいるかもわからない敵に怪しまれてマークされてしまったら、たくさんいる尾行者のひとりの可能性ありと判定され、さらに一段と厳しく行動を吟味されていたにちがいない。だが自分は、監視者であることをはっきりと明かすような真似《まね》はしなかった、とドムは確信できた。

ロスが衣料品店から出てきた——またしても何も買わずに。そしてふたたび階段へ向かった。だが、今度は地下のフード・コートへの階段だ。

ドミニクは最初、もう身を引いて、ユニオン駅から出ていってしまおうか、と思った。どこか近くにいるロスの〝守護妖精《ようせい》〟がいまごろこちらをじっと見つめ、すぐにでもロスに「黒いオートバイ用のジャケットを着た男に尾《つ》けられているぞ」と伝えるのではないかと恐れたからだ。だが、いざ歩きはじめた瞬間ドムは、〝わざと目立つような真似をして尾行者でないことをはっきり示す〟という手を使うのが最善の策だと判断した。だから、階段まで歩いてロスに追いつき、さらに階段を下りながら、ほとんどかすめるようにして彼を追い抜いた。これほどあからさまな動きをすれば、見ている者も監視者であるはずがないと無視してくれるにちがいない、とドムは考えたのだ。

地下のフード・コートでドミニクは、ギリシャ風サンドイッチを売っているジャイロ・スタンドの列にならんだ。そうやって三分近く、意志の力を総動員してなんとか真っすぐ前を向きつづけた。そうしていれば、怪しいと思って自分をずっと見ている者がいたとしても、「ああ、こいつは昼飯以外のことにはまったく関心がないんだな」と思ってくれるのではないか、と期待したのだ。ドムはラム・ケバブとコークを注文し、支払いをすませ、頼んだ食べものが差し出されるのを待った。そして、それまでのあいだずっと、ジャイロ・スタンドを真っすぐ見つめるか、顔を下に向けてスマートフォンを見ていた。食べものを手にし、中央階段のそばの小さなテーブルへ向かい、そこのプラスチックの椅子《いす》に腰を下ろして初めて、ドムは目を上げ、チラッと広いフードコートを見やった。まわりを素早く一回見やっただけ。ドムはすぐにまた目の前の昼食に視線をもどした。だがドムは、ただ一瞥《いちべつ》しただけで、まわりを脳のカメラで撮影したかのように記憶する訓練を受けていた。彼はラム・ケバブ・サンドを食べはじめたが、頭のなかでは撮ったばかりの写真の現像を開始していた。脳内に静止画像が浮かび上がった。前方には五〇ほどのテーブルが置かれており、右手には屋台風の店《フード・ストール》がならび、左手にはトイレへいたる通路があり、そこに、こちらに背を向けてトイレへ向かうイーサン・ロスが写っている。

ドムはコークをひとくち飲む動きに合わせてふたたび顔を上げると、穏やかで自然に見えるようにした視線をロスがいるはずの方向へ向けた。男子用トイレへいたる通路の奥へと姿を消すロスがちょうど見えた。いまロスを追っていっては絶対にいけない。たとえ、ロスのまわりを見張って尾行者を見つけようとしている者がこのフード・コートのどこかにいるという疑いがなかったとしても、いまあとを追っていってはいけない。そのトイレへの通路もまた、どこかで目を光らせている者が熱心すぎる尾行者を見つけるためにロスに通過させた〝関門《チョークポイント》〟なのである。

そう、ここはターゲットにひとりで小便をさせるべきだ、とドムは判断した。

ドムはふたたびサンドイッチにかぶりついた。が、その直後、突然かむのをやめた。自分のすぐ前に興味深い人物を見つけたからだ。それは、男子用トイレへの通路のほうへと歩いていく、チャコールグレーのスーツにオーバーコートという格好の三〇代の男。トイレへ向かって歩いていく男ということ自体に興味を覚えたわけではまったくない。そうではなくて、その男がテーブルについてピザを食べている二人の若い男たちと素早く目と目を合わせたことに、ドムは気づいたのだ。ほんの一瞬の仕種《しぐさ》ではあったが、紛れもない目による何らかの会話。再度チラッと見やってドムは、そのジャージー姿の大学生くらいの二人が、一〇分ほど前にロスのあとから中二階へ上がっていった若者たちであることに気づいた。

チャコールグレーのスーツの男は大学生くらいの男たちの連れであるようにはとても見えない。三人がいっしょにいたことはいままでなかったはずだ。それでも、スーツの男は一瞬だがジャージー姿の若い男たちを見やり、その視線には不安が、心配が、からまっていたのである。

ドムにはその男の目が「おれはやつのあとを追うべきか？」と問うているように思えた。

三人の男たちがそうやって目と目を見かわしたあと、スーツの男は実際にトイレへの通路に入っていった。

ドムはロスの〝守護妖精〟――見張り役――を積極的に見つけようとはしていなかったが、三人の男たちがロスの仲間でないことだけはわかった。

彼らはロスの〝守護妖精〟ではない。

その逆、尾行者だ。

いや、正確に言うと、第二の尾行者。FBIがロスを監視しているのだ、そうにちがいない。ドムはカッと頭に血がのぼった。拳《こぶし》でそばの壁をぶち破りたい衝動に駆られたが、なんとか思いとどまった。誘導されるがままに〝関門《チョークポイント》〟を通過してしまったチャコールグレーのスーツの男を、ロスの見張り役が見逃すはずがない。ということは、ロスはすぐに震えあがって身を隠してしまい、彼が不正行為を働いたことを証明するのがずっと難しくなるということだ。

ドムは携帯をとりだし、登録しておいた電話番号をダイヤルした。呼び出し音が二、三度鳴ったところで男の声が応答した。

「はい、オルブライトです」

まわりにだれもいなかったが、ドミニクは声を押し殺した。「まったくもう、ダレン、あなたの部下のせいで、すべて台無しだ」
「わたしの……部下？　どの部下？」

「だから、ロスの尾行を引き上げさせないといけない、と言っているんです。やつはいまSDRをしているんだが、別にやつのまわりに目を光らせている見張り役がいるんだ。なのに、あなたのチームはいま、できるだけ接近すればいいと思いこんでいて、そうすることにこだわりすぎている。くそっ、もう九〇％遅すぎる。おれはそう思う。あなたの部下のひとりが〝関門《チョークポイント》〟に引きずりこまれたばかりだ」

「いまどこにいる？」

ドムは溜息《ためいき》をついた。「ユニオン駅。フード・コート」

「きみはイーサン・ロスを尾行しているのか？」

「あなたのチームよりもずっとうまくね」

「言ったはずだぞ、捜査に首を突っ込むなって。きみは同意したじゃないか。それに、そもそも彼は捜査対象でもない」

「じゃあどうして、その捜査対象でもない男を尾行したりして――」

「われわれは尾行なんてしていない！」

ドムの目はテーブルの二人の若い男たちに注がれたままだった。その二人が立ち上がって階段へ向かって歩きはじめ、込んでいると言うほどではない人々のあいだを軽く縫うように抜けていく。一階までのぼって、定点監視地点を見つけ、ロスが上がってくるのを待つのだろう、とドムは思った。

ドムは問うた。「だったら何者なんですか、こいつら?」

オルブライトはその問いには答えなかった。「家へ帰れ。あとで立ち寄り、説明する」

「彼をターゲットにしたこの尾行チームはFBIじゃない? それ、一〇〇%確かなんですか?」

「現時点ではきみと捜査に関するどのような点についても話し合う気になれない。だってそうだろう、きみは明らかに自分の立場というものをわきまえていないんだからな。だが、非を認めて手を引き、無実と推定される民間人をもう悩ませない、というんだったら、話は別だ。母の墓にかけて誓ってもいい、わたしはNSC事務局職員イーサン・ロスに対していかなる形の監視活動も行っていない」

「どうするんですか、こいつら?」

「きみがNSC事務局に知らせればいいじゃないか。職員のひとりにセキュリティ問題があるというのなら、それに対処しなければならないのは彼らだからね」そう言うなりオルブライトは電話を切った。

ドムは目をグリッと上へ向けた。くそっ、オルブライトめ、こちらの心配には根拠がないと決めつけやがった。

二人の若い男はもう視界から消えていたが、ドムは彼らの風貌《ふうぼう》を検討した。二人とも、髪は黒で、肌は黄褐色《オリーヴ》がかっていた。ただ、それからわかることはスカンディナヴィア半島出身ではないということくらいだ。チャコールグレーのスーツの男のほうは、白髪混じりの髪で、肌も若い男たちとはちがって白っぽいが、完全な白色ではない。

結局、風貌から導き出せる確定的結論はひとつもなかった。

ロスがトイレへの通路から姿をあらわした。ドミニクはとっさに目を伏せ、サンドイッチを見つめた。三〇秒後に目を上げたときには、ロスの姿はもうなかった。別の階段――ドムが座っているところからは遠い反対側の階段――をのぼって一階へ上がったようだ。

ドムはあとを追わなかった。ここではすでにいろいろ起こりすぎて自分の好みに合わなくなっていたので、何もせず、おとなしく昼食を食べて家に帰ることに決めた。

ドミニクはふたたびラム・ケバブ・サンドにかぶりついたが、食欲がすっかり失《う》せているとに気づいた。ロスのことを考えた。ロスに共犯者がいることは確実で、嫌疑を受けていることを彼がいまや知っているということも確実だった。ということは、ロスは自分の身を護《まも》るような行動を起こそうとするのではないか？　そう考えると、胃がむかむかしてきた。ドムは立ち上がり、食べ残したものを近くのごみ箱に捨てた。そして、いちばん近い階段に向かって歩きはじめた。

すぐ前に、キャメルのコートに身をつつむ、ずんぐりした高齢の男がいて、やはり階段を上がろうと体の向きを変えたので、ドムは先に通すために足どりをゆるめなければならなかった。

ドムは階段をわずか一段のぼったところで上に目をやり、高齢の男の先を見やった。すると、ワシントンDC首都警察の制服警官二人が階段を下りてくるのが見えた。警官のひとりが肩飾り《エポレット》にかけたマイクに何やら言っており、二人は目的をもって移動している。何らかの任務を与えられ、地階へ急派されたかのようだった。

ほとんど反射的にドムは方向を転じ、階段から遠ざかりはじめた。

どういうことなのかすぐにわかった。ダレン・オルブライトが首都警察に電話したのだ。

ロスを捕まえるためではない。ロスの見張り役を捕まえるためでも、ロスを尾行している男たちを捕まえるためでもない。

そうじゃなくて、このおれを捕まえるためだ。

「オルブライトのクソ野郎め」ドムはぶつぶつ独りごちた。

左手のトイレへの通路の前を通りすぎ、地階の西の端にある階段に向かって歩きつづけた。階段に達する直前で、ドムは素早く体の向きを変え、右手のＡＴＭを使うふりをして階段に背を向けた。

さらに二人の首都警察の警官がその西の階段を下りてきたのだ。警官たちはドムに気づかずに通りすぎた。彼らが地階に下りてフード・コートに入っていくと、ドムはクルッと階段のほうへ向きなおり、急いで一階まで上がり、メイン・ホールを抜けてユニオン駅から出ていった。


ドミニクが怪しい男たちの動きを捉《とら》えたちょうどそのとき、イーサン・ロスの〝守護妖精〟もまた尾行する男たちに気づいた。ハーラン・バンフィールドはフード・コートのクレープ屋の横に置かれたベンチに座っていた。そこは、ドムの前方ではあったが、支柱が邪魔になって彼からは見ることのできない位置だった。

男たちを見た瞬間、バンフィールドはＦＢＩだと思ってしまった。それはまさに先入観による思いこみだった。ロスはＦＢＩに疑われていると思っていて、実際に彼を尾行する者がいた。だからバンフィールドはＦＢＩだと思いこんだ。

　ロスとはたえず連絡をとれる状態にあったが、バンフィールドは尾《つ》けられているという事実を教えなかった。ただ、中華街《チャイナタウン》にとめた車までもどれ、とだけ指示した。そのあとどうするかは、追って知らせるつもりだった。イーサン・ロスがトイレから出てきて、階段をのぼって地階から一階へ向かいはじめるや、バンフィールドもいちばん近い階段へ向かった。そして急ぎ足で、オートバイ用のジャケットを着た三〇代前半の男の前に強引に出て、階段をのぼっていった。ちょうど首都警察の警官が二人、階段を下りてきたが、バンフィールドは警官にはまったく注意を払わなかった。彼はもうすでにイーサン・ロスを次にどう動かすかを考えていた。


中華街《チャイナタウン》にとめたオートバイへもどる途中、ドミニク・カルーソーはポケットを探って、昨日《きのう》の朝、モサド要員にもらった名刺サイズのカードをとりだした。そこに書かれていた電話番号をダイヤルすると、最初の呼び出し音でダヴィドが応《こた》えた。

「ミスター・カルーソー、電話をありがとう。何かお役に立てることがありますかな？」

「ここワシントンDCでだれかを監視しているということはありますか？」

ダヴィドは笑いを洩《も》らした。「ずいぶん曖昧《あいまい》な質問ですな。もちろん、われわれが監視している者はおります。シリアの外交官。パレスチナの過激派。エジプトの大使館付き武官。あなたの国の首都は驚くほど厳しい敵対的環境下にあるのです。でも、あなたの言う〝だれか〟はある特定の人物なんでしょう？」

「ええ、NSCの情報漏洩《ろうえい》に係わったかもしれない者です」

ダヴィドはきっぱりと否定した。「絶対にありません、そのような者を監視していることは。昨日言いましたように、われわれはその件であなたに助けていただきたいのです。もちろん、ほかの方面からも探りを入れていますが、いまのところ確かなことは何もつかめていません。あなたがすでに容疑者を見つけたということでしたら、そりゃすごい、感心いたします」

「ええまあ、容疑者はいるんですけどね、尾行もついているんです」

「FBI？」

「FBIはちがうと言っています」

「それは興味深い。別のプレイヤーがその容疑者を尾行している？」

「そのようです」

「容疑者の名前は？　こちらでも探ってみます」

ドムはためらった。いや、まだモサドをこの件に係わらせる気にはなれない。彼らを引き入れれば、動く部分がもうひとつ増えるということで、急速にきわめて複雑になりつつある状況が、さらに一段と複雑になってしまう。彼らとはすこし距離をおいて付き合ったほうがいい――ともかく、いまのところはまだ――とドムは判断した。

「まだ単なる勘で怪しいと思っているだけなのです。もうすこし何かわかったら、また知らせます」

「その男が監視下にあるというのなら、単なる勘というわけではないんじゃないかね。われわれも係わらせてください、ドミニク。われわれには独自の調査力があって、そいつを調べあげることができます」

「また電話します」ドムは電話を切り、歩きつづけた。ダヴィドの言うとおりだ、と彼は思った。イーサン・ロスは確実に怪しい。それは単なる勘ではない。だが、いまのドムにできることは、オルブライト管理監督特別捜査官《スーパーヴァイザリー》にこのことを納得させる方法を考えようとすること、それだけだった。

24

一時間かけていくつものショッピングモールやチェーン店を見てまわるという極めて自然な〝汚れ落としの遠回り《ドライクリーニング・ラン》〟をロスにさせて、バンフィールドは自分が抱える内部告発者が監視されている気配が完全に失《う》せたことを確認した。それでも、ＦＢＩがこれからも少なくともロスの行動を監視しようと試みることは、バンフィールドにとっては疑う余地のないことだった。

昼も半ば過ぎの午後三時三〇分、ハーラン・バンフィールドはイーサン・ロスに電話し、コロンビア・ハイツにある地下駐車場へ向かうよう指示した。そこでロスはバンフィールドの車に乗りこみ、二人はいっしょにラッシュアワーの車の流れに乗って二二番通《ストリート》りのリッツ・カールトン・ホテルまで行き、そこの地下駐車場に車をとめた。

バンフィールドはロスを車に待たせて、ひとりでジアンナ・ベルトーリの二寝室スイートルームまで上がり、部屋のまわりと裏階段のルートをチェックしてから、ロスを連れに駐車場までもどった。

三人はまず、テレビの音を大きくし、バスタブとシャワーの水をほとばしらせた。ベルトーリは実際に自分が監視下にあるという疑いを抱いていなかったが、ＩＴＰ（国際透明性計画）の代表として、プライヴァシーを確保するために必要な措置をたくさんとるよう努力するようになっていた。

三人全員がミニバーのワインを手にして椅子《いす》に座ったあと、ようやくハーラン・バンフィールドが「きみは間違いなくＦＢＩに監視されている」とイーサン・ロスに告げた。

ロスの目が焦点を失い、どんよりかすんだ。

ベルトーリが確認した。「確かなの、ハーラン？」

「ええ。ユニオン駅でイーサンを尾《つ》けていた男を少なくとも三人見つけた。そのあと、われわれはそいつらをうまいこと撒《ま》いて、わたしがイーサンを拾ったときにはもう完全に振り切っていた。だが、尾行されていたことは確実だ」

「くそっ《シット》」ロスが思わず声を洩《も》らした。

バンフィールドはロスのほうに顔を向け、表情を少しだけ明るくした。「それは悪いニュースで、良いニュースはだね、わたしが抱える内部告発者のなかにアメリカ連邦政府の職員ファイルにアクセスできる人物がいて、わたしはその女性に相談できたということ。要するに、彼女にＮＳＣ事務局の職員記録をのぞいてもらったんだ。その結果、いまのところ、身分やコンピューター・アクセス権に関する新たな注意喚起やセキュリティ管理の対象となっている職員はひとりもいない、ということがわかった。ということは、きみへの監視はまだ極めて予備的な段階にあると思われる。ＦＢＩは疑いを抱いていて、これからも探りつづけるだろうが、いまはまだ、充分な証拠をつかんでいないので、尾行することくらいしかできない、というわけだ」

　だがイーサン・ロスのほうは、バンフィールドは心配させないように言いつくろっているだけだとしか思えなかった。ロスは自分の人生がすっかり消え失せていくような感覚をおぼえていた。家族は理解してくれないだろう。行動をうながした思想的理由については共感してくれるだろうが、そもそも両親は老いぼれの元政府職員なのであり、世間一般の人々と同じように息子を売国奴《ど》と見なすにちがいない。

　ロスは椅子に全身をすっかりあずけ、中空をじっと見つめた。

　ジアンナ・ベルトーリは若きＮＳＣ（国家安全保障会議）事務局職員のそばの床にひざまずくと、まるで旧知の仲であるかのように同情をあらわにしてハグした。

ロスはベルトーリの柔らかな縮れ毛のなかに言った。「わたしはどうしたらいいんでしょう?」

ベルトーリはロスの肩に腕をかけ、強く抱き寄せた。「いまは自然に振る舞う必要があるわね」

「オルブライトはイヴを事情聴取するつもりです。彼女を脅すつもりなんです。脅されればイヴは、あるシステムの脆弱《ぜいじゃく》性を具体的にわたしに話したことを白状してしまいます。そうなったら、わたしは逮捕されます」

ベルトーリは言った。「たしかに深刻な状況ね。わたしもそれを過小評価しようとは思わない。でも、切迫した状況ではないわ。まだね。問題は、このまま何もしなかったら、いい、いい、切迫した状況になったときに自分を救えなくなる、そうなったときにはもう遅すぎる、ということ」

「どういう意味ですか?」

「あなたにはやらなければならないことがあり、それをいますぐやる必要がある、ということ」

「えっ、もういちど情報を掻《か》き集めろ、というんですか?」

「そう。ハーランがいま言ったように、あなたはまだシステムにアクセスできる。明朝、仕事場へ行って、ファイルをダウンロードするの。そして、それらのファイルをあなたが考えうる最良の方法で安全に保管する。万が一とっておきの切り札が必要になったときのためにね」

ロスは首を振った。「そんなの、さらに深みにはまるだけです。いま賭《か》けに出たほうがまだいい。逮捕されたら、金で買える最高の弁護士を雇い、できるだけ大騒ぎします。運に恵まれれば、ひょっとしたら――」

ベルトーリはロスの頬に手をあてた。「かわいそうだけど、イーサン、それは甘いわね。逮捕されたって、有名になんてならないわ。だって、自分の怒りや不満を伝えられる大裁判なんて行われないの」

ロスは返した。「ここはアメリカです。当局はわたしを裁判にかけなければならない」

今度はベルトーリが首を振った。「いいえ。当局はあなたを精神治療する」

「わたしを精神治療する？」

「そう、彼らはあなたを国家の安全をおびやかす危険人物と見なし、精神療養施設に入れ、薬づけにする。薬剤による一種の前頭葉切断術《ロボトミー》をほどこすの。そして、あなたのことを忘れる。だれもがあなたのことを忘れてしまう」ベルトーリは悲しげな笑みを浮かべて見せた。「でも、最悪なのは……あなた自身もあなたのことを忘れてしまう、ということ」

イーサン・ロスもそのような噂《うわさ》を耳にしたことがあったが、信じることなどとてもできなかった。だが、ベルトーリは完全に信じ切っているようなのだ。彼女の言うことを疑うなんて、いまのロスには不可能だった。

「では、どうしろと？」

バンフィールドが答えた。「情報を掻き集めたら、ここから出ていくんだ。そして、逮捕されずにすむ、どこか遠いところへ行く。自分に都合よくものごとを整えられる場所、彼らの縄張りではない場所へね」

「サンフランシスコの母《マム》のところにも行けます」

ベルトーリが首を振った。「それはだめ、イーサン。この国から出ていくの。よその国に政治亡命するの」

イーサン・ロスは頭を抱えこんだ。「政治亡命？　いやだ。嘘だろう、いやだ」ぶつぶつ独りごちた。ショック状態におちいった者のように目が完全にうつろになっている。あまりの苦境に押しつぶされそうになっているのだ。

例のＮＡＳＣＡＲ（全米市販車型自動車レース協会）と書かれた黄色いＵＳＢメモリ

がいつのまにかジアンナ・ベルトーリの手のなかにあらわれた。彼女はそれをロスの手のなかに入れた。ロスは逆らわずに受け取った。

ふたたびベルトーリが口をひらいた。「それが必要になるまで待っていたら、そのときはもう遅すぎるの」

バンフィールドも身を乗り出してロスにグッと身を寄せた。「協力者《コンタクト》に調べてもらえば、きみのシステムへのアクセス権がブロックされているかどうかわかる。そのブロックがFBIによる逮捕の兆候となる。だが、繰り返すが、そうなってからでは遅すぎるんだ」

ロスはUSBメモリを上着のポケットに入れ、立ち上がった。USBメモリのなかには、データを自動的に収集するクローラー（這《は》い進むもの）と呼ばれるプログラムが入っている。「さあ、どうなんでしょう。すこし考える必要があります」

ベルトーリは顔に不安の表情を浮かばせたが、いちおう理解を示した。「オーケー。わかりました」

数分後、バンフィールドとロスはベルトーリと別れ、そっと裏階段を使って地下駐車場まで下りた。

バンフィールドはロスをペットワースのタクシー乗り場まで送ってから帰るつもり

だった。二人が乗った車がリッツ・カールトン・ホテルの界隈《かいわい》から出たときにはもうロスは、イヴに会って状況がどれだけ悪くなっているか感触をつかもうと心に決めていた。そして、すでにイヴがオルブライトから事情聴取を受けていて、希望をまったく見出《みいだ》せないような状況になっていた場合、翌朝、仕事場に行って、交渉の切り札として利用できる秘密情報を盗もう、と思った。

だが、そうするのは、ほんとうにそうしなければならなくなったときだけ。主導権をにぎっているのは、まだこのおれで、バンフィールドでも、ベルトーリでも、オルブライトでもない、とロスは自分に言い聞かせた。おれは自分にとってベストなことをするんだ。ロスがほかの何よりもこの世で最も信頼しているのは自分の知力であり、彼はなお、なんとか自力で絶望的としか思えない今の状況を変えうると思っていた。勝利というわけにはいかないかもしれない。そこまで期待することはさすがにできない。だが、引き分け——捜査当局との緊張緩和《デタント》——なら、充分にありうる。

イーサン・ロスは自分には素晴らしい才気があると信じ切っていた。だから、この苦境もなんとか無傷でくぐり抜けられる、と思っていた。

ドミニク・カルーソーは半分ほど空になったハープ・ビールの瓶を手にしてソファ

ーに座っていた。テレビは切ったし、コンピューターはシャットダウンして別の部屋に持っていった。そのうえ居間もあるていど片づけたのは、まもなく客を迎えるからだった。

客が訪れる前の静かなひとときに、自分の傷の具合を頭で調べてみた。頭痛は消えた。これはありがたかった。胸郭の強張《こわば》りはまだ消えない——痛みは大幅に弱まったが、痙攣《けいれん》は頻繁に起こり、呼吸するたびに傷ついた組織が痛みを発する。腕と胸の切り傷はすでに治りはじめている。次のシャワーのあとはもう包帯や絆創膏《ばんそうこう》で保護する必要はないだろう。ただ、あと二、三週間くらい傷口はかなり醜いままのはずだ。

殴打《おうだ》されたりして負傷した経験なら、これまでにも多少はある。ドムはタフな男で、傷が癒《い》えて完全に消え去るずっと前に、精神的には立ち直ることができた。

もうそろそろだなとドムが予想したまさにそのとき、ドアをノックする音が聞こえた。激しい感情がこめられたその音の調子——怒りに燃えてバンバンバンバンと四度たたく雷鳴のような音——さえ、まさにドムが予測したとおりのものだった。彼はすぐにはソファーから立ち上がらなかった。ビールをひとくち飲み、ソファーにぐっと身をあずけ、ふたたび憤激のノック音が鳴り響くのを待った。来《きた》るべきものに急いで対処しても何の意味もない。

ふたたびバンバンバンと勢いよくドアをたたく音が聞こえた。「カルーソー！」

「あいてます」ドムは応《こた》えた。

一拍あって、ダレン・オルブライトＦＢＩ管理監督特別捜査官《スーパーヴァイザリー》がドアをあけ、入ってきた。ダークブルーのスーツ。オーバーコートは着ていない。そして手には何も持っていない。ドアを閉め、ソファーに座るドミニクを見つけると、オルブライトはほとんど急襲するかのように突進してきた。

「どうぞ座って」ドムは手を振って革張りの椅子を示したが、オルブライトは無視した。

「取引したじゃないか」

「というか、あれは紳士協定のようなものと思っていましたが」

「では、きみは紳士ではないということか？」

「紳士でいられるときもありますよ、もちろん。いまはそういうときではないというだけでして」

オルブライトは懸命になって聞き分けのない子供と話しつづけようとするかのように胸を苦しげに波打たせた。彼は椅子に腰を落とすと、身を前に乗り出した。「きみに捜査の邪魔をさせるわけにはいかない。イーサン・ロスは今回の件の被疑者となる可能性がある多数の人々のひとりにすぎない。怪しい者を絞りこんで、ほんとうの犯人を割り出すには、それなりの時間と正しい実地捜査が必要になる。正当な逮捕を危うくしかねないものはみな——」

「わたしはイーサン・ロスが犯人だと思う」

「その結論を導き出すもととなった重要情報を知っているというのなら、聞かせてもらいたいものだな」

ドムが応えようと口をひらいたとき、オルブライトがあわてて片手を上げて制した。

「いや、言うまでもないが、それが捜査をそこなったり訴追をパーにしたりするようなことでなければの話だぞ。たとえば、きみやきみの仲間のスパイたちが、合衆国憲法修正第四条に違反することをロスに対してやったというのなら、わたしとしてはそんなことを知るわけにはいかない。それが法廷で証拠として認められないものなら、お願いだからおれの耳に入れるんじゃない、いいな。きみらスパイというのは、まったくもって、そういうことしかやらないんじゃないかと、おれは思っている」

ドムは口を閉じた。そこまで言われたら、もう何も言えない。

オルブライトもそれに気づいた。「やっぱりな。いやはや、素晴らしいじゃないか。おれは何にも知らないように振る舞うことにするよ。きみやきみの仲間が『不当な捜索や押収《おうしゅう》』のようなことをやったなんてまったく知らんようにな」

「『不当な捜索や押収』？　憲法修正第四条のそんなもったいぶった専門語を唱えたって、犯人を捕まえる助けにはなりません」

オルブライトは弾《はじ》けるように椅子から立ち上がった。「だがな、犯人を有罪にする助けにはなるぞ！　おれにとって重要なのはそれだけだ。きみの目を見ればどういうことだかわかる、カルーソー。きみは個人的な恨みに駆られているんだ。非常に個人的な恨みにな。だが、極秘組織のスパイが個人的な恨みから行動しはじめたら、法と秩序が最初にお払い箱になる」

「わたしが極秘組織のスパイ？　だれがそんなことを言ったんですか？」

「極秘ではない記録を調べたのさ！　きみの名前はそこにはない。おれはこれでもFBIの捜査官だ。そこでそういう結論を導き出した。いいか、おい、おれもきみもFBI《ビューロー》に入ったとき同じ宣誓をした。おれたちは『アメリカ合衆国憲法を支持し護《まも》って内外のあらゆる敵に抗する』と誓ったんだ。前回チェックしたときには、修正第四条はまだ憲法のなかにあった」

ドムは言った。「ええ、まあ、戦術はちがいますが、あなたもわたしも同じ敵を追っているのです」

オルブライトはすぐさま言い返した。「きみはロスを追っている。わたしにはロスが敵であるとは断定できない」

「ユニオン駅でロスを尾《つ》けていた者たちですが、まだ何者か見当もつかないままですか？」

「それはわかっている」

ドミニクの顔がたちまち輝いた。「何者ですか？」

「きみだ！」

ドミニク・カルーソーはどんと尻餅《しりもち》をつくようにソファーに腰をもどし、目をグリッと上に向けた。「その話はもうやめませんか？　ですからね、ロスに興味を示している者がほかにいるんです」

オルブライトはやっとその件を真面目《まじめ》に話し合う気になったようだった。「もしほんとうにロスを尾けていた者たちがいたとしたら、それはイスラエルの監視チームかもしれんな。イスラエルの触角はＦＢＩ本部《フーヴァー・ビル》にも伸びているからね。彼らも今回の事件の答えを欲しがっている。で、ロスが捜査対象のひとりであることを知り、独自に監視をはじめたのかもしれない」

ドミニクは首を振った。「ちがう」

「ちがう?」

「その点についてはわたしを信用しないといけません」

「いまはきみを信用するなんて無理だ、どんなことについてもね」

ドムは言うべきことと言わずにおくべきことを考えた。しばらくしてようやく、傍から見てもわかるくらい用心して、ゆっくりと話しはじめた。「先日、イスラエルの者が接触してきましてね、その者にいろいろ訊《き》かれました。彼らは国に仕えた善き男を失い、腹を立てています。彼らはわたしが何か情報をつかんでいないか知りたかったのです。わたしは情報なんて何もつかんでいなかった。彼らも明らかにつかんでいなかった」

「イスラエルが別の方法でロスのことを知ったかもしれないじゃないか。そうでないとどうしてわかる?」

「ほんとうです、わたしを信じて。彼らはいま、何もわからず、触角を激しく振りまわして、どんな情報でもいいから得ようとしているところなんです。イーサン・ロスのことなんて知りません。ロスを尾行しているのは、だれであろうと、イスラエルの要員ではありません。何者であるかはわかりませんが、ともかく、三〇人か四〇人いる情報漏洩《ろうえい》が可能だったNSC事務局職員のなかに、『嘘発見器《ポリグラフ》検査を操作しようと試み、かつ、謎《なぞ》の集団から尾行されている』という者がほかにいなければ、イーサン・ロスこそが現在最も怪しい人物ということになるのではないでしょうか」

オルブライトはその点については認め、譲歩することにし、ゆっくりとうなずいた。

「ようし、わかった。では、こうしよう。きみが手を引けば――つまり完全に身を引けば――ロスに監視チームを張りつかせ、必要な措置をとる」

ドムは訊いた。「いつ?」

「なんて押しつけがましい野郎なんだ、きみは。まあ、明日の午前中にはなんとか配置できる」

「いますぐやればいいじゃないですか」

「だから、時間がかかるんだ! きみだってFBI、少なくともそうであるふりをしているんだから、わかるはずだ。ロスが犯人だと一点の迷いもなく確信できるのなら、彼が最新極秘情報と戯《たわむ》れている野郎だとわかっているのなら、そりゃもう、おれだって、あらゆるところから人員と資材を掻き集め、すぐさま監視を開始できるようにするさ。だがな、おれはまだ断定なんて何ひとつできずにいる。だから、いますぐオフィスにもどり、SSG、科学技術部をはじめ、盗聴や尾行をするにあたって話を通す必要がある部局の者たち全員と話し合わなければならないんだ」SSGはFBI内に設置されている監視活動を担当するスペシャル・サーヴェイランス・グループ（特別監視グループ）。

「優秀な者たちにやらせないと。ロスはすでに神経質になっている」

「SSGなら心配いらない。彼らはベスト、他の追随を許さない」

それはどうかな、とドムは思ったが、口には出さなかった。たしかにSSGは優秀で、その点、疑う余地はないのだが、彼らと張り合える監視要員をかかえるアメリカの機関はほかにもいくつかある。

「もういちど言う」オルブライトはドムを指さした。「もう首を突っ込まないという約束をきみから得られないうちは、おれは何もしない、なんにもな。紳士としての約束なんかじゃだめだ。もうその手は食わん。今度イーサン・ロスのそばに姿をあらわしたら逮捕する、まずはそれを頭にたたきこめ。それを知った男として約束するんだ。きみの伯父さんが大統領であろうとなかろうと、おれはちっとも気にしない。また嘘《うそ》をついて厄介をかけるようなことをしたら、たとえきみの親父《ダッド》がローマ教皇様だって、おれはきみをひっ捕らえ、連行するからな」

ドムは立ち上がり、手を差し伸べた。「約束します。もう係わりません。これからはすべてそちらにお任せします」

オルブライトはしぶしぶドミニクの手をにぎった。腹立たしさがなおも消えずに残っていたからだ。だが、ともかくドアから出て、ＦＢＩ本部《フーヴァー・ビル》へ向かった。

ドムはＦＢＩ管理監督特別捜査官の顔に浮かぶむかつきの表情に気づいた。今夜が長い夜になることをオルブライトは知っているのだ。

25

イーサン・ロスはタクシーで自宅から数ブロック離れたM通《ストリート》りのバーまで行き、そこから家の近辺までの残りの道程《みちのり》を歩いた。自宅のあたりに達したのは午前零時一五分前で、家の前の通りの向かい側にあるヴォルタ公園《パーク》に立って、数分間、充分に離れたところから家の様子をうかがい、車や窓や木々に目をやり、監視者の姿を探した。

自宅のすぐ北のQ通《ストリート》りに衛星テレビのヴァンが一台とまっていて、それが目にとまり、ロスは狼狽《ろうばい》した。彼もテレビや映画を見て、FBIの監視チームがよくターゲット現場《ロケーション》の真ん前に偽装ヴァンをとめるということくらい知っていた。あのじっとしている黒っぽい車のなかでは、三、四人の男たちがヘッドセットをつけて一群のコンピューターの前に座り、おれが帰るのを待っているのだろうか、とロスは思わずにはいられなかった。

だが、公園の角の寒い暗闇《くらやみ》で、すり足ダンスをするように脚を動かしながら見まもりつづけていると、一〇分ほどして、衛星テレビ局の制服を着た男が近所の家から出てくるのが見えた。男はドア口の婦人と二言《ふたこと》三言《みこと》ことばをかわしてからヴァンに乗りこんだ。ヴァンは通りを走って遠ざかり、姿を消した。

自宅が監視されていないことにほっとすると同時に、ちょっと驚きもして、イーサン・ロスは家まで歩き、玄関ドアからなかに入った。そして、いつものように暗いまの居間を突っ切って、壁のセキュリティ・システム・キーパネルまで歩いた。それで警報装置を作動しないようにしてから居間の明かりを点《つ》けるためだった。

だが、キーパッドの前まで来ると、セキュリティ・システムの監視モードはすでに解除されていた。

《またか？》

ロスはその場にそっと立ち尽くした。三四番通《ストリート》りの街灯の光がほんのすこしブラインドの隙間《すきま》を抜けて差しこみ、床に仄《ほの》かな光の筋をつくっているが、明かりと言えるものはそれだけで、家のなかはほぼ完全な暗闇に包みこまれている。ロスはソファーわきのテーブルに置かれた電気スタンドのほうへ一歩踏み出した。が、次の瞬間、ギョッとして足をとめた。自分がいまいる部屋のなかに人の気配を感じたのだ。

ロスは凍りついた。声がかすれた。「だれだ……だれだ、そこにいるのは？」

「あなた、何をしたの？」イヴ・パンだった。低くのっぺりした声で、嘆き悲しんでいると同時に責めてもいるような言いかただった。

ついにオルブライトに逮捕されるのだ、と思って膨れあがった恐怖が、急速に消え去り、代わりに、いまやイヴ・パンにも疑われてしまった、とわかって生じた不安に呑《の》みこまれた。イヴは何を知ったんだ？　イヴはＦＢＩに何をしゃべったんだ？

ロスは壁際《かべぎわ》のエンドテーブルまで歩き、そこに載っている小さな電気スタンドの明かりを点《とも》した。いた、ソファーに、イヴ・パンが座っていた。黒のロングスカートに白いブラウスという通勤服のままだ。黒髪をお団子《バン》に結い、猫目《キャットアイ》眼鏡をかけている。ロスが通勤時の装《よそお》いをしたイヴを見ることはめったになかった。彼女はデートで外出するときはいつも、髪をほどいて垂らし、眼鏡をはずしてコンタクトレンズを入れていたし、二人で家のなかにいるときは、スウェットスーツかドレスシャツを着ていた。それに今日のイヴは、いかにも専門家らしい深刻な表情をしている。その表情を見たとき、ロスは彼女の声を聞いたときと同じくらい不安になった。

何も言わずにロスは、イヴの向かいの椅子《いす》に腰を下ろした。まだスキージャケットを着たままで、指から車のキーをぶら下げていた。アルコールの臭《にお》いがした。ウォッカだ、とロスは思った。だが、グラスも瓶も見えない。肌が酒の臭いを放散するほどイヴはウォッカをたくさん飲んだにちがいない。

「きみの車はどこ？」ロスは訊《き》いた。

「裏にとめたわ。わたしがここにいることをあなたに気づかれないように」

「なぜ？」

「じゃあ、あなたの車はどこ？」

ロスは咳払《せきばら》いをした。「タクシーで帰ってきたんだ」

「わたし、窓からあなたを見ていたの。タクシーなんて見なかった」

「タイヤが……パンクしちゃって」

「嘘《うそ》！　あなた、嘘をついてる。あなたはいつもわたしに嘘をついてきた」

「ええっ？　まさか」

「今日ＦＢＩの人がやって来て、わたし、事情聴取されたの」

ロスはうなずいた。そうか、ハッタリではなかったんだ、オルブライトはほんとうのことを言ったんだ。ロスは説明した。「今回の情報漏洩《ろうえい》事件では、ＦＢＩは被疑者をひとりも見つけられずにいる。だから、ひとり、なんとかでっち上げようとしているんだ。そんなの、うまくいくわけない。きみがＩＴセキュリティ専門家だと知り、わたしを怪しんだにすぎない。彼らは、きみも何らかの形で係わったのかもしれないと考えている。そんなのいかれているって、わたしは彼らに言ってやった」

「わたしも係わっている……そうなの？」

「もちろん、そうじゃない」

イヴ・パンは首を振った。涙が一粒、目からこぼれ落ち、眼鏡のフレームの内側を伝わった。「情報がどのようにして不正に引き出されたか、ＦＢＩの捜査官が話してくれた。何者かがＮＳＣ事務局のＪＷＩＣＳ用ポートからＤＤＡ――初期設定ドメイン管理者――としてネットワークにログインしたというの」ＪＷＩＣＳはアメリカ連邦政府機関が極秘情報をやりとりするさいに用いる相互連絡コンピューター・ネットワーク。「それって、まさに、わたしがあなたに話した、インサイダー・スレット・ヴェクター――部内者によるネットワーク侵入方法――じゃないの。あなたはわたしを酔わせて……」イヴは声をあげて泣きはじめた。感情に動かされないプロの表情がいまや完全に消え失《う》せてしまった。「あなたはいつもわたしを酔わせた。わたしはね、そうやってお互い楽しんでいるんだと思っていたの。あなたに愛されているんだと思っていた。ここアメリカでは恋人同士そうするものなんだと思っていた。ところが、それはみんな、わたしにしゃべらせるためだったのね」

最初の衝撃が引いて、すでに冷静な落ち着きがロスのなかに広がっていた。こんなことならうまく切り抜けられる、と彼は自分に言い聞かせた。「それはちがう。そんなでたらめはFBIがきみの頭に植え付けたんだ。きみはそういうふうに考えるように仕向けられたのであり、そんな手に乗ってはいけない。彼らはきみを利用してわたしを攻撃するつもりなんだ」ロスの目が細まった。問い詰める表情。「きみは彼らに何て言ったんだ？」

いまやイヴはだれ憚《はばか》ることなく泣きじゃくっている。「あなたがたは間違っているって、はっきり言ったわ。だって、そう言うよりないじゃない？　わたしはね、彼らにあなたを捕まえさせるわけにはいかないのよ、イーサン。だって、そんなことになったら、わたしが懸命に働いて築きあげたものがすべて崩れ去ってしまう。あなたはすでにわたしの心を打ち砕いた。このうえ、わたしの人生、未来まで、あなたに破壊させるわけにはいかない」

「落ち着け、イヴ。きみは大袈裟《おおげさ》に騒ぎすぎている。わたしは今回の違法行為には何の関係もない」

「わたしがDDAのログイン情報を使ってネットワークに侵入する方法をあなたに話したとき、『その種の通常とはちがう〝特異な動き〟は検知され、そういうことがあったという記録は残される』という話まではしなかった。そのときはそれが頭に浮かばなかっただけ。なぜかわからないんだけど。ともかく、それが情報漏洩犯がおかした唯一《ゆいいつ》のミスだったわけ。ＤＤＡとしてログインした者が、本物のコンピューター・システム専門家だったら、当然そのことも知っていたはず。そう……今回、不正行為を働いた人物は、ログインするための認証情報は知っていたけど……」イヴは悲しげに薄く微笑《ほほえ》んだ。「コンピューター・システムに関する専門知識は持っていなかった」

イーサン・ロスは怒りに駆られ、歯を食いしばり、指が白くなるまで車のキーをきつく握りしめた。「よくもまあ、そんなことを。きみはいま自分が何を言っているのかわかっていない」

イヴは眼鏡をはずし、手にしていたティッシュペーパーで目をぬぐいはじめた。ロスは彼女の目を見て、酔っていると確信した。

イヴは言った。「あなたはもっと利口だと思っていた。なんで祖国《くに》を裏切ったりしたの？　馬鹿《ばか》しかそんなことはしない。罠《わな》にはまったのね」

ロスは立ち上がり、一気に膨れ上がろうとする怒りをなんとかコントロールしようとした。

イヴはつづけた。「あなたがどんな罠にはまったのかわかるわ。それは自分でつくりだした罠。あなたはね、自分は頭がいいんだって自惚《うぬぼ》れすぎていたの。自分は重要人物なんだって思い上がりすぎていたの」

「そんな御託《ごたく》は聞いていられない」ロスは言い返した。「わたしは出ていく。今夜はホテルの部屋をとる。きみはここに泊まればいい。きみは飲みすぎていて、どこにも行けない」

これにはイヴも不意を突かれ、唖然《あぜん》とした。思わず弾《はじ》けるように立ち上がった。

「だめ！　行かないで。まだ話は終わっていないの」

だが、そのときにはもうロスは玄関ドアをあけていて、ポーチに出てしまっていた。イヴもあとを追って外に出て、ロスのスキージャケットの襟をつかんだ。

と、そのとき、ロスの目が近づいてくる黒っぽい色のセダンを捉《とら》えた。いつもは暗くて空っぽの三四番通り《ストリート》を一台ぽつんと走ってくる。ロスはそれに背を向け、乱暴にイヴを家のなかに押しもどしたが、ポーチのはしの階段へ向かいはじめたとき、ふたたびセダンのほうに顔を向けた。

セダンはスピードを落としてロスの真ん前でとまった。運転席側の窓ガラスが下がった。おせっかいな近所の者か通りがかりの者が、女を荒っぽく押しやった男を見て、一喝する気になったのだろう、とロスは思った。

もしそうなら、怒鳴り返してやる。

だが、車から聞こえてきたのは、自分を呼ぶ声だった。「ロス！」

イーサン・ロスは階段のいちばん上で足をとめた。イヴが家のなかから猛然と飛び出してきて、ふたたびすぐうしろに迫った。まさに半狂乱の体《てい》だ。

「教えて、イーサン！　なぜなの、教えて！」イヴは泣きじゃくりながら絶叫した。

だが、ロスはもう聞いていなかった。彼は拳銃《けんじゅう》しか見ていない。運転席の男が暗いままの車内から腕を突き出したので、見ると、手に拳銃がにぎられていたのだ。金属製の銃身が街灯の光を反射していた。銃身が上がり、銃口がまっすぐロスのほうを向いた。距離はわずか三〇フィート。

「お願い！」イヴはうしろからロスの肩をつかみ、ふたたび絶叫した。

ロスは頭を下げ、かがみこんだ。

その瞬間、銃口から閃光《せんこう》が飛び出した。そして減音器《サプレッサー》で弱められた発砲音が通りに反響した。せいぜい車のドアをたたき閉めたときにあがるくらいの音。

ポーチにしゃがみこんだロスの耳が、背後であがった驚きのあえぎ声を捉えた。次いで居間の堅木張りの床に何かが落ちてぶつかるドスッという音が聞こえた。だがロスは振り返って何が起こったのか確かめはしなかった。銃身が車内にもどって消えるのをじっと見つめていた。セダンが走りだし、ゆるやかに速度を上げ、もとどおり三四番通り《ストリート》を北へ向かうのを見まもった。セダンは数秒で見えなくなった。

ようやくロスはうしろを向き、居間の床に仰向けに横たわるイヴ・パンを見つけた。左右の手がそれぞれ体のわきにあって動かない。血が胸の中央からなおも広がり、白いブラウスを赤く染めていた。

「イヴ！」ロスは思わず声をあげた。が、念のため、もういちど肩越しに通りに目をやってセダンがもどってきていないかチェックしてから、イヴのところまで這《は》っていった。そしてイヴを家のなかへしっかりと引き入れ、ドアを閉めてから、そばにひざまずき、おおいかぶさるようにして彼女の状態を調べた。目は閉じられ、顔は生気なくゆるみ、小柄な体はピクリとも動かない。

次いでロスは窓まで這っていき、ブラインドの隙間から通りの様子をうかがった。あたりは完璧《かんぺき》な静寂に包まれていて、いつもとまったく変わりがないように見えた。いましがた、すぐ近くでホワイトハウスの高級職員に対する暗殺未遂があったというのに、近所の人々はまるで気づいていないかのようだった。

ロスが確信できたことは二つしかなかった。ひとつは、イヴを殺害した弾丸は自分を殺すために発射されたものである、ということ。そしてもうひとつは、いまや他の選択肢はすべて吹き飛び、〝秘密情報の掻《か》き集め〟を実行せざるをえなくなった、ということ。

ロスは立ち上がると、両腕をつかんでイヴを堅木張りの床の上を引きずり、ソファーのうしろに引っぱりこんだ。そして彼女をそのままそこに放置し、キッチンに入った。半島《ペニンシュラ》型システムキッチンの上にハンドバッグがあった。そのそばには、栓があいたままになった、フランス産高級ウォッカ、グレイグースの瓶と、だいぶ解けた氷が入ったグラスが置かれている。ロスはハンドバッグのなかを探り、車のキーと家の鍵《かぎ》を見つけ、さらに探って、認証機能が組みこまれたキーホルダーほどの大きさのセキュリティ装置であるキーフォブをとりだした。それは二点セットで、一方には〈パン〉と、もう一方には〈パン－DDA〉と書かれている。ロスはそれらをジャケットのポケットに滑りこませると、外に出て玄関ドアをロックし、家の裏にとめてあるイヴの車に向かった。

イーサン・ロスはベセスダにあるイヴの自宅から六ブロック離れたレストランの駐車場に車をとめ、たえず通りに目をやって怪しい者を見つけようとしながら残りの道程《みちのり》を歩いて彼女の家に達した。まずは、一時間前に自宅に入る前にやったように、通りの向かい側からイヴの家の様子をうかがった。だが、小雨が降りだしたので、この偵察を切り上げ、裏口のドアから家に入り、暗闇のなかを手探りで進んで、イヴが冷蔵庫の上において常備していたピンクのハローキティ懐中電灯を見つけ、それを使ってイヴが仕事部屋に使っていた一階の客用寝室へ向かった。彼女のラップトップ・コンピューターはそこにあって、いつものようにいつでも使える状態になっていた。その横にはティーカップとクッキーの袋がある。ロスといっしょに過ごさない夜は、イヴはよく夜遅くまでここで仕事をしていた。

ロスは冷たくなったティーカップに手をやり、指先でその縁をなぞった。ロスは感傷的な男ではなかったが、イヴ・パンの死を思うと悲しみを覚えずにはいられず、心がうずいた。それでも、すぐに心は悲しみから離れていった。自分が殺されかけたということを考えざるをえなかったからである。イヴは不幸にも暗殺行為に巻きこまれて命を落としたにすぎない。狙《ねら》われたのはこのおれだ、とロスは思った。

暗殺者を送りこんだ可能性がある組織は二つ。暗殺者は、CIAかモサド、そのどちらかに雇われた者にちがいない。そのどちらも歪《ゆが》んだ正義感を持っていて、おれがやったことを何らかの方法で知ったら、おれをターゲットにする可能性は充分にある。今日イヴがFBIに事情聴取されたときに何かを洩《も》らしたのだろうか？　そしてそれが、そもそもおれがガザ支援船団ファイルを盗むことによって闘ってきた当の相手のスパイや暗殺者どものところにまで辿《たど》り着いてしまったのか？　そうだ、そうにちががいない。

イヴは自分の死をみずから招くようなことをしたのかもしれない、と思うと、ロスは気持ちがすこし楽になった。

だれもが自分を捕獲しよう、仕留めようと、いっせいに動きはじめたかのように思えてきた。四方八方から壁が逃げ道をふさごうと迫ってくるような気がしだした。ロスは刑務所のことを、精神治療のことを、暗殺者のことを、考えた。あの暗殺者はおれの口を封じることに成功したと思ったかもしれないが、すぐにおれが生き延びたことに気づくにちがいない。

イーサン・ロスはそうした不安や心配を頭から振り払った。そんなことを考えている場合ではない。時間がないのだ。早いところ、自分を救える価値を創造しなければならない。そして、それをするには、いますぐ行動しなければならない。

イヴのラップトップのパスワードは知っていた。ソーシャル・エンジニアリング術（相手の隙やミスにつけこんで重要な秘密情報を手に入れるテクニック）でうまいこと聞き出したのだ。イヴがインターネットで見つけた「ロブスターをクリームソースで和《あ》えたロブスター・ニューバーグをパフペイストリーのバスケットに詰める」というレシピを見ながら、二人でディナーをつくっていたときのことだ。双方がいつでもレシピを見られるように、ラップトップがキッチン中央の島《アイランド》型システムキッチンの上に置かれていた。イヴがオーブンから崩れやすいパフペイストリーのバスケットを慎重にとりだしにかかったとき、スクリーンセーバーが実行され、ラップトップがロックされてしまった。そのときイヴの両手はふさがっていたので、チャンスだとロスは思った。卵黄をかき混ぜるのはブランデーを加える前なのか後なのか、いますぐ知る必要があるので、すぐさまコンピューターのロックを解除してくれ、とロスは必死になっているふりをして頼んだ。

するとイヴは、オーブンから目を離しもせずに、英字と数字からなる八文字のパスワードを大声で伝え、ロスはそれを打ちこんでコンピューターをアンロックし、同時にその八文字をしばし記憶にとどめ、トイレに行ったさいにスマートフォンのメモ帳に打ちこんだ。そして数日後、彼女がシャワーを浴びているときに、それを試しに使ってみた。料理中に教えたあと、イヴがパスワードを変更しなかったかどうか知りたくなったからだ。嬉《うれ》しいことに、イヴは変更していなかった。そこでロスは、一〇〇%見つからないと確信できるときがもしあれば、そのときは彼女のコンピューターを自由に使うことができる、ということをつねに頭の片隅にとどめることになった。

そしていま、こうやってイヴのラップトップに向かって座り、ジャケットのポケットから彼女のキーフォブをとりだしたとき、イーサン・ロスは、いまなら見つかりっこない、これ以上に確信できることなんていまだかつてひとつもなかったな、と心のなかで呟《つぶや》いた。

パスワードを打ちこむと、コンピューター画面が息を吹き返した。ロスは問題のVPN（ヴァーチャル・プライヴェート・ネットワーク）にアクセスする操作を開始した。数秒後、DDAアクセス認証情報と〈パン－DDA〉キーフォブ上に現在浮かぶ六桁《けた》の数字を入力するよううながされた。そのとおりにした。

〔アクセスは許可された〕という文字が画面に浮かんだ。

ロスは安堵《あんど》の溜息《ためいき》をついて、データを自動的に収集するクローラー（這い進むもの）と呼ばれるプログラムが入っているUSBメモリをコンピューターのポートに差しこんだ。それはたちまち自ら作動して、すぐさま極秘イントラネットIntelink－TSのなかへと飛びこんでいき、高レベルの諜報《ちょうほう》情報データが保管されている特定のサーヴァーがある場所を探しはじめた。

このクローラーがどのようにして創《つく》り出されたのかも、だれがそれを創ったのかも、ロスは知らなかったが、そのプログラムはアクセスすべきサーヴァーがある場所も、役立つ適切な情報に達してそれを取り込む方法も、しっかり心得ているようだった。

外部のハッカーは、情報を盗み出すさい、何日も、何週間も、いや何カ月も、ヴァーチャル偵察をおこない、データを丹念に調べて重要情報を探す。だが、イーサン・ロスにはそんな時間などまったくなかった。彼はもう、まる一日も使えない。いや、それどころか、残された時間的余裕はたったの数時間。ロスはこれからどうなるか考えてみた――朝になれば、イヴが出勤しないことを不審に思う者がいるはずだ。それほど時間がたたないうちに、だれかが彼女の家まで様子を見にいくことになるだろう。彼女のDDAアクセス認証情報によるVPNログイン記録にだれかが気づくのにも、そう長くはかかるまい。それに、おれの家にだれかが入れば、イヴの死体が発見される。おれが明朝、仕事場に姿を見せなければ、だれかが家の様子を見にいき、そういうことになる。

イーサン・ロスは腕時計に目をやった。午前一時三〇分。このVPNではデータ転送速度が秒速一〇〇メガビットとなることをロスは知っていた。ネットワークそのものの通信速度よりもはるかに遅い。だから、USBメモリにはまるまる一テラバイトの保管スペースがあったにもかかわらず、それだけのデータをダウンロードするには二四時間かかってしまうので、ロスはそこまで時間をかけてスペースを満たそうという気にはとうていなれなかった。ダウンロードにまる一日かけるなんて、とてもできない。そこでロスは自分に四時間与えることにした。それでトップシークレット諜報情報データを一五〇ギガバイトほどダウンロードできる。それだけあれば充分だろう。

イーサン・ロスは暗闇のなかをゆっくりと移動し、コーヒーを淹《い》れに階下のキッチンへ向かった。

T・クランシー
M・グリーニー
田村源二訳

米中開戦（1〜4）

中国の脅威とは――。ジャック・ライアンの活躍と、緻密な分析からシミュレートされる危機を描いた、国際インテリジェンス巨篇！

T・クランシー
M・グリーニー
田村源二訳

米露開戦（1〜4）

ソ連のような大ロシア帝国の建国を阻止しようとするジャック・ライアン。ロシア軍のウクライナ侵攻を見事に予言した巨匠の遺作。

M・グリーニー
田村源二訳

米朝開戦（1〜4）

北朝鮮が突然ICBMを発射！ 核弾頭の開発は、いよいよ最終段階に達したのか……。アジアの危機にジャック・ライアンが挑む。

S・キング
永井淳訳

キャリー

狂信的な母を持つ風変りな娘――周囲の残酷な悪意に対抗するキャリーの精神は、やがてバランスを崩して……。超心理学の恐怖小説。

フリーマントル
稲葉明雄訳

消されかけた男

KGBの大物カレーニン将軍が、西側に亡命を希望しているという情報が英国情報部に入った！ ニュータイプのエスピオナージュ。

C・カッスラー
D・カッスラー
中山善之訳

ステルス潜水艦を奪還せよ（上・下）

アメリカが極秘に開発していた最新鋭の潜水艦が奪われた！ ダーク・ピットは捜査を開始するが、背後に中国人民解放軍の幹部が。

新潮文庫最新刊

七月隆文著
ケーキ王子の名推理《スペシャリテ》2
未羽は愛するケーキのお店でアルバイト開始。そこにオーナーの過去を知る謎の美女が現れて……。大ヒット胸きゅん小説待望の第2弾。

平岩弓枝著
私家本 椿説弓張月
武勇に優れ過ぎたために、都を追われた、悲運の英雄・源為朝。九州、伊豆大島、四国、そして琉球と、流浪と闘いの冒険が始まる。

仁木英之著
仙丹の契り
―僕僕先生―
吐蕃王を苦しめる呪いを解くには僕僕と王弁が交わるしかない!? でもへたれ王弁は及び腰で……。大人気中華ファンタジー第八弾!

伊与原 新著
磁極反転の日
地球が狂い始めた日、妊婦たちは次々と姿を消した。N極とS極が大逆転する中、人の不安と命を操る者とは。新機軸のエンタメ巨編。

竹本健治著
かくも水深き不在
次々と巻き起こる得体のしれない恐怖体験。天才精神科医・天野による超越的推理が冴えわたる瞬間、謎解きの快感があなたを貫く。

蓮見恭子著
シマイチ古道具商
―春夏冬《あきない》人情ものがたり―
道具には、人の想いと暮らしが隠れてる――。大阪・堺の「島市古道具商」の店先に集うどこか欠けた人々の不器用で優しい絆の物語。

新潮文庫最新刊

小泉武夫著
猟師の肉は腐らない
燻した猪肉、獲れたての川魚、虫や蛙などの珍味、滋味溢れるドジョウ汁……山奥で猟師が営む、美味しく豊かな自給自足生活。

川上未映子著
すべてはあの謎にむかって
天下国家から茶の間まで、手強い世間に投げつけるキュートで笑える紙爆弾88連射！　オモロく／うっとり楽しむ傑作エッセイ集。

出口治明著
「働き方」の教科書
―人生と仕事とお金の基本―
今いる場所で懸命に試行錯誤する。でも仕事が人生のすべてじゃない。仕事と人生を楽しむ達人が若者に語る、大切ないくつかのこと。

ビートたけし著
たけしの面白科学者図鑑
人間が一番の神秘だ！
ヒトの脳はまだ未解明？　人工知能やアンドロイドと生きる未来は？　自分を知るための刺激的すぎるサイエンストーク、人間編。

堀井憲一郎著
恋するディズニー
別れるディズニー
まわりかたでカップルの運命が変わる。永年の調査から導いた「仲良くなるまわりかた」を公開。男女の生態の違いがよく分かる一冊。

久保田　修著
ひと目で見分ける340種
野山の生き物
ポケット図鑑
町を離れて近くの野山に行くだけで、普段見かけないカモシカやタヌキに会うことができる。身近な自然を理解するために必携の一冊。

新潮文庫最新刊

有馬義貴・木下優
近藤仁美・佐藤浩一著
阿部光麿
石原千秋 監修

新潮ことばの扉
教科書で出会った古文・漢文一〇〇

私たち日本人が読み継いできた珠玉の言葉、名文の精髄。代表的古典作品一〇〇から精選した「文と知と感性」の頂点をお届けします。

M・グリーニー
田村源二訳

機密奪還（上・下）

合衆国の国家機密が内部告発サイトや反米国家の手に渡るのを阻止せよ！〈ザ・キャンパス〉の工作員ドミニクが孤軍奮闘の大活躍。

中里京子訳

チャップリン自伝
―若き日々―

どん底のロンドンから栄光のハリウッドへ。少年はいかにして喜劇王になっていったか？感動に満ちた前半生の、没後40年記念新訳！

辻村深月著

盲目的な恋と友情

まだ恋を知らない、大学生の蘭花と留利絵。やがて蘭花に最愛の人ができたとき、留利絵は。男女の、そして女友達の妄執を描く長編。

飯間浩明著

三省堂国語辞典のひみつ
―辞書を編む現場から―

「辞書作りには、人生を賭ける価値がある」。用例採集の鬼・見坊豪紀の魂を継ぐ編纂者による日本語愛一二〇％の辞典エッセイ。

J・グリシャム
白石朗訳

汚染訴訟（上・下）

ニューヨークの一流法律事務所を解雇され、アパラチア山脈の田舎町に移り住んだエリート女弁護士が石炭会社の不正に立ち向かう！

Title : TOM CLANCY'S SUPPORT AND DEFEND (vol. I)
Author : Mark Greaney

機《き》密《みつ》奪《だっ》還《かん》(上)

新潮文庫　ク - 28 - 65

Published 2017 in Japan
by Shinchosha Company

平成二十九年四月一日発行

訳者　田《た》村《むら》源《げん》二《じ》

発行者　佐藤隆信

発行所　株式会社 新潮社

郵便番号　一六二—八七一一
東京都新宿区矢来町七一
電話　編集部(〇三)三二六六—五四四〇
　　　読者係(〇三)三二六六—五一一一
http://www.shinchosha.co.jp

価格はカバーに表示してあります。

乱丁・落丁本は、ご面倒ですが小社読者係宛ご送付ください。送料小社負担にてお取替えいたします。

印刷・株式会社光邦　製本・憲専堂製本株式会社

ISBN978-4-10-247265-1 C0197